INVERSION CLIMATIQUE

@ 2018, D. Thaurr
Éditeur : BoD - Books on Demand
12/14 rond-point des Champs Élysées, 75008 Paris
Impression BoD - Books on Demand, Allemagne

ISBN : 9782322161522
Dépot légal Septembre 2018

D. THAURR

INVERSION
CLIMATIQUE

Roman

Image de couverture : volcan Tungurahua
Photo IStock référence : 177363117
Photo légèrement modifiée
Site : http://www.istockphoto.com/fr

A ma femme,
avec qui les rôles se sont inversés.
C'est moi qui ait enfanté et c'est elle qui m'a aidé.
Merci pour toutes les corrections
et remarques.

« L'avantage d'être intelligent, c'est qu'on peut toujours faire l'imbécile, alors que l'inverse est totalement impossible. »

Woody Allen

« Imbécile, on peut faire l'intelligent. L'inverse est parfois vrai. »

D. Tord

Avant-propos

Ce petit roman est pure fiction. On s'y projette dans un monde, violemment perturbé par un accident volcanique majeur qui affecte la planète entière. Tous les personnages sont inventés. Il n'y a aucune correspondance avec des faits réels s'étant produits. On a parfois joué, dans le texte, avec la notion d'inversion prise dans des sens divers.

Il n'y a pas d'extrême rigueur scientifique dans les précisions données lors d'évocations de climats ni dans les considérations géologiques, physiques ou chimiques... La climatologie est une science et ce livre n'est pas un livre scientifique, c'est un roman.

Certes, les conséquences de la catastrophe climatique décrite ont été romancées. Néanmoins, en faisant abstraction des précisions, on évoque souvent la survenue d'événements volcaniques très plausibles. Dont on peut même penser que certains arriveront dans un futur proche avec une quasi-certitude. On est plutôt dans le réalisme sauf, sans doute, pour les réactions des nations qui sont totalement imaginaires.

L'existence de super volcans est prouvée et ils peuvent provoquer des cataclysmes à l'échelle du globe. En une seule éruption majeure, d'un seul super volcan, tous les continents peuvent être atteints quasiment instantanément. Le dernier désastre ne date que de 200 ans ! C'était hier ! L'Europe avait été affreusement touchée ! Il n'y a aucun doute là-dessus. On dispose de témoignages précis. Le monde entier avait connu des famines. On l'a oublié. Le froid volcanique décrit n'est pas une fiction, ni les problèmes alimentaires. Cela peut vraiment arriver. Il est certain que ces bouleversements arriveront dans le futur, mais à une date inconnue. Les volcans sont difficilement prévisibles. Nos sociétés sont-elles devenues trop fragiles, du fait de leur sophistication, pour survivre à un événement volcanique exceptionnel ? On peut vivre une catastrophe. Cela peut être vraiment demain. Ne serait-il pas prudent d'y réfléchir un peu ? Notre mode de vie trop sophistiqué et très récent nous rend très vulnérables.

Quand le lien avec le réel est trop fort, on donnera des indications pour trouver des articles sur Internet afin qu'on puisse obtenir un peu plus d'informations. On peut se procurer des articles sérieux à condition de faire un petit tri dans les écrits trouvés. Par exemple en cherchant, avec un moteur de recherche, les mots « éruption effet géographique », on trouvera beaucoup d'articles parlant du sujet. On s'apercevra que les effets des émissions volcaniques sont discutés et font l'objet de débats contradictoires. Ce qu'on ne peut pas se permettre dans un roman.

Les dates des actions sont peu précises car les durées peuvent être distordues en fonction des contraintes du récit qui doit être suffisamment vif. La chronologie des faits climatiques est donc parfois déformée. Que les volcanologues nous pardonnent !

On ne donne pas de réponse à une autre question qui est posée de manière transparente tout au long de l'ouvrage : si le sens de l'immigration était inversé, quelles seraient nos réactions ? La fiction d'une émigration nord-sud peut-elle nous amener à mieux appréhender le phénomène d'immigration sud-nord que nous vivons actuellement ? Et si, nous européens, nous devenions émigrés demain ?

Enfin, il vaut mieux le dire clairement, le but de ce roman n'est pas de minimiser le réchauffement climatique actuel. Il s'agit d'évoquer un autre effet climatique possible, violent.

1

Nael regardait l'eau. Une sorte de fascination s'emparait de lui.

La Méditerranée était calme. De petites vagues agitaient la surface d'un bleu profond, comme sait le générer la mer. Il n'arrivait plus à détourner son regard. A chaque fois qu'il avait navigué sur la Méditerranée il avait senti cet état l'envahir. Cette mer, il la connaissait bien. Jeune, que de longs moments passés en sa compagnie . A se baigner jusqu'à l'extrême limite physique et à en sortir complètement gelé.

Jeune, il avait connu l'atmosphère des bateaux de transport d'après-guerre, qui était enivrante et inquiétante. Pour un pré-adolescent, livré à lui-même le temps du voyage, c'était une sorte de petite aventure. Voyager seul dans un milieu si bigarré, où les gens se côtoyaient et s'ignoraient à la fois, provoquait déjà une sensation étrange au sortir d'un milieu protégé. La présence de ces jeunes soldats avec leurs armes et leurs paquetages en route vers une affectation, qu'on devinait pleine de risques, ajoutait à cette impression. A cette époque si lointaine, Nael avait déjà l'habitude de regarder l'eau penché sur le bastingage. Il ne connaissait en fait de cette mer que ses dentelles qu'il avait explorées au cours de longues parties de pêche. Et ses connaissances scientifiques étaient bien limitées. Mais il devinait l'immensité sous ses pieds et tous les mystères qu'elle contenait. L'infini l'avait toujours fasciné. Que de fois le regard tourné vers le ciel, le soir, il se sentait envahi d'incompréhension, de respect et même d'inquiétude. Quelques poissons volants venaient parfois troubler sa méditation. Ils avaient l'air de visiter notre monde aérien brièvement. En réalité, poussés par des prédateurs invisibles dont la mer possède une belle collection.

Ces voyages d'après-guerre, particulièrement lorsqu'ils avaient lieu le long de la côte nord-africaine où les bateaux étaient petits, n'étaient pas toujours aussi propices à la rêverie. Nael, trop jeune alors, n'avait aucune conscience du danger. Mais celui-ci, en cas de mer agitée, était bien là. Les paquets de mer balayaient alors le pont dont l'accès était interdit. Les voyageurs tassés le long des hublots regardaient le spectacle. Enfin, ceux qui n'étaient pas malades. La légère odeur de mazout, qui flottait en permanence, apportait sa contribution aux malaises des passagers. Pour ceux atteints par le mal de mer, c'était souvent la cale. Allongés sur des chaises longues en bois, seuls sièges disponibles, ils vomissaient à même le sol. L'odeur et les mouvements de liquides ajoutaient aux malaises des malheureux.

En ces temps-là, il n'y avait pas de moquette dans les coursives et les escaliers n'existaient pratiquement pas. La plupart du temps, des échelles assez raides permettaient les déplacements verticaux. C'était le lot de ces bateaux, on ne parlait pas de ferries à l'époque. Les déplacements en avion étaient rares et chers. Le bateau était le moyen de déplacement du peuple lorsqu'il n'était pas possible de passer par une route. Et c'était souvent le cas en ces temps d'insécurité.

Aujourd'hui, Nael regardait aussi la mer. Il était dans un dinghy avec de nombreux clandestins. Il chercha au loin l'île de Lampeduza. Ils en étaient trop éloignés pour la voir. La traversée était courte mais risquée. Le dinghy se dandinait un peu au gré des vagues. La frêle embarcation était chargée d'émigrés. Les passeurs l'avaient bien remplie. Nael avait dû payer très cher ce passage illicite. Les anciens voyages de sa jeunesse lui paraissaient d'un confort inouï. Il ne savait pas cette fois-ci comment allait se passer l'arrivée. Il était assez âgé, cela lui donnerait un handicap. En fait, il effectuait un voyage quitte ou double. A son âge, la peur ne l'habitait pas. Contrairement à d'autres, il avait déjà connu l'exode. Il ne voulait pas se soumettre aux caprices du destin. Il en avait trop souffert.

A coté de lui, des gens priaient tournés vers les lieux saints de leur religion. Ce n'était pas facile. Comment s'agenouiller dans une embarcation bien remplie et aussi inconfortable ? Une femme tentait de protéger un enfant. Deux jeunes en pleine force de l'age, presque de grands adolescents, voyageaient ensemble. Ils arrivaient encore à faire montre d'une certaine insouciance. Eux étaient convaincus de s'en sortir facilement à l'arrivée. Ils réussissaient à plaisanter un peu. Une grande claque de leurs deux mains droites, geste très commun sur le bassin méditerranéen, conclut probablement l'évocation d'un souvenir amusant.

La satisfaction des besoins naturels était très dangereuse. Les deux jeunes, qui s'entraidaient en se tenant par la main, y arrivaient facilement. Leur force, leur équilibre et leur entente transformaient l'exercice en un jeu. Et même en cas de plongeon ils étaient capables de remonter à bord. Deux cordes avaient été laissées traînantes dans l'eau dans ce but. Une troisième corde servait, pour ceux qui voulaient se pencher au dessus de l'eau, à les retenir. Une extrémité de la corde était alors agrippée par quelques occupants solides. L'autre extrémité était enroulée autour d'une taille ou d'un bras et empêchait toute bascule. En principe. Le vent ne facilitait pas la chose et les liquides aspergeaient quelquefois l'intérieur. Ceux qui avaient encore des forces, avaient essayé plusieurs techniques : être tourné vers la mer ou vers l'embarcation...

Nael s'assoupit brièvement. A son âge cela lui arrivait fréquemment et les nuits précédentes avaient été courtes. Mais là il ne le fallait vraiment pas. Son installation dans le dinghy ne le permettait pas, c'était dangereux. Il s'était fait facilement bousculer à l'embarquement et il n'avait pu que s'installer dans une mauvaise position à l'avant qui était un peu incliné vers le haut. Le caoutchouc du dinghy devenait glissant quand il était arrosé par un embrun. Son seul bagage était un petit sac à dos qui lui provoquait un léger déséquilibre parfois. Il n'osait pas le poser dans le fond du bateau ni s'asseoir, pour des raisons d'hygiène (le fond n'était pas très propre) et de sécurité (il se voyait mal en cas de problème éventuel défendre son bien).

Ils avaient embarqué de nuit. La mer montrait un coté hostile. Son bleu était assez sombre. Nael cherchait les lumières de Lampeduza en Italie seul repère possible. Mais on ne les voyait pas. Allaient-ils arriver à bien se diriger ? Une idée lui traversa l'esprit. Et puis il l'oublia instantanément, car il avait maintenant une mémoire très volatile. Seul le souvenir qu'il avait eu une idée subsista, ce qui le contraria beaucoup.

La mer, durant la nuit, avait commencé à bouger un peu plus. Cette petite agitation lui faisait naître un début d'inquiétude. Ce n'était sans doute qu'une impression due à une appréhension irrationnelle. Il commençait aussi à avoir faim. Il avait pris la précaution d'emmener quelques nourritures dans son sac au départ. Il lui en restait encore un peu. Mais il n'osait pas les sortir. Il attendrait encore un peu.

Une pensée ajouta à son inquiétude. Dans l'obscurité, en cas de problèmes, les gardes-côtes ne pourraient pas leur venir en aide. Pour cette nuit il allait falloir tenir, car un débarquement n'était pas possible sans visibilité sur une côte où il y avait probablement des rochers avec des endroits dangereux. Il n'avait qu'une idée vague de la durée du trajet. Seul point positif, il venait de réussir à se faufiler un peu plus vers le centre de l'embarcation en profitant des déplacements de personnes. Il allait pouvoir se reposer un peu et ne plus faire de l'équilibre dans une mauvaise position. Point négatif : on ne pouvait pas dire que c'était propre, loin de là.

Il scrutait l'obscurité sans cesse. Il remarqua soudainement une petite lueur à l'horizon. Un bateau, une côte ? Le passeur à la barre avait lui aussi sorti une grande torche puissante qu'il pointait en direction de la lueur. Son acolyte impassible observait vaguement le manège. Ils n'avaient pas l'air surpris. Ces deux hommes étaient les passeurs chargés de leur voyage. Les « passagers » n'avaient eu jusqu'ici aucun contact amical avec eux. On sentait à leurs regards durs qu'ils n'avaient aucune commisération pour ceux qu'ils transportaient dans leur bateau. Les deux hommes étaient de type méditerranéen et d'allure farouche. A la montée dans le dinghy, ils avaient poussé tout le monde brutalement sans ménagement.

Celui qui n'était pas à la barre, tenait en main un vieux pistolet Mauser récupéré dieu sait où. Le chargeur carré, de grande taille, était impressionnant. L'homme, avec des sourcils très épais en forme de balais d'essuie-glace, ne quittait pas des yeux les passagers. Il laissait entendre, par son attitude hostile, qu'au moindre incident il était prêt à s'en servir. Nael se dit que ce serait vraiment une très mauvaise idée. Une balle dans le boudin pneumatique n'allait pas améliorer la flottabilité. Donc cet homme n'avait pas l'intention de s'en servir. C'était une posture.

Personne n'avait l'air de se poser ce genre de questions. La survie dans cette espèce de radeau était l'unique préoccupation. La soumission aux passeurs la règle. Certains avaient déjà le mal de mer et n'avaient plus de force de réaction. Et pourtant, Nael remarquait des traces de réparation de l'embarcation. Une fois peut-être ? En tout cas, le dinghy n'était pas de la première jeunesse. Il se dit qu'il réfléchissait trop et qu'il valait mieux préserver ses forces. C'était une de ses caractéristiques d'avoir toujours la cervelle en éveil et d'analyser tout ce qui se passait autour de lui. Cela lui jouait souvent des tours quand, trop occupé à observer une scène, il oubliait d'écouter ce qu'on lui disait.

Et si cette lueur était le signal d'un pilote venu à leur rencontre pour les guider à leur arrivée ? Ils avaient payé assez cher pour qu'on leur assure une traversée sans problèmes. Il y avait eu largement de quoi acheter plusieurs fois un vieux dinghy et un moteur poussif. Et c'était plutôt une bonne idée, pour une arrivée clandestine, de la faire de nuit. Tout cela était manifestement prévu.

Nael se sentit soudainement plus rassuré. La traversée cauchemardesque allait prendre fin. Ils ne devaient plus être très loin. Un peu plus confortablement installé, il lutta pour rester réveillé. Le petit moteur poussif ronronnait. La fatigue le submergea brutalement et il s'assoupit sans avertissement, comme cela peut arriver au volant d'une voiture. Il commença à rêver : il revivait l'épisode de ses dernières vacances sur un bateau de croisière. Ces quelques semaines avaient bouleversé son existence. Une part décisive de sa vie s'était finalement passée sur la mer.

2

Dans son rêve, Nael profitait intensément de cette croisière effectuée en compagnie de sa femme Lena. Ils n'étaient encore pas trop âgés et assez insouciants dans cette période de leurs vies. Nael bénéficiait d'une retraite assez récente. Beaucoup de gros ennuis étaient derrière eux. Jusque-là, les problèmes de grand âge ne les avaient pas touchés. Ils restaient en forme physiquement. Le fait que leurs prénoms soient des anagrammes les amusait beaucoup. Même si c'était un non-dit, l'anagramme de l'autre avait une sorte d'attrait sonore et même érotique. Jouant avec les lettres, ils se donnaient aussi les noms d'Elna et Neal. Ils ne se doutaient pas que les connaissances qu'ils allaient faire, sur le bateau, auraient autant d'importance par la suite.

Allongés sur des transats qu'ils avaient placés très près l'un de l'autre, Nael et Lena oubliaient tout et goûtaient avec gourmandise aux agréments du farniente et de cette vie maritime artificielle consacrée aux plaisirs. Ils affichaient leur origine avec des tee-shirts, aux couleurs vivaces, sur lesquels on pouvait lire le nom de Grenoble. Même en pleine mer le bateau de très grande taille tanguait très peu, si la mer n'était pas trop forte. Sa masse le rendait insensible aux petites vagues. En plus, il devait être stabilisé par on ne sait quel dispositif. Pas de risque d'avoir le mal de mer, on pouvait savourer la croisière sans crainte. La mer, avec une patience infinie, les berçait maternellement.

Depuis le réchauffement climatique, les itinéraires de croisières s'étaient déplacés plus au nord. On pouvait maintenant remonter plus près du pôle. Ils avaient choisi une période non estivale et, d'un train de vie relativement modeste, une petite boucle en Méditerranée assez abordable. En cette fin d'hiver, la température était agréable avec la fraîcheur de la mer. Lors des escales, le soleil devenait déjà trop intense et déplaisant dans le sud. Le radoucissement du climat autorisait des dates d'évasions touristiques de plus en plus précoces.

Le trajet, depuis leur domicile à Grenoble, s'était déroulé dans l'ambiance enivrante d'un début de vacances. A leur arrivée au port de Gènes, ils trouvèrent un embarquement laborieux. Les mesures de sécurité étaient devenues drastiques depuis le piratage d'un bateau entier par un commando. 5000 personnes prises en otage. Au final des centaines de morts et un bateau ravagé. L'affaire avait fait grand bruit. Puis, comme d'habitude, les gens avaient oublié. Depuis les essais d'écroulement d'une cathédrale et de la tour Eiffel, ils n'étaient plus surpris de rien. Le terrorisme continuait de faire des dégâts dans une résignation générale.

La tour Eiffel avait subi une attaque. On avait essayé de la faire tomber. Des liquides, très inflammables et en grande quantité, avaient été projetés contre un pied. L'idée était que le feu ramollisse l'acier et que le pied, sur lequel l'action avait été portée, se déforme, fléchisse et entraîne toute la tour dans le mouvement. L'intervention rapide des pompiers avait fait avorter le projet. Serait-elle tombée sans ? Le projet terroriste avait été jugé mal élaboré heureusement.

La crainte, pour les bateaux de croisières, était que s'installe une piraterie du genre de celle pratiquée dans l'océan indien. Les bateaux avaient été équipés pour contrer les attaques et embarquaient un personnel de sécurité spécialement formé. Les marines nationales patrouillaient sans relâche pour dissuader toute tentative. Les mesures de sécurité, depuis fort longtemps, n'avaient cessé de se durcir.

Les français essayaient, vaille que vaille, de trouver les endroits les plus sûrs. Ils se rassuraient avec le nombre de victimes qui, au final, ne représentait qu'un faible pourcentage de la population. On était loin des bilans ahurissants des deux dernières guerres mondiales. Dans toute guerre, la population civile directement ou indirectement souffre aussi. Finalement, sur les bateaux de croisières, les contrôles de sécurité étaient devenus tellement draconiens que les passagers s'y sentaient maintenant en grande sécurité. Et puis pour relativiser, les maladies graves (comme le cancer par exemple) tuent beaucoup plus de monde que les attentats.

Lena lisait un roman les deux jambes légèrement repliées dans une posture très féminine. C'était une mignonne petite brunette assez mince avec des yeux noisette. Elle s'était tournée. Nael la voyait de dos. Son regard s'attardait, de temps à autre, sur sa nuque et ses cheveux châtains. Avec tendresse et aussi quelquefois avec un léger frémissement d'envie de la prendre dans les bras. Il la regardait et ne pouvait s'empêcher de la regarder. Il ne la touchait pas et ne pouvait s'empêcher d'y penser. Il s'imaginait caressant ses boucles châtains. Il s'imaginait pénétrant sous ces boucles châtains. Il la désirait. La vision de Lena, allongée sur ce pont, ne le quitterait plus.

Puis, son regard se portait sur la mer. Il scrutait l'immensité bleue en espérant apercevoir quelques cétacés. Depuis leur départ, il n'avait rien vu à part quelques petits poissons volants. Il aurait bien aimé admirer une fois de plus quelques ballets gracieux de dauphins. Sur cette surface bleue déserte, les voir apparaître brusquement tenait du miracle. Ils dégageaient de suite une énorme sympathie qu'il était triste de ne pas pouvoir leur transmettre. Leur « spectacle » terminé, ils disparaissaient aussi rapidement qu'ils étaient apparus.

« Tu penses à quoi, mon chéri ? » Lena, abandonnant la lecture de son livre, le questionnait avec un léger sourire. Elle se posait manifestement des questions sur l'absence d'activités de son mari. Elle savait qu'il était rêveur, mais à ce point c'était une découverte.

La réponse ne fut pas romantique :

— Il ne doit pas être loin de onze heures trente. Il faudrait peut-être se préparer pour le déjeuner ? Tu n'as pas faim ?

Lena se dit que, la prochaine fois, elle devrait trouver une autre stratégie pour sortir son mari de sa torpeur :

— On est tellement bien ici ! Je n'ai pas envie de bouger, mais oui il va falloir y aller. Laisse moi encore cinq minutes.

Cela les arrangeait finalement bien tous les deux. Ils se sentaient en harmonie. Nael se rapprocha et caressa légèrement d'une main émue ces cheveux si désirables.

Au restaurant, ils avaient eu les premiers contacts avec leurs compagnons de croisière. Les tables étaient circulaires et pour une dizaine de couverts. Personne ne se connaissait avant la croisière. Lena et Nael étaient les plus âgés. Ils donnaient l'impression d'être les « Papy Mamy » de la tablée. Des questions plus ou moins indiscrètes étaient échangées. Il fallait bien nouer des relations ! Une des personnes, au cours d'un repas, s'était posée la question du prénom Nael.

— C'est un prénom original qui sonne bien. J'aime son acoustique. Je fais peut-être preuve d'indiscrétion ? Mais ce prénom me plaît beaucoup, je ne résiste pas ! Excusez ma curiosité. Quelle est sa provenance ?

— Mon prénom est originaire du Moyen-Orient et de l'Afrique du Nord.

Cette réponse de Nael avait d'autant intrigué. Cette information avait suscité l'intérêt. On lui avait posé de nombreuses questions dans lesquelles on sentait une vive curiosité et bien sûr une certaine retenue.

Au fil des heures passées ensemble à la table, Nael et Lena avaient trouvé leur place dans le groupe. Ce qui n'était pas étonnant, le couple dégageait spontanément et assez facilement de la sympathie.

Le déjeuner fut l'occasion, comme à l'habitude, d'un échange d'informations sur la croisière glanées ici ou là et sur le déroulement des excursions à venir.

Il fallait aller se placer dans une file d'attente pour se servir à un buffet d'entrées en libre service, puis attendre le plat principal à la table. Grosso modo une dichotomie s'était constituée parmi les convives, ceux qui avaient besoin de parler et ceux qui avaient tendance à être peu bavard et sur la réserve. Lena avait engagé la discussion avec l'un des couples. Nael, lui, participait peu à leurs échanges tout en suivant la conversation.

Ce couple assez jeune et non marié n'était pas très représentatif des autres vacanciers dont la moyenne d'age était nettement plus élevée. Lui, un ingénieur cadre technique dans une compagnie d'exploitation minière, s'exprimait assez lentement. Il semblait d'un naturel peu expansif. Sa compagne, de prénom Elisabeth, portait un très joli chemisier de marque. La conversation portait sur le nouveau minerai découvert en Europe il y a quelques années. Un début d'exploitation avait commencé malgré une opposition farouche de groupes écologistes. La dangerosité de son extraction avait lourdement retardé son industrialisation. Elisabeth avait alors mentionné la spécialité de son compagnon :

— Alain, tu es ingénieur dans les mines. Tu es au courant, n'est-ce pas ?

Et les questions avaient alors fusé. D'exploitation très difficile, ce minerai promettait de devenir une poule aux œufs d'or. La table écoutait les informations que le cadre apportait avec difficulté et dans un langage trop technique, car ce n'était pas un grand communicateur :

— Non il n'y avait rien de nouveau dans le tableau de Mendeleïev. Ce nouveau minerai avait été le résultat d'une agglomération incroyable d'éléments chimiques qui s'était accumulée à de très grandes profondeurs. L'Europe avait hérité d'un nombre intéressant de gisements.

Quelqu'un hasarda :

— Heu... c'est quoi le tableau de Mandé quelque chose ?

— Pour faire simple, c'est une table qui répertorie tous les éléments chimiques existants. Il n'y a donc pas de nouvel élément.

— Heu... mais c'est quoi un élément chimique du tableau de Mandé quelque chose ?

La conversation prenait un tour un peu trop compliqué pour les convives.

Alain essaya d'illustrer par un exemple, mais il fût interrompu.

— Holà! Moi je suis en vacances. Tout cela c'est trop compliqué pour moi !

Alain n'était pas vraiment un pédagogue ! Lena, dont les connaissances scientifiques étaient très limitées, dévia la conversation vers des aspects plus terre à terre :

— Donc l'Europe est riche maintenant ?

— Pas vraiment non, mais on peut dire que ce continent est béni des dieux. Après son climat exceptionnel et ses ressources naturelles traditionnelles, ce minerai amène une touche intéressante. Il s'est passé une sorte d'inversion en matière de ressources minières. L'Europe, qui commençait à en être bien dépourvue, va retrouver une place un peu plus confortable dans ce domaine. Un énorme problème reste celui de la pollution. L'exploitation va en créer beaucoup. L'opposition aux projets est violente et cela va empirer. Est-ce que certains pays ne vont pas avoir tendance à faire cavalier seul, en évitant les contraintes européennes ?

— Bien contente d'apprendre tout ça ! On est un peu plus riche, donc je vais retrouver du boulot ?

La remarque, dite d'un ton mutin, amena quelques sourires à la table.

— Je plaisante, je viens de prendre ma retraite à la suite d'un très long chômage.

La conversation changea de sujet.

— Êtes-vous au courant de l'explosion d'un volcan en Inanésie ?

La question venait de l'écologiste de la table qui avait un prénom rarissime. Il s'appelait Eudoxe. Il était souvent vêtu d'une robe chemise africaine aux couleurs vives. Une vraie caricature d'intellectuel avec de petites lunettes rondes, une petite barbe mal taillée, des cheveux ébouriffés bouclés et même une petite odeur de sueur bien naturelle. Sa compagne était souvent vêtue de jupes longues déstructurées très chamarrées et sans forme. Eudoxe et sa femme avaient écouté la discussion précédente complètement atterrés. Ils n'avaient pas participé de peur d'être trop véhéments. On était en vacances. Ils ne comprenaient pas, pour ces forages, qu'un intérêt économique à court terme puisse prendre le pas sur tout autre considération. L'enjeu était bien plus grand qu'une altération d'un simple cadre de vie. Pour l'éruption en cours, ils étaient déjà inquiets des conséquences.

— Il parait qu'il n'y a plus du tout de transport aérien dans la région de l'Inanésie. On entend des bruits comme quoi l'Europe pourrait être, elle aussi, impactée par des cendres volcaniques. Ces cendres empêchent les avions de voler en haute altitude car elles détruisent leurs moteurs. Vous avez des informations ?

L'ingénieur crut bon de le rassurer :

— C'est déjà arrivé très souvent à cause d'éruptions en Islande. Vous n'aviez rien remarqué à l'époque, n'est ce pas ? Ce volcan d'Inanésie est très grand mais il n'est pas gigantesque et il est très loin. Certains volcans sont de type explosif. Je vais vous en donner une image non scientifique. Ils ne déversent pas de lave en continu, car en quelque sorte le conduit est bouché. La pression monte progressivement à l'intérieur. Quand elle devient trop grande, le haut du volcan explose. Il saute comme un bouchon de champagne. C'est-ce qui vient d'arriver. C'est dramatique surtout pour les populations aux alentours. On sera impacté par le nuage de cendres, peut-être un peu, mais il ne faut pas dramatiser. Le retour à la normale se fera rapidement. D'ailleurs regardez ! Il fait beau, profitez de vos vacances !

L'ambiance n'étant pas aux bonnes nouvelles, quelqu'un en trouva une de plus. Dans une conversation, y a toujours une bonne âme pour ajouter quelques éléments traumatisants :

— Moi, ce ne sont pas les volcans qui m'inquiètent. Ce qui me fait le plus peur pour l'avenir, c'est l'apparition d'un agent infectieux incontrôlable. La nature a horreur des exagérations. Jamais aucune espèce ne s'est développée autant que l'espèce humaine et surtout jamais les contacts dans les continents et entre continents n'ont été aussi grands. Si un agent mortel apparaît, il pourrait se propager à une vitesse foudroyante. Vu notre mode de vie planétaire, on ne peut plus réduire les contacts entre populations. Cela va se propager immanquablement de pays à pays et de continent à continent avec une fulgurance inarrêtable. Savez-vous que, maintenant, nous avons créé des virus avec des ailes ?

— ? ? ?

— Et oui ! ils prennent l'avion comme tout le monde !

Cette conversation, vraiment peu optimiste, n'avait pas affecté un convive trapu, chauve, la cinquantaine et avec des mâchoires impressionnantes. Arian mastiquait avec puissance et avalait le plus vite possible. Il se concentrait sur son assiette et était totalement insensible aux considérations précédentes. Il y avait un peu du Berurier de San Antonio chez cet homme là. En un peu plus sophistiqué quand même. Il finit par lâcher :

— Pourriez-vous me passer le pot de moutarde ? Merci.

Lui n'était pas inquiet pour le volcan. Arian vivait son repas et n'avait pas l'intention de se laisser entraîner dans une discussion qui lui paraissait beaucoup trop raffinée. Les intellos avaient trop tendance à faire passer les autres pour des imbéciles. Tout au moins c'est l'opinion qu'il en avait. Il aimait bien, quand c'était possible, leur clouer le bec. D'ailleurs, en prévision volcanique, l'explosif Haroun Tazieff ne l'avait-il pas déjà fait ? Arian n'avait lu aucun ouvrage traitant du sujet se fiant, comme beaucoup, à ce que racontaient les médias. Pourtant, il aurait bien apprécié certaines phrases que le bouillonnant volcanologue Tazief avait jetées dans ses livres, au sujet de la recherche scientifique, sans doute dans des accès de colère, et qui dépassaient probablement souvent sa pensée. N'avait-il pas écrit, en 1972, dans son livre « L'Etna et les volcanologues » : « ... Il devient trop courant, normal presque, d'user dans ces milieux de procédés déloyaux. Du pillage des idées... , en passant par de prétendument anodines altérations de résultats, les pratiques malhonnêtes foisonnent... ». Et il y avait d'autres phrases tout aussi dures dans son livre.

Évidemment ces propos sont clairement outranciers. On ne peut pas nier que certains accrocs à la rigueur scientifique ont déjà été constatés. Le domaine de la recherche est comme tous les autres. Il comporte quelques rares brebis galeuses et aussi tout simplement des gens maladroits dont la maladresse est immédiatement exploitée par quelques émules ravis de disqualifier un confrère. Il y a des rivalités comme partout. Les fantastiques résultats de la science sont là pour montrer, à l'évidence, que les travaux de recherche effectués sont d'une qualité époustouflante. On a trop tendance à l'oublier. En volcanologie, certains scientifiques ont même perdu la vie au cours de leurs explorations. Katia et Maurice Kraft, sur les pentes du complexe volcanique Uzen au Japon, ont ainsi péri au cours d'une éruption. Leurs travaux avaient auparavant contribué à réduire l'impact de l'explosion cataclysmique du volcan philippin Pinatubo en 1991. Il est situé à moins de cent kilomètres de la mégapole de Manille et de ses 20 millions d'habitants. La population avait pris conscience des dangers auxquels elle était exposé et avait pu réagir en conséquence.

Les médias sont aussi trop rapides à critiquer les scientifiques. Quand leurs prévisions catastrophiques ne sont pas réalisées (« Ce n'était pas la peine de... »). Et aussi quand leurs prévisions optimistes sont contredites par la réalité (« C'est absolument scandaleux que... »). Le peuple n'a aucune idée de la complexité de la science actuelle dont il ne voit que les prouesses. C'est si facile d'appuyer sur un bouton et d'avoir par exemple une télévision en haute définition. Derrière cette apparente simplicité se cache une très réelle grande complexité. C'est la science qui a construit d'immenses cathédrales modernes : celles des connaissances scientifiques. On a trop tendance à confondre les savoirs avec leur utilisation technique.

Arian n'avait lâché qu'une seule remarque lorsqu'on avait évoqué une possibilité de baisse des retraites, inévitable devant la dégradation ininterrompue des comptes :

— Les politiques aiment bien les « je vous ai compris ». Mais ceux qu'on a compris sont de plus en plus « cons pris ».

Il acheva le plat principal le premier et alla se placer dans la file d'attente pour les desserts. Ces desserts allaient jouer un bien vilain tour à Nael et le petit volcan leur fournir un sujet de conversation à tous pendant le voyage.

— Eudoxe c'est un prénom rare ! La Campyle et l'Hippopède d'Eudoxe sont des courbes mathématiques célèbres mais bien peu connues, n'est ce pas ?

Alain venait de s'adresser à Eudoxe.

— Je sais. Mes parents étaient mathématiciens. Moi-même je suis passé par les classes préparatoires scientifiques. Ils m'ont donné mon prénom en hommage à Eudoxe de Cnide. Ils avaient fait des études de latin et de grec dont ils sont passionnés. Eudoxe de Cnide était un savant grec du IV siècle avant Jésus Christ, contemporain de Platon. Il était assez réputé en son temps. Mais comment connaissez vous la Kampyle et l'Hippopède ?

Alain riait en répondant :

— Je ne les connaissais pas. Je suis allé fouiner sur Internet. Il suffit de taper « Eudoxe » dans un moteur de recherche. Je serai bien incapable de vous donner des précisions à ce sujet. Je ne savais même pas qu'elles existaient. J'ai cru comprendre qu'elles lui ont servi à construire la première modélisation au monde du mouvement des planètes ? Même si les fondements de son raisonnement étaient faux, l'exploit est quand même considérable. Quand j'ai lu quelques précisions là-dessus, je suis parti en courant. Malgré ma formation scientifique, cela ne m'a pas paru simple. J'ai été étonné d'apprendre que, dans ces temps anciens, les mathématiciens avaient autant de connaissances théoriques. Il n'y a pas beaucoup de sites Internet qui en parlent. On y apprend que les travaux d'Eudoxe, pour lui rendre justice, ont été remarquables et du niveau d'autres savants grecs eux bien plus célèbres (comme Platon par exemple). Eudoxe n'a pas dû s'occuper suffisamment de sa notoriété ! Il est peu connu maintenant.

Deux autres convives, en couple, étaient des commerçants d'un age moyen. Ils tenaient ensemble une pâtisserie de luxe. Elle, jolie femme élégante, était plus jeune que son mari. Lui était de taille moyenne avec un visage sans signe particulier et une allure difficile à définir, pas spécialement élancée, mais on le pressentait très robuste. Il portait des tenues simples. On remarquait un très grand calme dans son comportement. Peu bavard, il n'avait lâché que quelques mots. Dans la moindre phrase échangée avec lui, sa femme Aline insérait son prénom.

— Adrien, ces couteaux sont impossibles à utiliser ! On n'arrive pas à couper quoi que ce soit. Adrien, tu n'aurais pas par hasard avec toi ton Laguiole ?

On sentait une extrême sûreté en elle et cela était induit par la proximité de son mari. Le calme d'Adrien avait manifestement tendance à influencer son entourage.

Nael se servit en dessert. Il en choisit un avec une croûte caramélisée et revint à la table. L'air de la mer lui donnait de l'appétit et l'aspect alléchant de l'assiette était prometteur. Il se mit à déguster la partie la plus molle, puis attaqua la croûte. Il serra les mâchoires et un bruit terrible résonna alors dans ses oreilles. Un horrible craquement. Il crût sur le moment à la fracture d'un os. Il ne ressentait pourtant aucune douleur. Il fit jouer sa langue dans la bouche pour essayer de localiser un endroit douloureux. Mais non il n'y avait pas d'anomalies. C'est à ce moment qu'il sentit, en haut de la cavité buccale, une sorte de discontinuité. Il comprit, en un éclair, ce qui venait de se passer.

Il confirma en passant et repassant sa langue sur la partie supérieure de sa bouche. Il venait de fendre le haut de son appareil dentaire. Un sentiment de désespoir l'envahit. La croisière allait se terminer en un calvaire. Il ne se voyait pas venir aux repas sans appareil ni participer aux excursions ni même se promener dans les coursives de peur de rencontrer quelqu'un.

— Tu ne termines pas ton dessert ? Lena s'interrogeait sur cette lenteur inhabituelle.

— Non, la croûte ne me plaît pas trop. Je crois que je vais la laisser. Je reviens. Je vais me laver les mains. Je me suis mis trop de caramel sur les doigts.

Arrivé aux toilettes, l'examen visuel confirma l'inspection tactile. Il y avait une fente longitudinale sur la moitié de la résine. Que faire ? la seule attitude possible était de ne manger désormais que des choses molles en espérant que le bout de résine intact tienne jusqu'au bout du voyage.

Revenu à la table, Nael pris le café normalement. Il n'osa pas croquer dans le petit biscuit qui était ajouté sur la soucoupe. Il prétexta ensuite un peu de fatigue pour redescendre en cabine. Il avait été terriblement choqué et il avait besoin d'un peu de calme pour récupérer. Heureusement, il ne restait plus que quelques jours de croisière. Il avait hâte de rentrer chez lui.

Lena, inconsciente de la situation, était retournée lire sur le pont. Le bateau accosta au petit matin sur une petite île. La matinée était soit libre soit consacrée à la visite d'une grotte. Les dix de la table avaient pris l'habitude de faire les excursions ensemble. Ils s'étaient fixés une heure de rendez-vous et c'est ensemble qu'ils se présentèrent pour la sortie du navire. Ils prirent place dans une queue assez brouillonne. Au bout d'un moment des personnes, comme souvent, leur étaient passées devant, bien que largement arrivées après. La manœuvre avait été faite sans ménagement. Adrien, très calme, ramena doucement le groupe devant les personnages indélicats ou trop pressés ? S'ensuivit un échange de regards, une sorte d'évaluation. Il y a des choses qui se sentent. Les dix restèrent devant sans plus de formalités. Pas un mot ne fut prononcé.

Ils apprirent plus tard, au cours de leurs repas, qu'Adrien était un adepte du « Sambo combat » qu'il pratiquait même en compétition. Ce Sambo est un art martial qui comprend plusieurs techniques : c'est un mélange de judo, de karaté, de boxe, de lutte... Des bruits courent qu'un président russe, bien connu, en aurait été un adepte. Les compétitions sont, paraît-il, très éprouvantes physiquement.

Les repas suivants furent un calvaire pour Nael. Prétextant une nausée permanente, il mangeait peu, découpant tout aliment en petits morceaux. Il mâchouillait consciencieusement tout. Il était sans arrêt en retard. En face de lui, la vue d'Arian était épouvantable. Arian broyait tout, concentré sur son repas, avec ses mâchoires et ses dents monstrueuses.

Nael avait, depuis longtemps, un boulet dentaire à traîner. C'était une conséquence d'une alimentation de jeunesse désastreuse que les circonstances de la vie lui avaient imposé. Il en était même extrêmement traumatisé. Cela l'avait gravement handicapé dans ses relations. Parfois, il éprouvait de la honte à exhiber ce corps diminué. Il lui fallait bien vivre avec ce fardeau. Il n'avait pas le choix. La vue récurrente de voisins avec des dentitions éclatantes était un continuel rappel qu'il était en situation d'infériorité en société. Il contraignait ses rires à de pauvres ouvertures buccales qui ne laissaient que fort peu apparaître ses dents. Heureusement, hors ce problème de dentition, il était en excellente santé et pouvait exhiber un fort dynamisme communicatif.

Les nouvelles en provenance d'Inanésie n'étaient pas bonnes. Le volcan déchaîné continuait son éruption. Il donnait l'impression d'être excité par une sorte de faille qui se serait produite en dessous de son cratère. Les vulcanologues de tous les pays étaient maintenant sur place. La puissance de la nature « reprenait ses droits », ce poncif qu'aiment tellement les commentateurs de films sur la nature.

A la table, Alain l'ingénieur est devenu perplexe. Il n'est pas un spécialiste des volcans mais il sent que cette éruption peut avoir un impact sur la vie de tous les jours. Son assurance des premiers jours a disparu. Il est le seul à éprouver une crainte. Le trafic aérien, ce n'est pas rien et il va être sérieusement perturbé. En tout cas, il ne veut pas donner l'impression qu'il minimise l'affaire. Les autres, insouciants, profitent de leur croisière à l'exception de Nael bien sûr qui, stressé, attend le débarquement avec impatience.

Arian s'est détendu et par moment se laisse aller à quelques confidences.

— Savez vous comment arrêter de fumer facilement ?

— Si vous savez comment faire pour un volcan cela arrangerait tout le monde !

— Il suffit d'être près de ses sous ! Son rire laisse apparaître ses énormes dents.

— Moi, pour arrêter je me fixe un but : ne pas fumer plus de 4 cigarettes, par exemple, dans une journée. Le matin, je vais acheter un paquet. J'en extrais 4 cigarettes que je garde. Je jette le reste dans une poubelle. C'est facile, car je sais que j'ai encore quelques cigarettes à fumer, donc cela ne me stresse pas trop. Et bien croyez moi, je n'ai jamais acheté un deuxième paquet dans la même journée, après avoir fumé ma cible de 4 cigarettes ! Je suis trop radin. Et puis j'ai trop de fierté. Je ne me suis jamais abaissé à aller récupérer un paquet, au milieu d'un tas d'ordures. Je choisis une grande poubelle collective. Vous me voyez, le derrière en l'air, en train de fouiller dans des déchets ménagers, devant des voisins ? Cela n'est pas mon genre ! Au début, je me fixe une contrainte modeste qui peut être plus grande que quatre. Puis, je réduis de plus en plus mon objectif de cigarettes à fumer dans une journée. Quand j'en suis à un nombre assez faible j'arrête complètement. Cela a l'air d'être cher mais finalement moins que de fumer, tous les jours, un demi-paquet pendant des années.

— Vous voulez dire que n'allez rien récupérer, car vous avez trop peur de tomber dans la benne à ordures ?

— Mais ! Vous fumez, ainsi, des cigarettes à 2 euros pièce ! !

—Oui, tout à fait. Je vous assure que cela aide à arrêter.

Adrien commençait à s'inquiétait, lui aussi, de la situation en Inanésie.

— Avez vous des nouvelles du volcan ?

— Il parait qu'un professeur P... très connu a assuré que le nuage de cendres ne passerait pas au-dessus de la France. Il n'y a pas d'inquiétude pour nos avions.

— Parce qu'il y a un nuage de cendres ?

— Oui, les explosions ont dégagé beaucoup de cendres dans l'atmosphère. Ces cendres, emportées par les vents, peuvent se déplacer sur la terre entière. Les cendres ont un effet catastrophique sur les moteurs d'avion. Cela pourrait bloquer les vols. On a déjà connu ça récemment avec un volcan d'Islande.

— Si c'est le seul résultat, ce n'est pas trop grave. Cela finira bien par se dissiper.

— Oui, mais ce volcan d'Inanésie est plus gros que celui qui est entré en éruption récemment en Islande où seule l'Europe avait été touchée. Ses cendres se propagent actuellement un peu partout. Heureusement le nuage n'est pas très important. On espère qu'il aura le temps de se dissiper sinon c'est le trafic mondial aérien qui va être impacté.

— Et donc ?

— Je n'en sais pas plus. Mais on peut deviner sans peine qu'on va vers quelques ennuis dans ce cas là. Le temps que le nuage se dissipe.

— Vous savez ce qui s'est passé pour Tchernobyl ? Les autorités françaises ont minimisé tant qu'elles ont pu l'importance des retombées radioactives. Et pourtant il y avait de quoi s'inquiéter. Actuellement, la CRIIRAD se bat encore pour faire la lumière sur la pollution radioactive qui a affectée et qui continue d'affecter de nombreuses régions françaises. La CRIIRAD vend un petit appareil de mesures de radioactivité (le Radex) peu coûteux. Cela permet à tout un chacun de vérifier le taux de radioactivité autour de chez soi. Pour l'acheter, allez sur le site http : //www.criirad.org/. On peut aussi chercher, avec un moteur de recherche, le mot « Radex ». L'appareil peut être trouvé ailleurs.

Nael, lui, s'abstenait le plus possible de parler. Il était concentré sur son travail masticatoire compliqué. Appuyer sur les aliments mais pas trop. Juste le minimum pour éviter d'avaler tout rond. Il était angoissé et s'attendait à tout moment à entendre le craquement fatal qui signifierait la fin de son appareil. Il participait peu aux activités et aux conversations. Il écoutait passivement, assommé par l'inquiétude qui le rongeait.

Arian en avait sorti encore une bonne. Un soir, comme la conversation portait sur les produits manufacturés, il avait eu cette petite phrase :

— Les allemands sont des gens sérieux. Chez eux tout est mieux qu'ailleurs. C'est d'ailleurs ce qu'ils affirment à longueur de conversation. Ils ont une énorme tendance à l'auto-promotion. Il suffit de discuter cinq minutes avec des allemands pour le comprendre. Beaucoup d'entre eux essaient de convaincre leurs interlocuteurs, avec beaucoup d'insistance, que c'est bien mieux chez eux. Et c'est vrai, les allemands ne font pas beaucoup de petites bêtises.

— C'est donc un peuple parfait !

— Pas complètement ! Les allemands ne font pas de petites bêtises, leur spécialité récente ce sont les grosses !

— Parlons plus concret, par exemple les grosses voitures ?

— Oui, par exemple. Dans le secteur de la voiture, certains de leurs constructeurs essaient d'envahir le marché automobile mondial avec des moyens quelquefois qui sont surprenants pour un peuple parfait. A mon avis, ils ont très vite compris qu'on était entré dans une ère de guerre industrielle planétaire. Comme ils sont très logiques, ils se sont donnés les moyens de la gagner à tout prix. A la suite de contrôles, une de leurs firmes est sujette à de lourdes amendes. Comme d'habitude, dans de telles circonstances, leur compagnie clame que ce n'est pas une volonté délibérée... On connaît le discours de ces grandes marques. Ceci dit, dans la vie de tous les jours, ce sont vraiment des gens charmants.

— Est-ce que l'Allemagne sera impactée par le nuage de cendres ?

— Eux ont affirmé que oui. Le professeur A. est de leur avis. Ils sont en désaccord avec le professeur P. Ce dernier affirme que le déplacement du nuage ne se fait pas dans notre direction. Ils commencent à réfléchir aux conséquences. Ils commencent à réfléchir dans le cas où... L'aviation commerciale risque de souffrir. Certains, en France, commencent à ricaner que le nuage aurait le bon goût de passer au dessus de l'Afrique. Puis il tournerait vers l'est pour survoler l'Italie. Enfin, il reviendrait à l'ouest pour survoler l'Allemagne. Évidemment, les humoristes n'ont pas manqué l'aubaine. Il y a une caricature avec des français tout enfarinés par des cendres et des allemands qui les regardent en rigolant sous des parapluies. On verra bien ce qui va se passer. La bonne nouvelle, c'est que le nuage n'est pas très important. Il ne faudrait pas qu'il grossisse. Qui vivra verra n'est-ce pas ?

— Moi, je fais confiance à A. c'est une sommité mondiale. C'est quelqu'un qui m'est sympathique. Il ne pratique pas la langue de bois. Cela m'inquiète qu'il juge la situation sérieuse. Évidemment personne n'écoutera son avis avec son profil de climato-sceptique. Il n'est pas dans l'air du temps.

— Holà ! A. n'est pas clair sur le climat. Tous ceux qui ne sont pas climato-sceptiques en sont sûrs. A. est climato-sceptique, car il n'aime pas les anti-climato-sceptiques. Il faudrait faire des études plus poussées, en évitant de mettre dans les équipes ce genre de scientifique. Cette espèce d'éruption n'est pas rare sur le globe. Il ne faut pas faire du catastrophisme mais les conséquences ne seront pas négligeables.

Devant l'avalanche de négations, propre au discours d'intellectuels, certains suivaient avec difficulté le discours d'Eudoxe.

— Mais, vous ne pensez pas que c'est le propre de la science de confronter des idées ? Bien sûr, A. a eu quelquefois quelques torts, mais il a l'immense mérite d'appeler un chat un chat et de ne pas pratiquer la langue de bois. La construction scientifique est difficile et il est bon de confronter des théories. A. est conscient du réchauffement climatique qu'il ne conteste pas, si je ne me trompe pas. J'avais l'impression que le débat se situait au niveau des causes et des solutions. Là, à cette époque ancienne de grandes controverses sur le climat, il y avait moins de certitudes. Apparemment il y a maintenant des certitudes. Est-ce que je comprends bien ? Vous parlez du climat n'est-ce-pas ?

— Dans ce cas exceptionnel, les résultats ne doivent pas être flous et ne souffrir aucune contestation surtout si elle est scientifique. La science ne doit pas disperser ses voix. Les débats anti-bonne théorie ne sont pas les bienvenus. Les gens n'y comprendraient plus rien. Il faut mettre en place des lois internationales. Tous les pays riches doivent payer pour leurs méfaits et réparer les dégâts.

Manifestement Eudoxe, bien que d'une grande intelligence, répétait mécaniquement un discours qui circulait fréquemment dans son milieu. La peur de l'augmentation catastrophique du co2 et du réchauffement climatique cauchemardesque, eux bien réels et aux conséquences épouvantables, alimentait un discours réflexe.

Cette discussion n'intéressait pas trop Arian. Il finit par déclarer :

— Bon, et bien moi je vais aller me coucher dans pas longtemps. La qualité du vin est pas top et ça me donne des aigreurs d'estomac. Demain sera un autre jour. Eudoxe, qu'est-ce que tu penses du collectif des climato-réalistes ? Pour moi le réalisme, ce soir, c'est mon lit. Hé ! Eudoxe mais qu'est-ce que tu as ? Tu viens d'avaler de travers ? Tu es tout rouge... Enfin, ça je m'en doutais un peu. Mais à ce point ! C'est à cause des climato-réalistes ? Sais-tu qu'ils ont un site Internet (http://www.skyfall.fr) ?
Qu'est-ce que tu dis ? C'est n'importe quoi ? Ils ont fait un contre-sommet ? Un ancien président de la république tchèque a écrit un livre intitulé « Planète bleue en péril vert » ? Fallait oser. Cela je ne le connaissais pas. C'est vraiment de la provoc. Bon je vais au pieu ! Salut tout le monde ! Bonne soirée !

— Achtung le volcan ! auf Wiedersehen Arian !

— Bof ! Je préfère le vin à la bière mais ici Achtung plutôt le vin !

Le lendemain, les informations annonçaient un certain répit. Le volcan avait continué, durant la nuit, à vomir des matières plus ou moins toxiques mais avec moins d'intensité. Le nuage n'était pas si important que ça. L'Europe ne serait que très peu impactée. Les secours pouvaient commencer à s'organiser de manière plus efficace. Il y avait des appels incessants aux donations pour les organisations humanitaires. Quelques passagers curieux scrutaient le ciel dans l'espoir d'être les premiers à voir quelque chose, ce qui était fortement improbable.

Le volcanisme était devenu un bon sujet de conversation.

— Savez-vous qu'on essaie en ce moment de valider des dessins de la grotte Chauvet ? Fait unique au monde, les habitants de cette caverne auraient dessiné des éruptions volcaniques. Les datations des dessins font apparaître qu'ils sont contemporains d'éruptions volcaniques dans la région de la grotte. Cherchez sur Internet avec les mots clés « grotte chauvet volcan » et vous trouverez des sites qui en parlent.

— Malheureusement nos ancêtres, qui n'étaient pas encore gaulois et qui étaient tellement adroits pour dessiner des animaux, ne semblaient pas bien motivés pour dessiner ce phénomène naturel. On dit que les dessins d'éruptions supposées ne sont pas de très grande qualité. Moi, je me pose des questions à ce sujet. A voir les croquis d'animaux, si parfaits dans les grottes, j'ai un gros doute sur le fait qu'ils aient été faits à main levée. Les conditions ne devaient pas être bonnes dans les grottes avec très peu de lumière, cela devait être une mauvaise lumière pas régulière. L'effacement d'un trait malencontreux était probablement difficile.

— Vous voulez dire quoi ?

— J'ai l'impression que ce sont des dessins recopiés. Cela parait plus simple que les originaux aient été faits à l'extérieur sur un support quelconque (boue, terre, sable,...) puis emmenés dans les grottes et recopiés.

— Mais ! Et les croquis d'éruptions qui sont de piètre qualité ?

— A mon avis, ils devaient être tellement terrifiés que les dessins de volcans cela devaient être le cadet de leurs soucis ! Leur préoccupation première c'était surtout la bouffe, comme tous les animaux. Ils n'avaient ni frigidaire ni hypermarché. Peut-être que ces dessins ont été faits à la hâte et, dans ce cas-là justement, pas recopiés. L'urgence étant la fuite devant une éruption volcanique. Ils ont laissé une trace un peu bâclée. J'ai beaucoup d'imagination vous savez !

— Question d'information : vous ne venez pas de fumer un bout de moquette par hasard ?

— Connaissez vous les îles Lipari ? Il parait qu'elles sont volcaniques. On avait une proposition de tourisme sur ces îles.

L'ingénieur non seulement était au courant mais était fortement intéressé par ces îles. Alain s'engagea, donc, tout de suite sur le sujet.

— Oui bien sûr. Nous y avons fait un séjour d'une semaine il y a quelques années. Cet amas de petites îles volcaniques en bordure de l'Europe est finalement peu connu du grand public. C'est un paysage magnifique qui attend les touristes. A deux pas de l'Italie et de la Sardaigne et à quelques kilomètres de la Corse, on peut voir un volcan en pleine activité toute l'année : spectacle époustouflant garanti. Vous pourrez aussi apprécier les belles plages tantôt blondes tantôt noires suivant les matériaux constitutifs, les bijoux d'un noir pur d'obsidienne et les bains d'eaux chaudes naturelles soufrées.

— On dit que c'est facile de monter au sommet du Stromboli ?

— Facilement est un bien grand mot. Il n'y a pas d'escalade mais il faut être un honnête marcheur. Les pentes sont recouvertes parfois de cendres. La marche dans le sable en montée est fatigante. On peut alors faire quelquefois quelques pas en avant, puis reculer un peu en arrière dans cette poussière volcanique. L'approche du sommet est impressionnante. On n'entend rien pendant le début de la montée et brusquement après avoir doublé un promontoire, qui masquait le son, la puissance des explosions donne envie de redescendre à toute vitesse. Je vous jure qu'on prend peur. Nulle part vous n'entendrez des sons de cette puissance. Et pourtant le Stromboli est un très petit volcan. Savez-vous que des personnes ont été rendues sourdes à vie par les sons émis lors d'éruptions volcaniques ? Le bruit peut être gigantesque.

C'est là où on ressent, avec une intensité incroyable, la

puissance de la terre. On se prend à regarder à ses pieds et à se dire qu'on est perché au sommet d'un brasier invraisemblable d'une puissance inouïe. Ça change vraiment la perception qu'on peut avoir de notre globe. La croûte terrestre est bien plus fine que ce que l'on pense habituellement. Le magma en fusion est juste sous nos pieds. Il faudrait que tout le monde soit monté une fois au sommet d'un volcan en éruption. Il y aurait une meilleure perception de la puissance de la matière. La nuit, le spectacle est féerique. L'organisation est de dame nature.

— Et il y a beaucoup d'îles sur cet archipel ?

— En fait, chaque île est un volcan. La plupart sont éteints sauf, par exemple, le Stromboli dont on parlait précédemment et le Vulcano. Ce sont des volcans relativement petits : on n'a pas à monter à 3000 mètres pour accéder au sommet du cratère. En simplifiant, le Stromboli est le contraire de celui d'Inanésie. Il a des éruptions régulières, donc la pression ne monte pas trop sous son cône. Enfin façon de parler simplement, car la dernière image précédente n'est qu'une façon de voir populaire et non scientifique. En principe il n'est pas dangereux. Il y a des populations qui vivent à son pied depuis fort longtemps, sans gros problèmes. De temps en temps il y a bien quelques craintes puis il reprend sa vie normale.

— Si je comprends bien, l'Italie est un pays volcanique ? On entend régulièrement parler de l'Etna.

— Oui, allez sur Wikipedia sur Internet. Vous y trouverez une belle liste longue d'une vingtaine de volcans italiens (vous y trouverez aussi ceux des iles Lipari). L'Etna est le plus connu. Mais à mon avis le Vésuve est le plus dangereux. Il a parfois un comportement explosif. Pompéï est là pour nous le rappeler. Avec un peu d'exagération, on peut dire que Naples possède en banlieue une bombe gigantesque qui explosera un jour et malheureusement dans pas trop longtemps. On le sait. On en est sûr. Les volcanologues s'y attendent et ils ont prévenu. Le résultat le plus tangible a été la surveillance étroite de ce volcan.

— Brrr, quelle perspective !

— Et ce n'est pas tout, malheureusement il y a pire. Naples semble se situer entre le Vésuve et un super volcan appelé « Champs Phlégréens » ou en italien « Campi Flegrei » ce qui veut dire champs brûlants. Si ce super volcan venait à entrer en une éruption majeure, c'est toute l'Europe qui serait immédiatement impactée. Pour en savoir plus, recherchez sur Internet avec les mots clés « Vésuve super volcan ». Heureusement, cette zone est très surveillée et surtout la statue de San Gennaro veille et protège la région ! Apparemment, contrairement au Vésuve, la probabilité d'éruption à court terme de ce « Campi Flegrei » semble faible.

— Et si on élargit un peu la zone, l'Europe est entourée de vastes zones volcaniques : le bassin méditerranéen, la Russie, l'Islande ! ! Mais je ne veux pas trop vous ennuyer avec le volcanisme. Si je vous ai saoulé, excusez-moi. J'arrête là.

— Parfait, on est un peu enfumé par vos effluences volcaniques !

Mais Eudoxe avait, lui aussi, son mot à dire. Il continua quand même sur le même thème.

— Excusez-moi, pour ceux qui déjà saturés, mais j'aimerais ajouter une touche mythologique.

On comprend que, dans sa famille, la mythologie devait occuper une place de choix.

— Non, non, pas d'accord ! On va arrêter là le catastrophisme si vous le voulez bien ! Pour se remonter le moral, on va prendre un petit café sur le pont supérieur ?

— Que deux mots ! Je voulais juste dire, pour leur rendre justice, que les volcans ont été probablement à l'origine de la vie sur terre. Et en plus, si la vie continue sur terre, c'est bien grâce à eux. Savez-vous, qu'à une époque reculée, c'est grâce à leur rejet de CO_2 (le fameux gaz à effet de serre) que notre planète est devenue fertile.

— Ah bon ?

Eudoxe, ayant compris qu'il avait accroché l'attention, en profita pour placer sa mythologie.

— Et oui le CO_2 ! Comme disait Ciceron « O tempora, o mores ! ». Que je pourrais traduire (même si c'est une traduction contestable) par : « Autres temps, autres mœurs ! ». Chez les romains, Vulcain était le dieu du feu et de la forge. Il était le maître des volcans qui lui servaient à confectionner la foudre pour disons son patron (je simplifie !). Il avait une forge dans le volcan Vulcano. C'est bien le volcan des îles Lipari dont on parlait tout à l'heure. Et il semble qu'il possédait une autre forge dans l'Etna. Bon, voila j'en ai fini. Je suis partant pour le café. C'est une très bonne idée ! La prochaine fois, je vous parlerais du patron de Vulcain qui s'appelait Jupiter, si vous le voulez bien. Ah ! Une dernière chose ! Actuellement, les volcans semblent émettre extrêmement moins de CO_2 que les activités humaines.

Le bateau continuait de naviguer paisiblement. Les accostages étaient impressionnants. C'était un spectacle que Nael ne ratait jamais. Il regardait fasciné cette masse gigantesque s'aligner doucement le long du quai. Qu'est-ce qu'on était loin des bateaux de son enfance ! Qu'est-ce que ces bateaux étaient luxueux et sophistiqués ! Il se sentait un privilégié.

Arian voyageait seul. Sa femme était restée à la maison pour s'occuper de leur chien vieillissant en très mauvaise santé. Ils s'attendaient au pire. Ils avaient décidé de prendre leurs vacances en alternance pour mieux accompagner leur animal dans ces instants difficiles. Il téléphonait souvent pour prendre des nouvelles. A la table, on le sentait gourmand. Sur le bateau il avait tout naturellement sympathisé avec Adrien. Le point commun devait être la pâtisserie. Dès qu'Adrien avait mentionné son métier de pâtissier, les yeux d'Arian avaient brillé. Mais c'étaient deux extrêmes au point de vue façon de vivre. Autant Adrien était sportif autant Arian ne l'était pas.

Après le volcanisme, la conversation à la table s'était orientée vers l'aide à apporter aux populations sinistrées.

— C'est difficile d'ici d'envoyer quelque chose. On le fera une fois rentré. On donne régulièrement à Médecins Sans Frontières en fin d'année. On fera une exception pour cette tragédie.

— Nous, on donne à une dizaine d'associations. Je ne vous dis pas le courrier que l'on reçoit. Leurs équipes sur le terrain sont d'un courage et d'une humanité qui laisse pantois. Ce sont des gens vraiment extraordinaires. Mais la gestion de ces associations est bizarre. Est-ce que c'est vraiment nécessaire de nous inonder de stylos de mauvaise qualité ? C'est de l'argent mis à la poubelle. Je ne parle même pas des tonnes de papier envoyées en pure perte. Très peu de gens les lisent. Et pour cause, la masse de papiers à lire toutes les semaines devient de plus en plus importante. Il y a là beaucoup trop de gaspillage. Il faudrait légiférer de toute urgence sur le gâchis de papier généralisé. Je donne à un petit organisme qui s'appelle « Petites sœurs des pauvres ». Ces gens-là m'envoient seulement deux courriers par an. Et encore en petits formats. Je leur fais un chèque, avec le sentiment agréable que je donne à des gens efficaces.

— Tout à fait d'accord ! Il faut réduire les cadeaux. S'il vous plaît, associations de tous horizons, ne nous envoyez plus de stylos ! ni de seringues, ni de carnets, ni de bloc-notes, ni de cartes postales, ni d'enveloppes, ni de modèles réduits de béquilles, ni de post-it, ni de sachets de semoule ou de riz ou de mil, ni de papiers cadeaux, ni de décorations de Noël, ni d'étoiles diverses à coller ou à accrocher, ni de carnets de coloriages, ni de pochettes pour cadeaux, ni de porte-clés, ni de fleurs en plastique, ni de photos artistiques, ni de calendriers (on en reçoit de tous les cotés), ni d'auto-collants « timbre-adresse » (c'est le seul cadeau vraiment utile à conserver éventuellement. On n'en reçoit pas beaucoup d'autres sources). Ne perdez plus de temps et d'argent à cela. En vacances quelquefois je vois des stylos style fantaisie qui me plaisent, genre souvenirs locaux. Je n'ose plus en acheter un seul. Mon stock de stylos cadeaux est déjà tellement monstrueux ! Car, outre les associations humanitaires, on a plein d'occasions d'en recevoir aussi par : des organisations, des commerces, des corporations, des collectivités, des amicales, des compagnies, des fédérations, des sociétés, des entreprises, des foires, des clubs... Et ce qui est désolant, la plupart du temps, ces stylos sont aussi de mauvaise qualité.

En revanche, s'il vous plaît, utilisez des enveloppes réponses auto-collantes. Merci par avance. C'est vraiment désagréable d'avoir une langue pleine de colle après avoir envoyé ses dons.

— Moi, je me suis accroché avec une association humanitaire, enfin pas de manière sérieuse quand même. On m'avait téléphoné à la maison. La personne, de l'association, me disait que mon don ne me coûterait pas grand chose. Cela, car on pouvait faire une déduction fiscale. Elle ne comprenait pas que j'insiste sur le fait que non ce n'était pas vrai et que dans la réalité je paierai tout. Le dialogue était du genre : « Vous ne m'avez pas compris. Oui vous payez tout mais cette déduction va vous faire réaliser des économies ensuite ». La réponse réitérée plusieurs fois et non comprise était « Et qui va payer l'abattement ? ». Le mythe de l'état providence est tellement implanté que personne ne se rend plus compte que l'argent de l'état est notre argent. L'argent de l'état devient une sorte de manne miraculeuse tombée du ciel. Mais je voudrais tempérer mes propos pour éviter toute ambiguïté. Mes réflexions sont très théoriques, car malgré tout je suis favorable à ce système de déduction. Sans lui, le volume des dons va s'effondrer et on en a un immense besoin.

— Vous voulez dire que, quand il y a une déduction d'impôt, l'état qui perd de l'argent doit bien compenser d'une façon ou d'une autre ? Ou il emprunte ou il augmente de façon équivalente ses prélèvements sur la population ?

— Exactement, donc ou c'est nous qui payons ou ce seront nos enfants. Ces artifices masquent la réalité financière. Mais je ne veux pas donner l'impression que je tire à boulets rouges sur ces associations qui encore une fois sont admirables (et admirées), utiles et impressionnantes de dévouement. J'aimerais seulement qu'elles améliorent leur fonctionnement.

— Vous me donnez mal à la tête ! Moi, je dis qu'il faut bien inciter les gens à donner, c'est tout. Quelqu'un est partant pour la piscine ?

Une dernière personne, célibataire, intriguait tout le monde. De prénom Klaudia, elle était de loin la plus jeune à la table, C'était une fille à peine sortie de l'adolescence et exceptionnellement belle. Une blonde aux cheveux longs très soyeux, élégante et fine. Avec un très joli visage d'un ovale parfait et des yeux bleus très clairs que les hommes ne pouvaient regarder que très troublés. Elle était sur la réserve et tenait à le faire savoir. Elle n'était pas bavarde, écoutait tout ce qui ce disait et participait souvent par de petits rires retenus. Sa beauté devait être un atout considérable dans ses relations en société.

Pourtant, sur le bateau, sa retenue était perçue presque avec méfiance. Avait t-on affaire à une prétentieuse, à une pimbêche ? En se promenant avec elle, on avait l'impression d'avancer dans un couloir formé par des paires d'yeux qui la dévisageaient de manière très indiscrète. Certains semblaient même fascinés. Tout le monde s'écartait. A la table, personne n'avait osé poser trop de questions précises. Lena et Nael devinaient que la retenue de Klaudia devait lui faciliter la vie. Elle était probablement trop sollicitée. Elle était obligée de repousser des avances trop nombreuses et pesantes à vivre quotidiennement.

Impossible pour l'instant de deviner même sa nationalité. Elle parlait un excellent français mais se limitait à quelques rares mots ou expressions courtes. Était t-elle française ? Elle avait indiqué qu'elle arrivait de Corse. Elle ne donnait pas l'impression d'avoir un accent originaire de cette île. Mais, par instant, un léger défaut de prononciation pouvait laisser supposer une éventuelle origine régionale. Certains commençaient à même parler de « James Bond girl » ! Elle avait pris place, à la table, à coté d'une Lena qui mourrait d'envie d'en savoir plus. Le couple grenoblois, très intuitif, pressentait un parcours qui devait sortir de l'ordinaire. Pourquoi était elle seule ? A cet age ? A cet instant ils ne se doutaient pas que, cette année là, ils allaient vivre des instants dramatiques d'une très grande intensité avec elle.

Lorsque Klaudia se penchait en avant, Arian ne pouvait pas s'empêcher de jeter un regard pas très discret sur l'échancrure de son corsage.

Et comme avait dit Adrien en rigolant :

– Arian, tu n'as aucune chance avec elle !

Mais, finalement, c'est bien le culot d'Arian qui allait dévoiler une partie du mystère. Il avait remarqué, dans son sac, un petit objet estampillé « Silja Line ».

— Klaudia ! Est-ce que je peux me permettre de vous appeler Klaudia ?

— Oui, bien sur.

— Excusez ma curiosité. J'ai remarqué que vous avez un petit objet marqué « Silja Line ». Êtes-vous une habituée des croisières en bateau ?

— Non, pas vraiment. L'objet est une brosse à dent, extrêmement petite, que je garde en permanence dans mon sac.

Raté pour des informations à l'exception de l'accent en français ! Il était clair qu'elle en avait un léger. C'était donc une provinciale ?

— La Silja est bien une compagnie coréenne ?

Arian y allait au bluff depuis le début. Son métier de commercial l'avait bien rodé à ce genre de manœuvre.

— Non, pas du tout. C'est une compagnie finlandaise de bateaux.

— Vous prenez des bateaux finlandais ?

— Oui bien sur, je suis finlandaise.

Étudiante, Klaudia venait de finir un boulot d'été. D'une très bonne famille finlandaise, elle n'avait pas besoin de ce job d'été qu'elle avait pris, attirée par une annonce alléchante. Il s'agissait d'être extra dans une auberge en Corse qui annonçait pour sa publicité : piscine, tir à l'arc, animaux de la ferme, chants corses le soir, produits locaux, baignades en torrent, ... Tout était vrai. Et ce qui allait de soi, le soleil était au rendez-vous. L'annonce ne le précisait pas, c'était inutile. Mais l'auberge était située en pleine campagne et à part ce qui était annoncé il n'y avait rien d'autres et en tout cas pas de distractions pour jeunes. Pour cela la côte corse était mieux lotie. Il fallait aimer la nature pour aller passer ses vacances en ce lieu. Néanmoins cela avait convenu à Klaudia. Les propriétaires étaient très sympathiques.

Elle avait rempli son contrat devant des vacanciers éberlués de voir une aussi jolie fille dans un tel coin, loin des endroits à la mode. Elle aurait pu concourir à une élection de miss. Avec les trois sous gagnés, elle se payait une petite croisière avant de rentrer chez elle. Le départ de Gènes l'arrangeait bien. Des ferries italiens bon marché font la navette toute l'année avec la Corse. Elle s'était offert une petite aventure. Son séjour corse l'avait dotée d'un hale qui faisait ressortir encore plus sa beauté. Elle parlait assez bien français avec un léger accent. Manifestement, pour avoir un français de ce niveau il avait fallu un travail certain. Le séjour en Corse devait être motivé aussi par un attrait linguistique.

Adrien était un sportif et il fréquentait assidûment la salle d'activités physiques du bateau. Il avait essayé d'y entraîner Arian. Celui-ci avait fort poliment décliné l'offre en ajoutant que ce n'était pas « son truc ». Pour sa part, Arian avait essayé d'entraîner Adrien vers la salle de machines à sous. Sans succès non plus ! Adrien ne voyait aucun intérêt à tenir compagnie aux bandits manchots. Les deux compères, pratiquant le commerce, essayèrent de se persuader du choix de leur loisir. Arian allait regretter d'avoir mis les doigts dans un engrenage de promesses.

Arian plaidait : « Qui ne tente rien n'a rien ».

Ce à quoi Adrien répondait :

— Qui tente n'a plus rien (à ces jeux). Est-ce que tu serais motivé pour gagner quelques mètres de portée lors de tes tirs au golf ? Tu m'as dit que c'est une activité que tu pratiques. Viens faire un peu de musculation avec moi.

Adrien avait touché juste. Mais Arian tenait à entraîner Adrien.

— Si je viens à la muscu, tu viens aux machines ! Je t'apprendrais à y jouer.

Ils terminèrent leur conversation devant une bière. Ce qui ne faisait pas avancer grand chose. Mais le soir même, on put voir Arian aux machines... de musculation. Un peu bedonnant, le début fut difficile. Adrien, promu « coach », conseillait les choix d'appareils et improvisait des conseils. Le lendemain, Arian était accablé de courbatures et souffrait d'un tour de rein épouvantable. Il jura qu'on ne l'y reprendrait plus.

Arian avait de la suite dans les idées et un certain respect des contrats conclus. Adrien était une bonne pâte. Malgré ses loisirs de sports de combat, c'était en fait quelqu'un de très débonnaire. C'est en s'appuyant sur les solides épaules d'Adrien qu'Arian, tout tordu de douleurs, l'entraîna vers l'espèce de petit casino électronique qui trônait en bonne place au centre du bateau. Il allait être très déçu de cette séance de jeu.

— Tiens, on va commencer par la roulette ; Tu connais un peu ce jeu ? Tout le monde connaît la roulette !

— Bof... A vrai dire non.

— Toute une éducation à refaire ! Il y en a de diverses sortes. Ici ils ont une roulette dite américaine.

— Pour moi américaine, européenne ou autre c'est du chinois.

— Eh bien tu vois quand tu veux ! Il existe bien une autre roulette dite européenne. Tu as raison.

— J'ai dit cela vraiment au hasard ! Je n'ai rien contre les chinois.

Arian expliqua qu'il y avait 37 numéros sur lesquels on pouvait jouer en appliquant diverses techniques.

— Eh bien moi je ne vais pas me casser la tête. Je vais commencer par jouer sur le zéro.

— Tu es malade ! On ne joue pas comme ça. Et puis le zéro a un traitement particulier.

Et ce qui devait arriver arriva. Adrien avait toute la chance du néophyte. Il ressortit de la salle les poches un peu plus remplies qu'à l'entrée à la différence d'Arian très traumatisé par une série de malchances incroyables. Et il ne pouvait pas dire qu'on ne l'y reprendrait plus. C'est lui qui avait lancé les tours de roue.

De leur coté, Klaudia et Lena avaient sympathisé assez rapidement. Elles se promenaient quasiment tout le temps ensemble.

Lena avait reçu quelques confidences. La maman de Klaudia lui parlait souvent en français car elle l'enseignait. Klaudia avait logiquement pris le français comme option au lycée. Avec le père, elles avaient aussi fait quelques séjours en France. Tout ceci expliquait la qualité de son accent. Mais pas seulement, car on sentait un intérêt en elle pour les langues et particulièrement pour la langue française. Malheureusement sur le bateau, les gens qui la parlaient étaient rares. L'équipage était composé de toutes les nationalités. L'anglais était la langue utilitaire et les passagers de nationalité française une minorité. Tout naturellement, Klaudia s'était orientée vers le groupe de français. Elle avait demandé d'ailleurs, à l'embarquement, à être placée à une table de francophones. Ce n'était pas du tout une pimbêche.

Sur son smartphone, elle avait montré à Lena des photos et des vidéos de Finlande. Lena en retour avait fait de même avec les Alpes. Elles s'étaient promis d'échanger leurs photos de la croisière Lena pensait le faire par Internet. Mais Klaudia plus au fait de l'informatique, comme tous les jeunes, lui avait proposé de le faire une fois arrivé à Gênes. Il était question d'une sombre histoire de transfert entre smartphones auquel Lena ne comprit rien. De toutes façons c'est Klaudia qui serait aux manettes et Lena lui faisait confiance.

En attendant elles faisaient les boutiques du bateau ensemble. Explorant celles de vêtements et de bijoux, épargnant ainsi à Nael une corvée qu'il n'aimait pas beaucoup. Il fallait faire vite, la croisière ne durait qu'une semaine ! A la table de restaurant, elles s'étaient placées à côté et en repartaient souvent ensemble pour un bain de soleil ou un thé dans un des nombreux points de restauration du bateau. Lena, qui avait beaucoup lu d'ouvrages, lui parlait littérature française et Klaudia écoutait ravie.

Nael s'était trouvé quelques affinités avec Eudoxe. Ils s'étaient retrouvés un soir sur le pont. Nael était allongé, au dehors, sur une chaise longue. Il était sur le dos et immobile. Très immobile. Eudoxe le crut endormi. C'est avec beaucoup de précautions qu'il déplia lui aussi une chaise longue et qu'il s'installa le plus silencieusement possible à quelques mètres de Nael. Une inquiétude très rapidement l'envahit. Et si cette immobilité était due à un malaise ? Nael ne semblait pas très jeune et les fatigues du voyage devaient se faire sentir. Il se releva et s'approcha avec beaucoup de précautions. Il prit peur. Les yeux étaient largement ouverts et fixes. Eudoxe avait déjà vu des morts et cette vision de globes oculaires immobiles l'avait traumatisé à vie. Il hésita, ne sachant pas trop quoi faire lorsqu'il entendit :

— Vous pouvez faire un peu de bruit. Vous ne me gênez pas.

Le « mort » venait de parler ! Eudoxe, très émotif, mit un certain moment avant de retrouver son calme.

— Vous m'avez fait peur ! J'ai cru au pire.

— Vous voulez dire que je ressemble à un cadavre n'est ce pas ? Je regardais simplement le ciel. C'est un spectacle captivant.

— Il y a quelque chose de particulier ce soir dans le ciel ?

— Oui, il est toujours aussi beau !

— Vous êtes quelqu'un de très contemplatif !

— Oui, par moments mais pas seulement !

— Entre deux contemplations, vous voulez dire que vous pouvez faire un petit somme ? Bien que plus jeune, j'avoue qu'en prenant de l'age cela m'arrive de plus en plus.

— Je suis seulement intéressé par l'astronomie. Je regardais les étoiles et les planètes. On est loin de toute pollution et le ciel est clair. J'ai même amené une petite lunette. Tenez, essayez ! Mais, les mouvements du bateau ne facilitent pas la chose.

En discutant, Eudoxe s'était aperçu que Nael connaissait bien la cartographie du ciel. Il s'était fait ainsi expliquer les positions de nombreuses étoiles et même de planètes. Nael avait des connaissances certes rudimentaires mais nettement au dessus de celles de monsieur tout le monde. Il était très intéressé par l'astronomie. Il avait un bon niveau amateur. Il avait acheté chez lui un télescope simple bon marché et possédait quelques livres d'astronomie. En plus, Nael lisait régulièrement des revues de vulgarisation scientifique. Il était passionné par les avancées récentes en recherche. Il compensait ainsi sa formation scolaire très légère par une amélioration constante de ses connaissances.

Eudoxe avait été ravi de trouver quelqu'un avec un discours qui sortait de l'ordinaire et qui l'intéressait. Il avait conseillé à Nael quelques lectures d'ouvrages d'astrophysique destinés au grand public. Car s'il ne connaissait rien à la position des étoiles, il avait des connaissances en physique. Il était en admiration devant les propriétés fantastiques de l'univers. Les deux hommes avaient trouvé un sujet de conversation passionnant. En dehors de la table de restaurant, ils pouvaient discuter au calme dans un coin du bateau devant ce spectacle merveilleux de l'univers étalé devant eux. Ce soir-là ils s'étaient couchés assez tard. Nael en avait oublié son problème d'appareil dentaire, ... ce qui n'était pas bien prudent.

Les deux hommes ne se doutaient pas que ce qui était sous leurs pieds allait devenir beaucoup plus important que ce qui était au dessus !

Pour les soirées, Arian avait déniché une sorte de petit bar très éclectique. Il faisait office ainsi, suivant sa programmation, de discothèque/bar/thé dansant/boite de nuit/cabaret. Une petite piste de danse y était adossée avec un emplacement pour disc-jockey. Autant dire qu'il y en avait pour tous les goûts. Les spectacles de danse, assurés par une petite troupe de professionnels, étaient remarquables. En effet l'inclinaison un peu variable de la piste, suivant l'état de la mer, rendait l'exécution des figures de danse éventuellement problématique. Le bateau n'était pas très grand. Ce n'était pas un géant des mers comme on peut en voir souvent. L'exiguïté de la scène était une difficulté supplémentaire. La proximité des danseurs rendait leur performance très spectaculaire. On n'a pas souvent l'occasion de voir un spectacle à quelques centimètres de soi.

Arian avait tout de suite vu le coté convivial du coin. Le décor était chaleureux. Le rouge et le marron prédominaient dans la salle où de larges fauteuils et des banquettes en cuir accueillaient les clients. Il proposait souvent à ses interlocuteurs d'y aller boire un verre. Il avait sympathisé avec les serveurs. Il était connu. C'était son coin. Comme avait dit Adrien « Vous allez voir que, dans pas longtemps, il va leur vendre sa marchandise ! ». En soirée, Lena, Klaudia et Nael s'y rendaient bien volontiers.

Le disc-jockey, de nom de scène Ken, avait une formule bien originale pour se payer une croisière. Il voyageait gratuitement. En échange, il avait un accord avec la compagnie : il devait assurer quelques heures d'animation certains soirs. Autant dire que la formule lui convenait bien. Faire passer quelques disques en soirée ce n'est pas la mer à boire (surtout sur un bateau de croisière !). Pour la compagnie maritime c'était tout bénéfice. Elle aurait dû de toutes manières (avec un animateur rétribué) assurer son logement. Avec Ken elle n'avait pas à régler de cachets et en plus c'était un très bon professionnel. Ken était français, il avait repéré le groupe d'Arian. Il venait souvent leur dire un petit bonjour. Arian l'interpellait à voix haute :

— Oh ! Ken ! comment ça va ?

— Oh ! Arian ! Labès ?

— La baisse ? ? Qu'est-ce que tu veux dire par là ?

— On m'a dit que tu avais un don pour deviner les mauvais numéros ! C'est vrai ? Labès c'est de l'arabe et c'est une expression bien connue. Cela veut dire « Comment ça va ? ».

— Bof ! Que des con... ries ! J'ai des hauts et des bas c'est tout. Aurais-tu des sous-entendus avec « La baisse » ? Là, tu me fâches !

— Enlève les bas ! Tu verras que tu auras tout de suite des hauts.

— Ah c'est malin ! Et bien moi je vais te dire : c'est toi qui as une bouille, excuse-moi l'expression, à baisses ! D'ailleurs ça ne m'étonne pas avec tes origines méditerranéennes.

— Mais les bas c'est bien de ton age ? Non ? Tu joues en bourse aussi ?

— Je joue à tout. Moi je vais te dire, c'est quand il y a des hauts que les bourses fonctionnent bien. C'est là où il faut vendre et écouler ses titres. Les bonnes occasions sont trop rares.

Le ping pong verbal était incessant entre ces deux... numéros.

Klaudia avait un grand admirateur dans cette salle. C'était une sportive. Elle avait fait de la gymnastique. Sa beauté, sa souplesse et son tonus en faisait une partenaire idéale de danse sportive. C'était l'activité que pratiquait un jeune spectateur. Autant dire qu'il n'avait d'yeux que pour elle. Malheureusement, Klaudia n'avait que peu de technique en danse. Le garçon lui avait appris quelques figures simples. Elle les avait assimilées assez vite. Ils étaient déjà beaux à voir.

Un soir, la conversation s'était portée sur le golf. Arian avait des idées bien tranchées sur ce sport qu'il pratiquait à un petit niveau. Comme d'habitude, les formules à l'emporte-pièce avaient alors fusé.

— Moi, je dis que le golf est un sport coûteux et pas équitable. Contrairement à tout ce qui est dit ça revient cher.

— Mais pourquoi pas équitable ? Je ne l'ai jamais entendu dire.

— Je parle bien sûr de compétitions à haut niveau, pas de golf loisir. Figurez-vous que ces épreuves font concourir des gens sans distinction de caractéristiques physiques (comme beaucoup d'autres sports d'ailleurs). Un Teddy Rinner de 140 kilos pourrait très bien affronter un pygmée de 40 kilos. Évidemment ce n'est pas le cas et pour cause. Le golf est un sport de lancer. Quand vous êtes au départ avec 500 mètres à faire parcourir à la balle, il vaut mieux être grand et puissant. Disons qu'un compétiteur avec la taille et la force d'un champion comme Teddy Rinner peut tirer à près de 300 mètres alors qu'une personne de constitution très légère sera bien largement en dessous. Rassurez-vous je n'ai rien contre ce magnifique athlète, très sympathique.

— Même en loisirs, les départs se font à plusieurs. C'est vrai que l'on peut jouer avec des champions, ce qui est rare quand même. Cela permet d'être ridicule quand on est mauvais et que l'on joue avec meilleurs que soi. Dans d'autres sports les gens jouent, le plus souvent, avec des joueurs de niveaux équivalents.

Toute une petite vie s'était organisée dans le bateau à laquelle l'arrivée dans le port de Gènes mis fin. La croisière s'acheva avec nombre d'échanges d'adresses et de mails. Auparavant, les passagers avaient été conviés à la séance classique de photos avec le capitaine où Arian avait tenu a avoir une photo, seul avec Klaudia.

Nael et Eudoxe firent leurs adieux avec anxiété. Les deux hommes, très intuitifs, sentaient que l'état du volcan en éruption était très anormal. Ils étaient inquiets pour l'avenir. Malheureusement, leurs inquiétudes étaient fondées. L'Europe allait vivre un drame. La vie de Nael serait rapidement complètement chamboulée.

Nael admira une dernière fois l'accostage du bateau au quai sur ce fond étonnant de la ville de Gènes toute encorbellée de villas et d'immeubles adossés à des collines abruptes. Malgré tout, il était soulagé et plus détendu. Son calvaire dentaire allait se terminer. Le soleil était agressif.

Lena avait informé Klaudia qu'ils se dirigeraient en voiture vers Grenoble. Elle lui avait proposé de l'emmener afin de lui éviter une partie du trajet en avion vers la Finlande. Klaudia avait refusé poliment. Ses billets étaient pris depuis longtemps et le gain était assez léger. Mais elle avait accepté bien volontiers la proposition de l'amener à l'aéroport en voiture.

A la sortie du bateau, l'atmosphère étouffante du port de Gènes leur fit changer brutalement d'univers. Notre astre était devenu, depuis quelque temps, un symbole d'hostilité. La température brûlante de la voiture leur rappela que le réchauffement climatique était malheureusement bien en marche et qu'il ne fallait pas l'oublier.

Chacun pris donc le chemin du retour et Nael se réveilla... dans son embarcation de fortune. Il n'avait pas chaud. La chaleur de Gènes lui semblait maintenant tellement agréable.

3

Une nuit impénétrable les entourait. A son réveil, la première réaction de Nael fut de chercher la petite lueur entrevue au loin. C'était la fin de leur voyage en dinghy. Finalement, tout s'était bien passé. L'arrivée, de nuit, était parfaite pour ne pas attirer l'attention. Nael se dit, que cette fois-ci, il était tombé sur des passeurs efficaces. La traversée avait été beaucoup plus rapide que prévue. Cela le surpris. Sans doute l'effet de courants marins dans la bonne direction.

Ils étaient maintenant à coté d'une sorte de grand canot, assez récent et à l'air rapide, piloté par un seul homme. C'était lui qui avait dirigé vers eux un projecteur. Ce devait être un troisième passeur : un pilote chargé de les guider à l'arrivée. Le projecteur, vu de près, était en fait très puissant et lançait des éclairs aveuglants. Durant une croisière, l'opération de remplacement du capitaine est effectuée assez souvent. Un pilote, à l'approche d'un port, vient systématiquement prendre les commandes du navire. Ici, leur embarcation pneumatique était relativement petite et manœuvrable. Mais, avec l'obscurité, il valait mieux que quelqu'un, qui connaisse le coin, les guide.

L'homme au pistolet, abandonnant le dinghy, rejoignit le canot et se replaça en position menaçante, braquant toujours son arme. Le transfert s'était fait rapidement. L'homme avait quasiment sauté d'une embarcation à l'autre. Les passagers n'avaient pas eu le temps de réfléchir. Peut-être que l'homme armé devait aimer son confort et surtout fuir l'odeur du dinghy qui commençait à devenir nauséabonde ? Du carburant, venant du canot, fut transvasé dans le réservoir du dinghy. Cela ajouta une odeur d'hydrocarbure bien désagréable pour la majorité des voyageurs qui étaient fortement incommodés depuis pas mal de temps.

Le deuxième passeur, qui venait de s'affairer à ajouter du carburant, se leva et donna une boussole à un passager voisin. Puis, sous la protection du pistolet, passa lui aussi dans le canot. Nael, épouvanté et incrédule, commençait à appréhender ce qui était en train de se réaliser. Les autres ne comprenaient pas encore. De toutes façons qu'auraient-ils pu faire ? Les trois passeurs étaient maintenant tous dans le canot. Le moteur de celui-ci, temporairement ralenti, venait de reprendre du régime.

Le canot prenait de la vitesse. Il avait un moteur puissant, son accélération était impressionnante. Il effectua un tour avec une petite inclinaison, revint vers le dinghy qu'il frôla. Les trois hommes dans leur embarcation riaient :

— Bonne chance ! la côte Nord-Africaine c'est par là ! Vous n'êtes pas très loin. Vous devriez l'atteindre dans pas trop longtemps. Vous êtes face à une large plage. La prochaine fois discutez moins les prix. Attendez le petit matin pour débarquer. On vous laisse car, nous, on ne veut pas se rapprocher de la côte et trop entrer dans les eaux territoriales.

Les mots avaient été accompagnés de grands gestes des bras très obscènes.

— Les radins, on est sympa. On a rajouté un peu de carburant et on vous laisse une boussole. Dirigez-vous vers l'ouest et même un peu plus vers le sud. On vous laisse aussi un peu d'eau.

Accompagnant le geste à la parole, ils avaient lancé quelques bouteilles dans le dinghy.

Ils venaient d'être abandonnés par les passeurs !

Nael se dit que son parcours s'arrêterait là. Il s'était souvent demandé comment il allait finir. Il s'était posé bien des questions depuis quelque temps. En particulier très récemment une toux, impossible à maîtriser, le martyrisait sans interruption. Il n'avait pas arrêté d'être secoué par des spasmes dans l'embarcation. Il sentait qu'il avait de moins en moins de forces pour lutter. Les glaires, remontant des poumons, étaient devenues son cauchemar quotidien. Elles l'empêchaient même de dormir. En plus il était affaibli par une petite fièvre, certes faible mais permanente. L'hiver volcanique avec son froid et ses épidémies, l'age aussi bien sûr, avaient eu raison de la santé de Nael.

Depuis leur départ d'Italie, leur dinghy n'avait pas réussi à s'éloigner suffisamment de l'île de Lampeduza. Il comprenait maintenant pourquoi la durée de navigation lui avait semblé courte. Ils avaient fait, certes, une bonne partie du chemin de l'Italie vers l'Afrique du nord. Mais il leur restait probablement encore une distance non négligeable à parcourir pour atteindre leur but : le continent africain. Il ressentit un immense découragement. Une peur atroce le saisit : celle de ne jamais revoir Lena, son fils Jean-Kamil et sa petite fille Aïssa. Ces trois êtres chers avaient quitté l'Europe pour l'Afrique et il cherchait à les rejoindre désespérément. Il était terriblement angoissé par l'état de ses poumons. Allez-t-il avoir la force de supporter l'épreuve de ce voyage clandestin ? La traversée, promise sans difficultés, lui paraissait devenir très problématique. Ils étaient abandonnés au milieu de la Méditerranée. Les passeurs les avaient roulés.

Il se laissa aller. La fatigue et le manque de sommeil faisaient leurs effets. Il s'endormit brutalement, à la manière presque d'un évanouissement. Il reprit, tout naturellement, sa divagation sur sa dernière croisière en Méditerranée et sur les mois qui suivirent, si rudes à vivre.

4

Les vacances étaient terminées. Les convives de la croisière, étaient devenus pratiquement des amis. Ils ne se doutaient pas que certains allaient vivre, ensemble encore, quelques aventures.

Lena et Nael étaient en voiture, Ils avaient quitté le port de Gènes et ils regagnaient leur domicile dans l'est de la France. Ils étaient entrés en France par le tunnel du Mont Cenis. La longue enfilade des petits tunnels étroits italiens étaient derrière eux. C'était un temps de grand soleil. La climatisation offusquait la chaleur torride de l'extérieur. Le réchauffement climatique était agressif. En Italie, chaque sortie du véhicule lors d'un arrêt, pause indispensable sécuritaire, était une plongée dans un four suivie d'une immersion dans l'univers artificiel et glacé des stations d'autoroute.

Le bourdonnement incessant de nouvelles tragiques, que les informations d'actualités assénaient à longueur de journée, faites de catastrophes naturelles, de meurtres, d'attentats et autres licenciements, les avaient épargnés pendant une semaine. Ils rentraient détendus, reposés par l'absence de ce pénible bruit de fond. La radio était en marche. Le poste était réglé sur 107.7 et égrenait en boucle les informations routières.

— Tu n'en as pas assez de ce style d'informations ? Çà fait vraiment rengaine. On pourrait changer un petit moment, non ?

— Oui, c'est vrai que c'est très lassant d'entendre toujours les mêmes choses. D'un autre coté, c'est beaucoup plus sécurisant. S'il y a un obstacle sur la chaussée, on le saura. Non ? Bon écoute, change pour ce que tu veux.

— Je change pour RTW.

La radio passait un tube des années 90 ce qui les fit bien rire. Qu'est-ce cela faisait vieillot !

— Autre chose, please ? Sinon on peut utiliser la musique d'une clé USB ?

L'émission suivante leur fit retrouver la bonne ambiance optimiste habituelle des moyens d'information. Elle évoquait le transport de matériaux dangereux par bateau. Il pouvait y avoir une contamination grave. La piraterie qui s'installait en Méditerranée inquiétait beaucoup les gouvernements. Surtout que ce n'était pas de la piraterie pure mais plutôt une volonté de nuire dans le bassin méditerranéen. Une longue lutte s'était installée depuis longtemps avec des groupes ultra violents. Mais le résultat avait été leur dilution dans les populations, dans de petites zones mouvantes d'états faibles ou dans des régions reculées. Quelques petits groupes pouvaient attaquer à tout moment.

Le développement exponentiel de la technologie et du savoir facilitait la mise en œuvre d'attaques sophistiquées. Pour des gens un peu instruits, le contournement des actions des services de sécurité n'était pas si compliqué que cela. En plus les médias avaient quelquefois l'inconscience de les prévenir au moyen d'émissions à sensation consacrés au sujet.

En Magersie [1*], les autorités avaient réussi à garder le contrôle

---

1* Magersie : c'est une fiction de ce roman. C'est un état improbable situé approximativement en Nord-Afrique. Le nom Magersie ne cible aucun pays en particulier. C'est une *facilité* de la situation. Le spectre des années difficiles du passé hantait encore Nael et Lena. Certaines périodes avaient été atroces.

— Ces journalistes vont encore nous expliquer comment les services secrets fonctionnent et les nouvelles technologies mises en œuvre. C'est hallucinant le peu de bon sens de ces gens là.

— Hier, ils expliquaient encore avec moult détails quelles étaient les matières non visibles par les appareils à scanner les bagages et comment les services de renseignement arrivent à reconstituer, à travers des communications diverses, l'organigramme d'un réseau. On a même eu droit à des informations sur la façon de fabriquer un pistolet en plastique indétectable. Par moment, on a presque l'impression d'assister à des cours de formation générale destinés aux apprentis terroristes. La technologie avance à une vitesse foudroyante. A quand des armes simplifiées fabriquées par un banal particulier, sans grande compétence, dans une chambre avec une imprimante 3D, des plans disponibles sur Internet et quelques pièces métalliques aux formes simples ? Les polices s'inquiètent. De tels plans existent déjà. Une interdiction de leurs téléchargements a été instaurée dans certains pays. Avec quelle efficacité ?

L'émission de radio expliquait avec beaucoup de détails les conséquences d'un déversement de matériaux polluants dans la mer. Dans une mer presque fermée comme la Méditerranée, le résultat serait épouvantable. De puissants groupes industriels

───────────

linguistique pour désigner un pays imaginaire. La proximité géographique du Nord-Afrique avec l'Europe a été le seul critère pour y créer un pays de pure fiction. Cette proximité implique fort probablement un passage par cette région en cas de migration du Nord vers le Sud. On a situé l'action près de l'île de Lampeduza. Car cette île est devenue un symbole de l'immigration. Elle a été choisie parce qu'elle est connue de tous et *uniquement* pour cela.

étaient constitués, impossibles à maîtriser. Le transport continuerait jusqu'au désastre annoncé. A moins que la jeune équipe gouvernementale d'union nationale incluant des personnalités à tendance islamique, qui s'était constituée en France, n'arrive à mette en œuvre sa politique.

Cette jeune équipe avait fait adopter comme jour férié celui de l'Aïd el-Kebir. Cela n'avait pas été une affaire facile. Le calendrier des célébrations était déjà bien plein. Il avait fallu supprimer le jour férié de la Pentecôte. Un gros problème était que ce jour de fête de l'Aïd dépendait de l'observation de la lune. Cette date change tous les ans avec un décalage d'environ une dizaine de jours, donc possède une certaine incompatibilité avec le calendrier occidental. Par contre le décalage était prévisible, donc gérable. Il avait fallu trouver des solutions aux problèmes dus au caractère flottant de la date.

Un problème analogue existe en Chine avec le nouvel an chinois qui dépend en principe de la lune. Mais le calendrier est dit luni-solaire. Il dépend donc à la fois du soleil et de la lune. Il y a des ajustements. Ce qui permet à cette fête de tomber toujours vers Janvier/Février. D'autres éphémérides sont aussi à base de calcul luni-solaire comme la détermination du calendrier hébraïque.

De même Pâques, la fête la plus importante du christianisme, se situe elle aussi à des dates variables, de calcul complexe, dépendant de la lune.

La jeune équipe avait aussi annoncé qu'il y en avait assez de ces codes de lois ahurissants qui tenaient sur des milliers de pages et qui étaient devenus impossibles à maîtriser. On connaît le concept de pyramide du droit français. La France a réussi à construire ainsi une très grande pyramide. Le résultat était que le petit consommateur subissait le système avec, pour justification des sanctions, la célèbre phrase « nul n'est sensé ignorer la loi ». Le petit n'avait certainement pas les moyens de lire la loi qui devenait d'une complexité stupide. Mais les fraudeurs, quelle que soit la loi qui les gênaient, arrivaient toujours à trouver un moyen de contournement. Certains avaient même les moyens de payer des spécialistes pour cela. Mais comment faire pour améliorer la situation ?

Cette jeune équipe avait eu l'idée de mettre en œuvre un raccourci séduisant mais d'une trop grande simplicité. Leur branche dure avait fait des propositions. Elle avait décrété qu'il fallait faire des exemples et pour cela créer des espèces de tribunaux populaires. Ces tribunaux auraient pour tâche, lors de présomptions de contournement de lois, d'établir seulement s'il y avait délit et de le l'identifier clairement. Pour cela ils seraient aidés par des assistants techniques. Il ne n'agissait pas de dire si, d'après les milliers de lignes d'un code quelconque, il y avait infraction. Il fallait établir s'il y avait eu agissement volontaire amenant à ce que le bon sens populaire pouvait appeler un délit. Autant dire que la définition était floue. Pour les sanctions à appliquer, le projet était encore plus flou.

Les fraudeurs ne pourraient plus contourner les lois, car ils seraient confrontés au bon sens populaire et à des techniciens et non pas à des rédactions de lois toujours imparfaites devant la complexité du monde moderne.

Évidemment, ces propositions, qui avaient heurté beaucoup trop de monde, n'avaient pas été adoptées. La mise en œuvre était plus que délicate.

Les problèmes précédents qui occupaient parfois les médias de cette époque allaient bientôt paraître bien futiles devant les changements radicaux qui attendaient les nations. Les préoccupations législatives des populations allaient passer brutalement au second plan.

L'émission suivante était consacrée à la tragédie des réfugiés au début du vingt-et-unième siècle. Le ton du journaliste était sérieux et très grave. C'était un sujet extrêmement lourd qui avait fait voler en éclats les clivages entre partis politiques.

— Mais ça Nael, tu connais bien ?

— Oui, un peu quand même.

Les mauvais souvenirs étaient loin derrière lui, même s'il restait très traumatisé par certains. Les bons souvenirs progressivement avaient pris le dessus. Il pouvait maintenant parler un peu de cette période tragique.

Lena était inquiète des séquelles toujours possibles dues à ce lourd passé. Elle s'en était voulue immédiatement de sa réflexion trop spontanée. Elle n'aurait pas dû raviver des souvenirs trop douloureux. La réaction de Nael la rassura. Il semblait serein.

Nael était, en effet, un réfugié de cette époque-là.

Il avait connu la traversée entre l'Afrique du Nord et l'ile de Lampeduza dans des conditions ahurissantes. Après une navigation effroyable, leur bateau avait été secouru par un navire d'humanitaires. Il s'était retrouvé en Italie où il avait séjourné un certain temps. Puis, il avait opté pour la France.

De petits boulots en petits boulots il s'était bien inséré dans le monde du travail. Il avait eu beaucoup de chance et le répétait souvent. Et puis son adaptabilité et son goût de l'effort avait fait le reste. Il avait accepté tout travail qui se présentait en essayant de se faire remarquer des responsables. Ceux-ci, utilisant son potentiel, l'avait fait rebondir sur d'autres tâches. Il avait suivi de petites formations continues, en particulier pour l'apprentissage du français. Il avait ainsi acquis quelques connaissances de base.

Finalement, il s'était lancé et avait créé sa petite entreprise. Il n'avait pas eu la réussite exceptionnelle de certains. Il savait que des personnes, nées dans le désert, avaient réussi à devenir millionnaires. Mais sa réussite était malgré tout remarquable.

Il était admiré de ses employés qui connaissaient son passé.

Finalement, il avait pris sa retraite et revendu sa petite affaire. Les employés l'encourageaient vivement à venir les voir lors d'événements exceptionnels. C'était amusant lorsqu'il rencontrait quelqu'un de l'entreprise en ville par hasard. Il s'ensuivait des poignées de main vigoureuses et amicales. Nael méritait cette sollicitude. Il était entreprenant, travailleur et humain.

Lena l'avait aussi beaucoup aidé. Consciente du manque de connaissances de son mari, elle avait beaucoup contribué à sa culture générale. Leur mariage restait le meilleur moment de leurs vies. Nael se disait qu'après des débuts très difficiles, il vivait une espèce de conte de fée très inattendu pour lui.

Mais en France, contrairement à celle de Nael, l'immigration ne se passait pas aussi bien. Le déferlement de réfugiés politiques s'était ralenti. Donc, en gros, la situation était un peu plus satisfaisante pour les systèmes de gouvernement mais pas pour le climat. Le réchauffement climatique était toujours d'actualité et provoquait de sérieuses catastrophes. Les polémiques étaient toujours débridées sur les solutions. Les effets étaient plus lents que ceux de guerres brutales et sauvages. Ils n'en étaient pas moins porteurs de très lourdes inquiétudes pour l'avenir.

Les réfugiés maintenant étaient essentiellement des réfugiés climatiques qui fuyaient des pays inondés ou en voie de désertification ou devenu invivables à cause de la chaleur. Leur flux devenait chaque jour de plus en plus important. Ces gens-là, désespérés, prenaient tous les risques pour sortir de l'enfer dans lequel ils vivaient.

Le bulletin radio faisait un état de l'immigration et donnait la parole à quelques personnalités politiques. Assimilation et intégration étaient comme d'habitude confrontées.

Les conditions de l'immigration italienne du siècle dernier étaient rappelées. Ces populations s'étaient magnifiquement fondues dans la population française. Elles pouvaient être données en exemple. Un participant rappelait la pression, impensable maintenant, exercée par les populations autochtones et les vexations subies par les immigrants italiens. Certains pères de famille avaient même interdit, à l'époque, l'usage de la langue italienne dans leur maison, rappelant que la France leur donnait l'hospitalité et qu'il fallait en être reconnaissant.

Tout le contraire de l'immigration actuelle pour laquelle les liens avec les pays d'origine sont entretenus à travers les réseaux sociaux, les voyages dans le pays d'origine (qui sont tellement faciles de nos jours), les télévisions nationales diffusées mondialement et de manière générale par les multiples outils modernes de communication, informatiques entre autres, par exemple téléphoniques et vidéos. Ces liens perfusant en continu la culture d'origine gênent l'adoption des coutumes locales. Le résultat est une cohabitation délicate de cultures souvent fort différentes qui nécessite de part et d'autre beaucoup de tolérance. A l'extrême, dans des zones défavorisées, cela pourrait conduire à l'émergence de débuts de foyers de non-droit national. On a pu ainsi voir, récemment, dans un pays européen, fonctionner des tribunaux locaux indépendants des tribunaux officiels et appliquant des lois non nationales. Ceci de manière quasiment officielle. Leurs jugements étaient de plus bien respectés. Avait-on affaire à des tribunaux populaires ?

Lena lassée par cette sorte d'analyse qu'elle avait entendue des centaines de fois, changea encore de station. Un commentateur expliquait que le petit volcan refaisait parler de lui. L'éruption n'avait pas repris mais de nombreux petits séismes se produisaient dans la région. La proximité du Karkatoutra inquiétait les spécialistes. Ce volcan était, lui, gigantesque. Son éruption serait cataclysmique et les nuages de cendres monstreux. Le commentateur insistait sur le pessimisme des spécialistes qui pourtant minimisaient autant que faire se peut la dangerosité de la situation. En fait, un bruit courait que c'était le Karkatoutra qui avait déclenché l'éruption du premier volcan, car lui était énorme et il donnait des signes d'agitation depuis quelques temps. La bourse toujours nerveuse commençait à réagir. Ce qui inquiétaient les économistes, pour l'instant, c'était bien les conséquences, à court terme, sur le trafic aérien. Certains savaient que la terre avait déjà connu par le passé des épisodes de volcanisme gigantesque. Dans certaines régions, l'épaisseur des coulées de lave témoigne encore de l'ahurissante puissance des éruptions passées.

— Heureusement qu'on est bientôt à la maison. Ces événements me font peur.

— Il y en aura toujours, c'est la nature ! Les courbes naturelles sont toujours en zigzag. Ces courbes ne sont jamais lisses. Une fois ça monte et une fois ça descend. Il y a des pics et des creux très prononcés. Après une période privilégiée de calme relatif, on est peut-être entré dans une période de turbulences. Il ne faudrait pas que cela dure trop longtemps.

L'arrivée, dans leur villa à Grenoble, fut un véritable soulagement pour Lena toujours inquiète sur la route. La ville subissait une vague de chaleur très inhabituelle à cette saison. Les corps non habitués à la température souffraient. L'agglomération grenobloise, entourée de tous cotés de montagnes voire de falaises abruptes, se transforme facilement en une cuvette très chaude.

Les bagages sortis de la voiture et les premières valises rangées, elle prit un peu de repos. Nael s'occupait à l'étage. Il finissait de ranger quelques affaires. Elle passa un peignoir léger, se cala confortablement dans le canapé et alluma la télévision. Elle choisit une chaîne d'actualité en continu qui montrait... l'explosion du Karkatoutra. Une nuit permanente s'était installée sur la région tout autour du volcan. Les images étaient impressionnantes, car le volcan était surveillé de près et son éruption avait été filmée en direct. Tout au moins le début de l'éruption, car après, une nuit noire s'était installée et on voyait surtout des réfugiés et des équipes d'assistance. Les images du début de l'éruption tournaient en boucle. Les journalistes, avides de sensationnel, avaient de quoi faire. Ils tenaient là un bon filon. Mais pas question, pour les rédactions, de faire appel à des envoyés spéciaux acheminés en urgence dans la région, les longs courriers ne pouvaient plus voler. Les reporters sur place étaient des correspondants locaux. Toutes les chaînes d'information étaient mobilisées par l'événement.

La première réaction de Lena fut de sortir et de regarder le ciel. Il ne se passait rien. Elle se dit que sa réaction était stupide. Le volcan était beaucoup trop loin pour que l'effet de l'éruption leur parvienne si vite. Elle rentra en courant dans la maison et cria du bas de l'escalier :

— Viens voir ! Le Karkatoutra vient d'exploser !

Le visage de Nael se figea. La voix de Lena était angoissée. Il était beaucoup trop intelligent pour ne pas comprendre les lourdes conséquences possibles. Sans attendre, il alla la rejoindre à l'étage en dessous. Devant le poste de télévision, accablé, une immense peur le saisit : celle de revivre des drames. Il avait vu trop de choses horribles. Lena avait raison. Il en était traumatisé. Et en plus, intuitif, il pressentait que sa vie allait être encore une fois violemment bouleversée. Les volcans en cause étaient trop grands pour que leurs éruptions n'aient pas de conséquences graves. Le Karkatoutra était un monstre. Il essaya quand même de rassurer Lena.

— Écoute, on ne peut pas agir. Il faut attendre, c'est tout ce qu'on peut faire. Ce n'est pas la première fois qu'il y a des éruptions dans cette région du monde. La terre ne s'est pas arrêtée de tourner pour cela. Cette activité volcanique finira bien un jour.

— Il faut prier pour que ça ne soit pas trop grave. Moi je suis très inquiète.

Ils finirent le rangement et se jetèrent sur toutes les chaînes de télévision qui parlaient de cette éruption. Les chaînes d'information en avaient fait le sujet principal de leurs bulletins.

Les reporters, micro en main, relataient la situation en pleine nuit noire. Le soleil n'était plus visible même au milieu de la journée. Les longues files de réfugiés s'étiraient le long des routes. Les images dramatiques s'enchaînaient les unes aux autres. L'armée essayait d'apporter des premiers secours. Les associations humanitaires alourdissaient leurs dispositifs et préparaient de nouvelles missions. Leurs actions allaient être retardées par le manque de moyens aériens sur place. Les appels aux dons se multipliaient. Le tourisme, dans la région, il ne fallait plus en parler. Il était réduit à néant. Il serait touché pendant longtemps. Ce n'était vraiment plus une priorité. Cependant l'impact économique, dû à sa disparition, risquait d'être lourd pour les pays de la région.

Nael enchaîna sur Internet pour lire des articles sur le volcanisme.

Ce qu'il apprit ne le rassura pas beaucoup. La présence de super volcans sur terre était confirmée. La description de leurs effets dévastateurs n'était pas rassurante.
Il n'avait pas trouvé de mention de super volcans dangereux en Europe, mais ses recherches avaient été trop sommaires. Il n'y avait pas passé assez de temps. Et en fait il ne cherchait même pas vraiment dans cette direction. Il n'avait aucune certitude. Il avait une faible réminiscence qu'Alain en croisière en avait parlé. A l'époque il était peu intéressé par le sujet et il avait écouté d'une oreille distraite.
Ce qui était rassurant c'est qu'il était dit que la probabilité d'accident majeur était très faible vu les échelles temporelles de ces phénomènes.
En plus, les volcans qui venaient de se réveiller n'étaient pas dans la top liste des quelques volcans les plus dangereux.

Il n'avait pas tout compris, car souvent les descriptions étaient faites en termes scientifiques. Cela n'améliorait pas la compréhension pour un néophyte. Quand l'impact est de faire baisser la température moyenne de deux degrés sur un continent, qu'est-ce que cela veut dire ? Qu'est-ce que cela implique sur les températures extrêmes ? Quelles sont les conséquences ? Quelles sont les effets induits sur l'agriculture ?

   Il alla rejoindre Lena à moitié rassuré.
   Il savait qu'il était d'un naturel inquiet et d'une manière paradoxale cela l'apaisait un peu.
   Il se disait qu'une fois de plus, il avait tendance à trop se faire de soucis inutilement. Il avait été traumatisé et il en restait des traces dans son inconscient.
   Son comportement n'était pas dû à sa nature, c'était une conséquence de son histoire.
   Ils se couchèrent assez tard ce soir-là, tiraillés entre la fatigue du voyage et le besoin d'informations.
   Nael passa une nuit agitée. Dans l'obscurité les mauvais souvenirs refaisaient surface. La chaleur ne facilitait pas le sommeil.

5

Les jours suivants, ils scrutèrent souvent le ciel. Les nouvelles annonçaient un nuage mondial de cendres. Un autre volcan de taille moyenne, à coté du Karkatoutra, venait lui aussi d'exploser. Comparé au volcan géant, il n'apportait qu'une contribution moins extrême au nuage de cendres. Mais cette contribution était dans un bien mauvais sens et à un bien mauvais moment. Et on en était au troisième volcan en éruption. Une grande partie du trafic aérien ne fonctionnait plus. Heureusement, le trafic maritime continuait sans grandes perturbations. Mais on s'inquiétait, sans doute inutilement, pour les moteurs des bateaux. L'angoisse, pour le lendemain, était à un niveau inconnu depuis fort longtemps et cela induisait ce genre de réactions. Le commerce de denrées périssables ou urgentes envoyées par avion était réduit à néant. Là, ce n'était pas de la fantasmagorie. Les délais d'acheminement s'allongeaient et se calaient sur ceux des bateaux. Et même on ressortit des cartons (à tout hasard !) des études de transport par dirigeables. Dans le passé, des projets avaient déjà été proposés. Parait-il, même pour l'île de Madagascar. On réexaminait ces vieux projets. Des études étaient menées un peu partout pour modifier les moteurs d'avion et les rendre moins sensibles aux cendres à l'avenir. Les volcanologues, les scientifiques spécialisés en physique du globe étaient devenus les vedettes des émissions de télévision. Combien de temps les cendres auraient un effet sur le vol des avions ? Il n'y avait pas de réponse claire.

Les compagnies utilisaient à fond Internet pour compenser

l'absence de contacts humains directs. Il n'était plus question de lancer le personnel pour un oui ou pour un non à l'autre bout de la planète.

Le tourisme à l'étranger, et de préférence pour des destinations très lointaines, était anéanti. Les croisières et les excursions locales fonctionnaient à fond.

Au bout d'un certain temps, on remarqua un petit refroidissement. Comme on était au sortir de l'hiver, et avec les conséquences du réchauffement climatique, ce ne fut pas ressenti comme trop fâcheux. C'était analogue à celui constaté lors d'une éclipse lorsque le soleil est masqué. Quelques mauvais plaisantins firent observer qu'un réchauffement climatique, plus vigoureux, serait le bienvenu.

A cette époque, une baisse de température était plutôt perçue comme annonçant un début de printemps pourri. Nael se servait de la cheminée, en cas de période un peu fraîche, avant que le chauffage central ne se mette en marche pour l'hiver et même quelquefois après pour attendre les beaux jours. La chaleur apportée par la cheminée rendait la température de cette partie de la maison très agréable. La vue du feu agrémentait beaucoup le séjour dans l'habitation. Et cette année, à leur rentrée de croisière, il avait fait rentrer du bois de chauffage dans leur villa par précaution, car inquiet de la tournure des événements. Il aimait allumer le feu et le regarder. Cette année les bûches défilaient anormalement vite et il se dit qu'il aurait dû mal à alimenter la cheminée, même avec le supplément qu'il avait commandé.

Arian avait envoyé un mail pour prévenir qu'il passerait dans la région Grenobloise visiter de la famille. En retour, il avait été invité à venir passer l'après-midi à la villa. Ils étaient attendus, Arian, sa femme et leur chien, en ce samedi. Dans le séjour, la cheminée fonctionnait. Le temps était froid et il pleuvait.

Un coup de sonnette plutôt vigoureux (sacré Arian !) annonça leur arrivée. Après l'ouverture du portail, leur voiture se gara contre un long empilage de bûches. Le petit chien gris et noir fut le premier à sauter hors de la voiture. Très jeune, il avait dû passer sur le siège avant sans permission.

Lena et Nael les attendaient sur le perron.

— Brr ! Quel temps ! Il y a une petite pluie glacée très désagréable. Je me demande ce que cela va donner pour les cultures. L'ensoleillement est très faible. On est au printemps et on dirait qu'on est en plein hiver. Ça va vous ?

— Oui merci. Mais vous aviez un vieux chien ?

— Malheureusement, c'est fini pour lui. On a adopté cette petite King Charles adorable. Permettez moi de vous présenter ma femme Mercedes. Les membres de sa famille ont été des réfugiés du temps de la guerre civile en Espagne.

Mercedes était une jolie brune nettement plus jeune qu'Arian. Elle portait un tailleur gris très élégant. A l'époque, la guerre civile évoquée avait provoqué l'émigration de centaines de milliers de personnes en France.

— Enchanté, vous avez fait bonne route ?

— Oui, merci. Il y a une drôle de lueur dans le ciel. Il est tout bizarre. Pendant qu'Arian conduisait, j'ai eu tout loisir de l'examiner. La couleur, la texture, tout est curieux.

— Quel dommage que vous n'ayez pas pu participer à la croisière. Arian nous a souvent parlé de vous.

— Mon mari m'a longuement relaté la vie sur le bateau. A ce propos, Adrien nous a téléphoné après notre retour. Il était inquiet sur l'état du dos d'Arian. Je pense qu'on ne reparlera plus de refaire de la musculation, même si c'est pour améliorer les scores au golf. A mon avis c'est dommage, mais Arian est assez têtu. Pour les chiens, que voulez vous, on en a toujours eu. On ne peut pas vivre sans. Mais cela impose beaucoup de contraintes qu'on accepte bien volontiers. Notre nouvelle petite chienne est très jeune. Elle fait encore beaucoup de bêtises. N'est-ce pas poupette ? On lui a donné ce surnom. La pauvre n'est pas grande. J'angoisse de voir arriver les grands froids. Pour ses sorties, elle va avoir le ventre dans la neige.

— Vous avez une très jolie maison. Vous avez encore les gros pull-overs d'hiver ?

— A vrai dire, on chauffe un minimum. C'est une vieille habitude que l'on a prise. Mais Arian tu as une BM ! !

— Eh oui, je suis commercial et ça me pose plus qu'une voiture française. Oui, je sais ce que vous pensez. Que voulez-vous, il faut bien vivre.

Une bonne partie de la conversation durant l'après-midi fut occupée par les événements climatiques mais pas que. Arian avait vu le bon coté des choses :

— S'il y a le froid annoncé, ça va nous débarrasser de toutes ces salo...ries d'insectes qui nous viennent du sud-est asiatique. J'ai dans mon jardin des coccinelles asiatiques. Elles mangent nos coccinelles. Elles ont une odeur épouvantable. Quand il y en a dans la récolte de raisins, elle est bonne à jeter à l'égout. Manquerait plus que ça, qu'on manque de vin ! Ce froid n'aura pas que du mauvais. En plus, pour le réchauffement climatique, cela va nous donner quelques années de répit, on en a bien besoin.

— Vous avez un fils je crois ? Arian m'en a un peu parlé.

— Oui, notre fils Jean-Kamil réside à Avignon avec sa femme, dit Nael. Ils ont eu une fille Aïssa. On ne les voit pas souvent. Grenoble/Avignon ce n'est pas la porte à coté. Lena se sert la plupart du temps de la vidéo de son smartphone pour avoir des nouvelles. C'est une invention fantastique.

— Vous avez mis la radio ou j'entends un disque ? C'est un slow que je connais bien. Trop bien même ! Parole d'Arian !

— Oui j'ai mis un CD d'airs de notre jeunesse.

— Eh bien, je vais vous faire une confidence. Sur ce slow, quand j'étais jeune, j'ai pris un nombre incalculable de râteaux. Depuis, je ne l'appelle plus que ma pelle à râteau !

— Oh Arian ! quand on s'est connu, tu avais beaucoup de succès.

— Quand on s'est connu, j'ai bien fait gaffe d'éviter ce slow. Mais excuse-moi, tu viens d'employer l'imparfait ?

Arian riait. Manifestement le couple n'avait pas de problèmes.

— Vous nous aviez dit, durant la croisière, que vous pratiquiez le golf et que vous aviez du mal à progresser ?

— Je ne progresse pas trop, non. Il y a des problèmes d'apprentissage. Quand on fait un parcours (4 heures quand même) on va tirer de l'ordre d'une centaine de fois. Et c'est du même ordre de grandeur si on va s'entraîner au « practice » (pour un amateur ordinaire). C'est trop peu pour apprendre un geste. Surtout que le parcours s'effectue en milieu naturel. Il faut apprendre à tirer pour chaque condition particulière. Conséquence, au golf, certains dépensent beaucoup d'argent pour prendre des leçons avec des résultats qui sont très faibles. D'autres passent leur vie sur les terrains pour accumuler suffisamment de pratique. Les anglais ne parlent-ils pas de « Golf widow » (c'est à dire de « veuve du golf » !) pour les femmes dont le mari est accroc au golf ?

— En tout cas le jeu a l'air d'être simple : il faut faire avancer une petite balle et la faire tomber dans un trou ?

— Détrompez-vous ! Au tennis, on a une seule raquette. Mais au golf, on joue avec une douzaine de clubs, certains d'emploi très particulier. Il y a aussi un jargon et des règlements pas simples du tout. Il y a plein d'histoires croustillantes (et vraies) qui circulent sur des cas ubuesques d'application du règlement. Il faut savoir que, pour être autorisé à jouer sur un terrain de golf, il faut passer un examen appelé « Carte verte ». La balle part facilement à des vitesses supérieures à 100 km/h et elle est dure comme une pierre. Cela peut être très dangereux. Le record de vitesse d'une balle de golf est supérieur à 300 km/h et celui de distance parcourue à près d'un demi-kilomètre ! Le geste de lancer parait anodin. En fait il y a une combinaison très technique d'éléments qui résulte en une très grande vitesse de la tête de club. On peut réaliser des performances étonnantes avec une bonne maîtrise du geste et beaucoup de tonus !

— Après avoir entendu ça, il y a de quoi être découragé de faire du golf ! Mais le cadre est magnifique ?

— Oui, ça c'est le gros coté positif du golf. On fait de jolies balades dans des décors superbes. Le golf plaît beaucoup aux femmes. C'est l'occasion de soigner ses tenues. Elles partent devant, leurs positions de départ sont avancées par rapport aux hommes. Leur balle parcourt ainsi moins de distance. Il y a un coté social, on se parle un peu pendant le jeu.

— Vous êtes content de votre cheminée ?

— Oui, ce n'est pas le top au point de vue rendement, mais c'est tellement agréable. Le golf a l'air de vous préoccuper beaucoup ?

— Oui, je suis plutôt un « manche » et ça m'énerve. Je n'ai pas beaucoup de temps à y consacrer. Vous avez vu le résultat de la loterie mondiale qui vient d'être créée ? Le gagnant a touché 2 milliards d'euros !

— Je me rappelle que dans mon village il y avait quelquefois une tombola, financé par les billets vendus. Les lots étaient modestes. Ensuite, il y a eu la loterie nationale avec des gains plus élevés. Puis, on est passé à l'euro millions. Le montant maximum des gains monte avec les changements de formule. Maintenant, on en est à une espèce de mondo milliards. Logique, plus le nombre de billets vendus est grand plus les lots sont importants. Vous vous rendez compte de l'importance que prenne ces gagnants ! Et ce n'est probablement pas fini. Les montants des lots des gagnants, avec la mondialisation, vont encore monter car beaucoup de pays ne sont encore pas ou peu concernés.

Ce qui serait amusant c'est que se constitue, sous l'impulsion d'un gagnant un peu dynamique, un consortium de gagnants de mondo milliards. Il y aurait pas mal de gens à leurs pieds.

Quand Arian était parti, difficile de l'arrêter ! Mais ils avaient un rendez-vous que Mercedes rappela :

— Arian ne joue pas seulement à la roulette. Tous les jeux d'argent l'intéressent. J'espère qu'il ne va pas se mettre au mondo milliards. Et en plus, s'il gagne, je n'ose pas imaginer ce qu'il va faire de ses milliards. Dis ! Tu n'oublies pas qu'on a une obligation ?

— Si, j'ai oublié ! Heureusement que tu me le rappelles : Mercedes est mon pense-bête non électronique, mais très efficace. Elle était secrétaire chez un client. C'est comme cela que je l'ai connue.

— Qu'est-ce qu'il nous a fait rire dans le service. Je l'avais souvent au téléphone. Il arrivait toujours à placer sa marchandise. On a fini par déjeuner ensemble, et puis... et puis... il va falloir qu'on y aille !

— Eh oui ! Les bonnes choses ont toujours une fin. On doit voir un cousin. Excusez-nous, il nous faut partir.

Arian fonctionnait comme un bulldozer... tout en finesse.

En sortant, une surprise les attendait.

— Mais il neige ! !

— Cela ne va pas faciliter notre retour ça ! On n'a pas de chance !

Quelques flocons tombaient lentement en cette fin d'après-midi. La température était vraiment basse. Le chauffage central s'était mis en marche automatiquement depuis un bon bout de temps.

La réflexion d'Arian, centrée à trop court terme sur ses problèmes immédiats, rappelait à Nael une anecdote qu'on lui avait rapportée. Une ville possédait un réacteur nucléaire en bordure d'autoroute. Quand on passait par là on ne pouvait pas manquer la vision de ce réacteur, énorme cuve grise en forme de tonneau posée à coté des voies de circulation et située presque en ville. On avait posé la question, à un haut responsable scientifique du réacteur, de la possibilité d'attaque terroriste contre le réacteur avec une espèce de lance-roquette. On pouvait le faire à partir d'une simple voiture. Quelles seraient les conséquences ? Sa réponse spontanée avait été : « Eh bien, c'est une catastrophe, le réacteur est foutu, on ne pourra plus s'en servir pour des recherches ». Cela avait été sa préoccupation première, bien loin des possibilités de pollutions qui pouvaient être désastreuses pour la population et la région. A sa décharge le réacteur était très solide et son enceinte externe était constituée par du béton d'une grande épaisseur. Mais qui peut avoir des certitudes en matière de sécurité ? Il y a eu tellement de mauvaises surprises.

Arian parti, Lena, assise sur le divan, ne put s'empêcher d'enlacer longuement, très longtemps Nael, comme pour lui dire qu'il fallait vite profiter du temps présent. C'était dans sa nature de tirer parti d'une situation tendue pour s'offrir une séance câlins !

Aux informations, la météo annonçait une sérieuse période de froid inhabituelle en cette saison.

Dans les semaines qui suivirent, tout comme Arian, les autres participants de la croisière allaient chercher à garder le contact avec Lena et Nael.

Alain, plus jeune et plus technique, avait réalisé un album photo qu'il leur avait fait parvenir. Le couple râlait contre la politique éducative en France. Ils avaient un petit garçon qui était scolarisé, et en avance sur son âge. Les méthodes de l'éducation nationale les énervaient beaucoup. Que le gamin perde un peu son temps n'était pas trop grave. Leur grande inquiétude était qu'il décroche dangereusement devant une pression de groupe contre un élève trop différent. Ils étaient partisans d'avoir des classes de niveaux les plus homogènes possibles, pour faciliter justement le travail en groupe.

Ils se posaient beaucoup de questions sur l'évolution du système éducatif en France. On était parti d'une situation où l'excellence des enseignants et des enseignements dans l'hexagone était reconnue et appréciée. On aboutissait à une situation lamentable où le système français se retrouvait relégué régulièrement en fin de classements internationaux sur les résultats pédagogiques obtenus (par exemple suivant les classements PISA, bien connus, qu'on peut consulter sur Internet). Comment en était-on arrivé là ?

Aline et son mari avaient envoyé plusieurs mails très gentils. Leur commerce était ouvert même le dimanche matin. Ils ne pouvaient pas se déplacer facilement.

Eudoxe avait téléphoné. Manifestement il avait du mal à passer du réchauffement climatique au refroidissement climatique. Ce bouleversement rapide avait fortement entaillé ses certitudes. En plus, il perdait un sujet de contestation qui l'avait bien occupé ces dernières années. Méthodique, il avait essayé de se renseigner. Et comme souvent, il était pessimiste.

— Je me suis un peu documenté. Je n'ai pas tout compris. Voilà en gros ce que j'en ai retiré. En simplifiant beaucoup on peut dire que, en cas de violente éruption, l'abondance de cendres peut amener un hiver volcanique qui peut durer des années. Vous avez bien entendu, des années ! Les cendres propulsées dans la haute atmosphère mettent très longtemps à redescendre. L'effet est durable. J'ai cru comprendre qu'il y avait un débat très sérieux sur la possibilité de périodes d'extinction massive d'espèces sur terre dues à ce phénomène dans un passé (rassurez vous très lointain) lors d'épisodes volcaniques parmi les plus violents qui se soient produits. Je n'ai aucune donnée qui me permette de comparer ces épisodes avec les éruptions récentes. Cette fois, l'espèce humaine est aussi en première ligne. Espérons, vu la surpopulation actuelle, qu'on ne va pas vivre une période trop troublée. La sophistication de nos sociétés nous laisse peu de marges de manœuvre. Grâce à notre super optimisation de tout, due probablement à la pression démographique, on fonctionne constamment en flux tendu. Le moindre grain de sable peut tout dérégler.

Le fait qu'il emploie le terme surpopulation était surprenant. Cela ne faisait pas partie de son vocabulaire. Cela indiquait le niveau de son inquiétude et de son désarroi.

Avec le réchauffement climatique il avait un responsable : l'homme. Là, avec les cendres, difficile d'y voir la main de l'homme. Et encore plus difficile de trouver des solutions.

Eudoxe était chercheur dans un laboratoire et possédait de solides connaissances scientifiques. S'il avançait de telles phrases c'est qu'il avait lu des documents sur le sujet. Apparemment il n'en avait pas tiré de conclusions très claires. Ce n'était pas un spécialiste du climat. Il le disait lui-même « J'ai cru comprendre... ». Il semblait loin des convictions qui l'animaient avec le réchauffement climatique. En tout cas, il avait acquis la certitude que dans un passé, pas si lointain que cela, des explosions monstrueuses s'étaient produites. Il citait les volcans

Toba, Laki, Tambora, Krakatoa,...

Ces éruptions avaient amené des drames sur une étendue géographique extrêmement large (bien au delà de la zone d'éruption) et fort probablement (Eudoxe était un scientifique prudent) des hivers volcaniques à l'échelle de continents. Les plus grosses éruptions faisaient référence. Les conséquences étaient discutées, car les phénomènes s'étaient produits il y a fort longtemps. Leurs études n'étaient pas faciles. Eudoxe citait des volcans qui avaient retenu son attention. Mais, son pessimisme naturel reprenant le dessus, il oubliait les bémols et les précautions oratoires.

— Sais-tu que le Toba à Sumatra il y a 75000 ans aurait plongé le monde entier dans une affreuse catastrophe ? On parle même de l'hypothèse d'une extinction massive de branches entières d'hominidés. Cet effet est discuté.

— Cela nous laisse de la marge ! 75000 ans ! Ce genre d'éruption n'arrivera pas fréquemment. N'est-ce pas Eudoxe ?

— Malheureusement, le Laki en Islande en 1783 aurait provoqué des famines et un grand nombre de maladies dans les populations. On dit même que cela avait été le déclencheur de la révolution française. Ce n'est pas si éloigné que cela.

— Peut-être, mais on ne disposait pas des moyens puissants actuels.

— Pour le Tambora en Indonésie en 1815 (là c'est vraiment très proche, on vient de fêter le bicentenaire de l'éruption !) l'explosion avait été entendue à 1500 km de distance ! On l'accuse d'avoir fait des centaines de milliers de morts de famine et la population était moins importante que maintenant. Dans les Alpes, en été, il neigeait parait-il presque toutes les semaines ! Heureusement que les semi-remorques n'existaient pas à l'époque ! Les pluies incessantes et acides avaient anéanti les récoltes. L'éruption avait aussi déclenché d'énormes épidémies.

— Tu es sûr de ce que tu me racontes ?

— Malheureusement oui Nael. Et il existe bien d'autres volcans gigantesques : en Amérique du nord et du sud, en Europe, en Russie... Ne serait-ce qu'aux États-Unis les super volcans de Yellowstone et du mont Rainier sont eux aussi hyper dangereux. J'entends bien dangereux à l'échelle de la planète. La chaîne « RMC découvertes », en 2018, leur a consacré deux documentaires. On y affirme qu'ils sont beaucoup plus puissants que le Tambora. Un volcanologue a insisté sur le fait qu'il ne s'agit pas de savoir s'ils vont entrer en éruption mais seulement quand et de connaître la puissance de l'éveil. L'éruption du Mont Saint Helens en 1980, dans l'ouest des États-Unis, avait été jugée comme énorme. Elle peut être considérée comme toute petite face à celles futures de ces deux monstrueux voisins.

Donc Eudoxe n'inventait bien sûr rien. Il argumentait :

Des travaux universitaires ont déjà évoqué ce phénomène d'explosion de super volcans. Les scientifiques ont posé le problème des conséquences dans le monde moderne. Il suffit de taper « Tambora volcan » dans un moteur de recherche sur Internet pour trouver quantités de pages sur ce sujet.

Un film, d'un réalisateur britannique Almar BARTLMAE, a même été tourné sur le désastre du Tambora dont le titre est clair « Un été sans soleil ». Ce film n'a pas été tiré d'un roman. C'est plutôt réalisé à la manière d'un documentaire. On peut encore arriver à obtenir facilement l'œuvre en téléchargeant un fichier video. Le plus simple, pour le visionner encore, est d'utiliser un moteur de recherche avec les mots clés : youtube tambora et été. On ne peut que conseiller de le regarder. On y apprendra que le cataclysme (selon le film) a été, pour l'Europe et l'Amérique du Nord, beaucoup plus catastrophique que ce qu'on laisse entendre dans ce roman. Le film est terrifiant. Il a reçu le concours de quelques scientifiques pour sa réalisation. Un autre film documentaire allemand vient aussi (en septembre 2017) d'être projeté sur une chaîne française de télévision. Le titre est explicite : « Tambora, l'éruption qui a changé le monde ». Le contenu est tout aussi terrifiant. Dans ces films on parle de certains européens réduits parait-il, pour essayer de survivre, à manger de la charogne et de l'herbe bouillie ou même des racines cueillies en forêt.

Très récemment, une équipe de chercheurs entretenait des soupçons : une éruption gigantesque avait dû avoir lieu au Moyen-Âge (cause probable du petit age glaciaire de cette époque qui a duré très longtemps). Ils ont fini par résoudre l'énigme. Le volcan Samalas avait une puissance quatre fois supérieure au Tambora. Et il a eu des effets monstrueux. La chaîne Arte vient en fin d'année 2017 de passer un documentaire sur ce sujet. On peut retrouver des films (plus difficilement) sur ce cataclysme avec une recherche et les mots clés « youtube mystérieux volcans moyen-age ».

L'impact sur le climat de ces supers volcans est considérable. La question que nous pouvons nous poser est : quelle est leur fréquence et leur nombre ? Pour le Samalas on parlait d'un « mystérieux volcan ». Son identification n'a pas été facile et elle est très récente.

Les volcans inspirent aussi les créateurs. Ce fut le cas pour des écrivains et peintres contemporains de l'éruption du volcan indonésien Tambora. Il est dit qu'on lui doit l'écriture du roman « Frankenstein ». Mary Shelley, du fait du temps épouvantable qui a suivi cet accident, était condamnée à l'inactivité. Elle conçut durant cette période ce roman. Lord Byron, à cet age-là, a écrit le poème « Darkness » que l'on peut traduire par « Ténèbres », on comprend pourquoi. Il a sans doute été influencé par le climat de cette époque. Dans un extrait d'une traduction du poème, on peut lire ceci :

« L'astre brillant du soleil s'éteignit ;
les étoiles, dépouillées de leurs rayons, errèrent au hasard dans l'obscurité... ;
la terre, glacée et comme aveugle en l'absence de la

lune....; »

Les peintres ont aussi largement profité de cette éruption. On sait que ce type de phénomène génère des ciels fantastiques en fin de journée. Plusieurs tableaux de couchers de soleil aux teintes exceptionnelles de rouge et de jaune ont été peints à cette période.

Pour plus de précisions, on peut faire une recherche sur Internet avec les mots clés « Tambora Frankenstein »...

Nael commençait à être pris d'une affreuse inquiétude.

— Eudoxe, c'est terrifiant ce que tu me racontes. Brrr...

— C'est vrai, c'est terrifiant, mais il semble bien que ce soit malheureusement la réalité.

Eudoxe, en plus, était très inquiet pour son matériel électronique. Il argumentait :

— Ce genre de préoccupation n'existait pas au Moyen-Âge. Est-ce que l'air devient plus acide ? Je crains une diminution de la fiabilité des machines. Avec le tout informatique que l'on vit, les conséquences peuvent être hallucinantes. Toute l'économie, la recherche, le commerce, le moindre appareil sont bâtis sur de l'informatique. Même les voitures, le matériel agricole, les robots pour la production, les bateaux, les avions, les satellites... On a mis tous nos œufs dans le même panier, comme le dit le dicton populaire. Mais comment faire dans une société basée sur une concurrence effrénée ? Mon inquiétude est, sans-doute, je l'espère, non justifiée. Cependant, l'enjeu est tellement énorme, pour nos sociétés, que cela me terrifie. J'aimerais qu'on me rassure.

— Les fortunes bâties sur l'informatique font rêver. Peut-être qu'il est temps de parler, sérieusement maintenant, de sécurisation en priorité et non pas de saliver devant cette poule aux œufs d'or ?

Le durcissement des systèmes est une nécessité vitale. Toute la société est tributaire des ordinateurs. On ne doit plus mélanger l'informatique ludique et professionnelle. Les jeux c'est bien joli, mais ça ne donnera pas de la nourriture à la population. Les Pokemons ça ne se mange pas. Une condition sine qua non de notre existence c'est qu'il faut s'alimenter. Il serait intéressant de chercher si les volcanologues ont déjà fait des constatations sur leur matériel électronique. Ils doivent avoir une bonne expérience de la résistance des composants électriques aux substances expulsées par les volcans. Les volcans américains dont on parlait tout à l'heure sont assez proches (surtout le mont Rainier) de la ville de Seattle... la ville de Microsoft ! On va peut-être apprendre que des « Data Centers » très importants peuvent être atteints, lors d'une éruption ! Toute monoculture est dangereuse. Celles de l'informatique ne font pas exception.

Eudoxe était manifestement d'un naturel très inquiet et bien représentatif d'une certaine partie de la population très méfiante et pessimiste sur tout. Il mentionnait aussi René Dumont. Cet écologiste de la première heure, ex-candidat à une élection présidentielle française, auteur de plusieurs dizaines de livres, était scientifique et agronome. Les problèmes de famine et de surpeuplement le préoccupaient beaucoup. Hors épisodes d'hiver volcanique, ces questions étaient déjà extrêmement alarmantes depuis fort longtemps.

La personnalité du couple grenoblois avait été bien perçue par leurs compagnons de croisière, qui les voyaient maintenant pratiquement comme des amis. Tous avaient pour Lena et Nael de la sympathie qu'ils manifestaient à distance via l'informatique ou des liaisons téléphoniques.

6

Au fil du temps, le refroidissement climatique observé devint de plus en plus pesant. Le printemps et l'été qui se terminait, avaient été catastrophiques et les récoltes désastreuses. L'opinion générale était que le prochain hiver allait être infernal.

Les stations de ski appréciaient le retour de la neige avec satisfaction. Mais on y était très inquiet : est-ce que les gens allaient se déplacer dans une conjoncture pareille ?
On pensait que les glaciers allaient arrêter de fondre. Il n'y avait pas que du mauvais dans ce refroidissement.
Les stations allaient pouvoir ouvrir avec beaucoup d'avance. Le problème maintenant allait être les voies d'accès. Elles seraient souvent bloquées par la neige en cas de chutes abondantes. Les anciens des montagnes disaient qu'il n'y avait jamais eu autant de neige dans le passé à cette période. Finalement, ils craignaient l'hiver qui allait arriver.

Les agriculteurs avaient rentré les bêtes dans les étables beaucoup plus tôt que d'habitude et s'inquiétaient pour leurs réserves de foin. L'hiver allait être très long. Quand on pense que même en temps à peu près normal il y a des problèmes, on ne pouvait être qu'inquiet. Les récoltes de cette année avaient été extrêmement mauvaises pour ne pas dire calamiteuses. Ils se faisaient beaucoup de soucis pour leurs récoltes futures. Ils n'avaient pas tort. Les relations d'explosion de super volcans indiquent toujours des problèmes alimentaires très graves voire des famines. On avait l'impression que les médias, contrairement à leurs habitudes, essayaient de minimiser l'importance de ces événements. Il ne fallait pas créer de panique. Les agriculteurs, eux en première ligne, étaient atterrés.

Les zoos européens qui abritaient des animaux exotiques évoquaient déjà la possibilité de s'en séparer. Mais où les donner ?

Tout le monde vivait au rythme des bulletins de météo qui étaient très réguliers : du froid, du froid et encore du froid.

Les volcans, avec leurs cendres, avaient bien déclenché une vague de froid. En gros, les cendres faisaient obstacle au soleil. C'est le phénomène très connu, déjà évoqué par Eudoxe, auquel on donne le nom d'hiver volcanique et qui, malheureusement, n'est pas rare. Les conséquences sont effroyables et surtout mondiales. Un tel cataclysme peut se déchaîner du jour au lendemain. Il n'est pas déclenché par de petits volcans mais par des super volcans.

La situation en France était, pour l'instant, très supportable. Mais les savoyards s'inquiétaient plus que les autres. L'ensoleillement est très faible dans certaines vallées encaissées de leur région. Où habiter ailleurs dans les montagnes ? La neige, assez courante même sans aléa climatique particulier, pourrait vite devenir paralysante. Les grenoblois ne semblaient pas mieux lotis. Grenoble a la réputation de ville de plus de 100000 habitants la plus froide en France. Sa situation alpine près des montagnes engendre des températures très chaudes en été et très froides en hivers. Elle détient des records de froid en France : -20° en hivers (et même -27° dans son environnement immédiat en 1971). Avec le récent réchauffement climatique ces extrêmes de froid semblaient oubliés définitivement.

Les pays nordiques commençaient à parler de gros problèmes pour l'hiver à venir. Tous les pays avaient essayé de faire des stocks de nourriture. Malheureusement les récoltes avaient été désastreuses et surtout des continents entiers étaient touchés.

On ne pouvait pas compter sur des pays éloignés pour résoudre les problèmes d'approvisionnement. A l'échelle mondiale les États-Unis et la France sont de grands exportateurs de blé. Il ne fallait plus compter sur eux. Moins de chaleur sur le nord. Le climat était en train de changer. En Asie, les récoltes de riz avaient été calamiteuses elles aussi. Le continent asiatique entier était touché. Dans ces régions, les souvenirs de famines récentes étaient encore présents dans certains esprits. Les personnes âgées savaient ce qu'était une famine.

Le soir, Lena s'était jetée sur la liaison video avec son fils :

— Nael tu viens ? J'appelle Jean-Kamil !

Nael était occupé à regarder la télé. Lena commença sans lui.

— Comment ça va chez vous à Avignon ?

— Le froid s'est installé et j'ai l'impression pour un bon bout de temps. On n'a jamais vu ça : être obligé de chauffer autant dans le midi. Je suis plus qu'inquiet pour l'avenir. On va avoir affaire à des périodes très rigoureuses. Tout dépendra de l'intensité du refroidissement. Le budget chauffage va exploser. Je n'arrive pas à avoir des informations précises à ce sujet. Il semble qu'on cache des informations au grand public. On veut sans doute éviter une panique, comme pour les pénuries d'essence.

Jean-Kamil ajouta, rapidement, une petite information qui semblait anodine et qui allait bouleverser leur existence.

— J'ai des contacts importants en Magersie. Actuellement, il y a, là-bas des opportunités professionnelles très intéressantes. Je vais devoir, probablement, y faire un déplacement dans peu de temps. J'ai des propositions que je suis en train d'examiner. C'est incroyable, eux ont l'impression que ça va mieux. Les chaleurs torrides qui se prolongeaient bien après l'été ont disparu. Ils ont l'impression qu'il fait plus frais.

— Ce n'est pas sûr que ça aille mieux. Il faut se méfier. Il y a tant de paramètres. Et les pluies ? Chez eux les pluies et l'eau c'est vital.

— Pas au courant. La situation est la même en Amérique du nord. Aux États-Unis ils subissent un très grand froid, mais le Mexique a moins chaud.

— Assez de pessimisme ! Parle moi de ta fille. Tu peux me la passer ?

— Il faut que j'aille la chercher. Je ne voulais pas avoir devant elle une discussion qui pouvait être traumatisante.

L'écran était devenu vide. Il montrait une superbe vue du plafond. Le smartphone avait été posé sur une table.

Elle entendait Jean-Kamil appeler sa fille.

— Assia tu veux bien venir ? Ta grand-mère est au téléphone.

— Oui, mais je suis occupée à jouer à un jeu vidéo. Je suis en train d'obtenir des points gratuitement. J'arrive, je me dépêche.

L'écran du smartphone tourbillonna, montrant toute la pièce, avant de se stabiliser sur le visage de Jean-Kamil.

— Elle arrive. Ces videos sont une vraie calamité pour la jeunesse. On ne peut plus se promener sans qu'elle joue au Pokemon. Rivée à son smartphone, elle passe la journée à jeter des choses. Je crois que ça s'appelle des Pokeballs. Elle ne voit plus rien de son environnement. Les jeunes vivent maintenant dans un monde virtuel. Il faudrait trouver quelque chose pour les sortir de là.

— Je suis tout à fait d'accord. Je ne comprends pas que les politiques ne s'intéressent pas plus au problème. C'est grave. Toute une jeunesse perd son temps, rivée à des écrans, à jouer à des jeux informatiques. C'est absolument stupide de passer des heures, pendant toute une journée, à faire avancer un petit bonhomme ou autre chose sur un écran. Ce n'est pas une spécificité française, on voit le phénomène dans le monde entier. Apparemment, pour des cas d'autisme, ces jeux pourraient être bénéfiques. Pour les autres enfants c'est une catastrophe.

— Oui, mais on va te dire qu'il y a beaucoup d'autres activités qui ne sont pas très saines. Tu nous as dit que vous aviez des relations qui jouaient au golf. Tu penses que c'est mieux de faire avancer une petite balle pendant toute une journée au golf ? ? Cela semble aussi une perte de temps gigantesque.

— Pas d'accord. Nous, avec ton père on ne joue pas au golf, on n'est pas trop au courant. Mais manifestement, le golf est un très beau sport. C'est un vrai sport de compétition mais aussi de loisir. Et c'est bon pour la santé. Apparemment, durant un parcours, il faut marcher des kilomètres et en plus sur de l'herbe et pas sur du béton. L'organisme tout entier est sollicité.

Cette histoire de limiter son activité à deux ou trois doigts par main est complètement folle. Moi, pour les jeux informatiques j'essaierais de faire passer des lois de façon à ce que tout éditeur de jeu soit obligé de déclarer son jeu à un organisme, avec amendes en cas de non-déclaration. Les éditeurs de systèmes informatiques auraient obligation de consulter la liste des jeux déclarés et de limiter l'usage de certains jeux (à définir ? mais là il y a du souci. Cela ne devrait pas du tout être évident à faire.) à trois-quart d'heure par jour par exemple. Je ne me fais aucune illusion. Ces éditeurs sont très puissants et ils vont faire appel à la sacro-sainte notion de liberté. Et en plus, le piratage des logiciels permet de contourner beaucoup de contraintes. Actuellement il est possible, via des applications, d'introduire certaines limitations. Mais ce n'est pas très pratique.

Notre société est bourrée de stupidités, nos politiques semblent totalement impuissants. Ils pourraient au moins essayer. Il y avait un impact sur la jeunesse, maintenant il y a aussi un impact dans le monde du travail. Les anciens jeunes ont pris de l'age. Regarde autour de toi. On trouve de plus en plus de ces ex-jeunes perdre leurs temps sur ces jeux idiots. C'est devenu normal de se coucher tard parce qu'on est en train de jouer. Il y a beaucoup de gens (pas tous bien sûr et heureusement) pour lesquels le créneau créatif est en tout début de matinée, quand le cerveau est bien reposé. Inutile de demander de la créativité à ces personnes. Il y a une fraction de la population qui est victime de ces jeux et qui est fortement pénalisée. J'aimerais voir une étude de l'impact sur le cerveau de ces gens-là. Cela ne m'étonnerait pas qu'à l'avenir les entreprises fassent passer des tests à l'embauche pour détecter les accrocs aux jeux. Leur productivité ne doit pas être terrible. Quand à leur vigilance dans des métiers à risques, il vaut mieux ne pas y penser. J'arrête là, je m'énerve. Et toi, comment ça va ?

— Ça va, mais c'est à vous qu'il faut poser la question. Comment se passe la retraite de papa ? Toujours aussi débordés à Grenoble ?

— Ben... on vit... comme des petits vieux en bonne santé ! Tu sais que je n'arrivais pas à retrouver du travail. Je viens enfin de réussir à prendre ma retraite. C'est très très récent. Nous sommes maintenant tous les deux à la retraite et débordés comme... tous les retraités. C'est très curieux à vivre.

— Allo mamy ?

Assia venait d'arriver.

— Bonjour Assia ! Tu as gagné beaucoup de points ?

— Un peu seulement. J'étais bien partie pourtant. Papy n'est pas là ?

— Si. Il est en train de regarder un reportage à la télé. Il fait comme toi. Il est très occupé. Il va arriver mon chou. La rentrée s'est bien passée ?

— La rentrée s'est bien passée. J'ai retrouvé presque tous mes copains et copines. J'ai mon meilleur copain qui a déménagé. Je suis un peu triste. Mais ça va. Tiens, tiens... bonjour Papy ! De retour sur terre ? La télé est en panne ?

— Grrr... ! Je la regarde moins que tes jeux vidéos ! C'est pas bon d'être toujours rivé sur un écran.

— Tu peux parler ! Et toi la télé et ton écran d'ordinateur ? On ne regarde pas les mêmes écrans, c'est tout.

— Excuse-moi ma chérie, mais il y a une grosse différence entre un jeu video et une émission de la chaîne Arte.

— Les adultes comprennent rien à rien. Grande nouvelle, cet été j'ai travaillé pour la première fois. J'ai été ramasser des fruits. Il y avait une super ambiance. On a travaillé et on s'est bien amusé aussi. Les paysans n'étaient pas contents du tout. La récolte a été vraiment très faible, beaucoup trop faible. Extrêmement faible.

— Ça s'est super ! Je veux dire pour ton travail. Vous comptez venir pour la Noël ?

— Peut-être, j'ai entendu dire qu'il allait y avoir beaucoup de neige. On va avoir une saison de ski fantastique.

— Si tout se passe bien, on passera vous voir dans pas longtemps.

La conversation tourna court. La liaison vidéo venait d'être interrompue. Il y avait un problème de qualité de transmission.

Jean-Kamil rappela aussitôt. Lena décrocha.

— Assia est déjà retournée à ses jeux vidéos. On s'est dit l'essentiel.

— Je te passe Sandra. Elle a tout entendu On se rappelle ce week-end ?

— Entendu, bonne soirée !

— Allo Sandra ? quand est-ce qu'on vous voit ?

Les relations avec Sandra, la femme de Jean-Kamil, étaient cordiales sans plus. Jean-Kamil et elle avaient une situation enviable. Sandra n'avait jamais connu de problèmes importants dans sa vie. Elle avait une certaine insouciance et une incompréhension innocente des problèmes des autres. Tout le contraire de Lena et surtout de Nael habitué aux coups durs.

Après l'échange de quelques politesses, elles raccrochèrent.

Lena reposa le combiné intriguée. Elle était très curieuse et intéressée par la Magersie. Nael et certains de leurs amis en étaient originaires. Elle essaierait d'obtenir quelques renseignements supplémentaires sur les contacts évoqués avec la Magersie. Elle se dit qu'elle était en train de jouer les enquêtrices. L'idée ne lui plaisait pas, mais elle était tellement avide de tout savoir quand il s'agissait de son fils. Elle ne pressentait pas que cette petite information, sur la Magersie, allait bouleverser le cours de leurs vies.

— Nael, Jean-Kamil m'a dit qu'il avait des contacts en Magersie. Tu en sais un peu plus ?

— Non, il m'en a peu parlé. Cela doit être récent. S'il t'a mis au courant je pense que je peux lui poser la question. J'essaierai d'en savoir plus la prochaine fois. Mais, tu sais, il est spécialisé dans le solaire. Il a peut-être des contrats en vue en Magersie.

— Mais il a dit qu'il allait devoir se déplacer ? Non ? Qu'est-ce que cela veut dire ?

— J'imagine que cela doit lui arriver souvent. Ou peut-être qu'il a un bon plan de vacances.

— Sa réflexion est bizarre. Elle arrivait comme un cheveu sur la soupe. J'ai l'impression qu'il y a quelque chose qui se prépare.

— J'ai commandé à nouveau du bois. Les prix ont flambé (sans mauvais jeu de mots) c'est hallucinant. Je me demande si nous ne devrions pas fermer le premier étage. On le chauffe presque pour rien. Je vais réexaminer toute l'isolation de la maison si des fois on peut gagner un peu par ci par là.

— Et le déneigement ? Il faut se préparer comme les canadiens. A notre âge déneiger à la pelle c'est trop pénible. On devrait acheter un petit appareil pour souffler la neige. Il faut prévoir, il va y avoir des ruptures de stock. Qu'en penses tu ?

— Oui, pourquoi pas. C'est pas le genre d'appareil qu'on trouve en hyper. Mais gageons qu'opportunistes comme ils sont, il va bientôt y avoir des appareils en vente et même des promotions exceptionnelles.

— Et tu as pensé aux pneus neiges ? Il faudrait faire aussi un peu plus de provisions si on est bloqué à la maison ?

— Écoute, demain sera un autre jour. On va se coucher !

Dans la chambre peu chauffée, les grosses couvertures étaient les bienvenues.
Dehors la neige tombait sans un bruit.
Demain la matinée serait impressionnante.
Silencieuse, comme si la nature surprise économisait ses forces en attendant des jours meilleurs.
Demain, Nael serait de corvée de déneigement. Il fallait enlever la neige assez vite, avant que des croûtes de glace se constituent.

7

Le lendemain matin, Nael sortit une pelle et commença à enlever la neige qui n'était pas très épaisse. Le toit était blanc.

Lena repensait à la réflexion de son fils. Bien que ce ne soient que très peu de mots lancés au hasard d'une conversation, elle était intriguée et même, de manière inconsciente, inquiète.

Dans les jours suivants, Nael avait essayé d'avoir plus de précisions. Son fils avait éludé la question, se contentant d'un laconique « Oui je suis en contact avec la Magersie, mais c'est confidentiel. Je dois y faire un déplacement dans pas longtemps. On verra. Tu sais, mon avenir est très limité à Avignon. Il va falloir que je trouve des portes de sortie. J'ai des décisions à prendre. J'hésite encore beaucoup. C'est possible qu'on me propose un poste là-bas ». Nael avait, tout de suite, compris que l'affaire était sérieuse. Vu l'incertitude des propos, il n'en avait pas encore parlé à Lena. Il était très inquiet.

D'une manière générale, c'était difficile d'obtenir des informations sur sa vie. Jean-Kamil n'était pas spécialement muet, mais toujours sur la réserve quand il s'agissait de parler de lui. On avait l'impression qu'il pensait qu'il était jeune et que les gens plus âgés n'avaient pas à se mêler des affaires des jeunes. Pourtant, il avait pris de l'âge aussi. La cohésion et surtout le transfert d'expériences entre les générations étaient nécessaires et demandaient un minimum d'échanges d'informations personnelles. Il était par contre assez rapide à demander de l'aide, quand le besoin s'en faisait sentir.

Klaudia avait fini par répondre dans un mail. La situation était délicate en Finlande. Le climat était extrêmement froid et les réserves de nourriture au plus bas, à un niveau angoissant. L'inquiétude du pays était sérieuse et plus ou moins justifiée. L'affolement est très communicatif.

Le pays était en première ligne. Elle était très pessimiste. Elle faisait allusion à une désorganisation de la société si cela continuait à empirer. Elle parlait d'un début de panique. Se mettre à l'abri avant les autres, voila un bon élément déclencheur. La peur n'est pas rationnelle.

Elle rappelait que la Pologne, dans les pays du nord, avait déjà connu une émigration importante pour des raisons économiques dans le passé. Elle se posait la question d'un retour de cette situation, mais à une échelle européenne cette fois-ci.

Lena surenchérissait :

— Klaudia a utilisé le mot émigration. C'est ça qui commence à me faire peur aussi. Si la situation empire, il va fatalement y avoir un mouvement de population du nord vers le sud. Comment la France va-t-elle accueillir ce flot d'immigrés ? Finalement, le problème du déclenchement d'une immigration est le plus grave dans cette affaire me semble-t-il. Il va y avoir une inversion du sens de l'immigration. Comment vont réagir les peuples ?

– Arrête de faire du catastrophisme ! On n'en est pas là. Je suis tout à fait d'accord avec toi : la France et les pays voisins avec leurs positions médianes géographiques sont des cibles naturelles pour des réfugiés climatiques, dans un sens ou dans l'autre. La France est bien placée pour cela. Mais tu t'affoles pour rien, pour l'instant on ne parle pas d'immigration.

— Moi, je te dis que l'immigration va être le fait marquant de ce vingt et unième siècle. Cela me paraît évident. Jamais les volumes de populations concernées n'ont été aussi grands.

— Moi, ce qui me fait peur c'est qu'on sera tous obligé de subir. On peut mettre en place de grands programmes d'aides. Mais face à la nature, notre pouvoir est trop faible.

Nael était dans son bureau. Il venait de montrer les derniers mails reçus dont celui de Klaudia. Lena appuyée sur le dos du fauteuil de bureau lisait par dessus son épaule. Il y avait aussi Arian qui leur écrivait régulièrement maintenant. Pas tellement pour donner des nouvelles. Il avait pris l'habitude, comme beaucoup, de retransmettre des pièces attachées de courrier électronique. Il en renvoyait régulièrement à Nael. Par moment ces pièces attachées étaient une véritable plaie qui polluait les boites aux lettres électroniques. Il venait ainsi d'envoyer un courrier avec une telle pièce jointe.

Arian envoyait surtout des présentations électroniques. Elles consistaient en une suite d'écrans qui racontait une histoire ou qui se moquait de quelqu'un, d'une institution, d'un groupe, … Sur chaque écran il y avait une photo ou un dessin ou une composition de photos et de dessins avec des commentaires. Certaines étaient très amusantes ou mordantes ou poétiques. C'est un genre moderne très populaire. Le problème avec ce procédé étant que si chaque personne réceptrice retransmet une pièce jointe reçue à 10 personnes on arrive vite, au bout de seulement 10 retransmissions, à un nombre de courriers qui dépassent le milliard. Ceci avec une évaluation très élémentaire. Trop sommaire, car la réalité est un peu plus complexe. Si on se restreint à la France, par exemple, il n'y a pas un milliard d'internautes. C'est simplement pour dire, quand même, que la nuisance dans les boites mails des internautes peut être très désagréable. Heureusement, beaucoup de personnes ne retransmettent pas ou peu.

— Lena, cette histoire d'avalanche de mails me rappelle l'histoire des grains de blé de Sissa.

— ? ? ? Connais pas !

— Mais si ! Tu en as sûrement déjà entendu parler. Sissa avait enseigné le jeu d'échec à un prince. Celui-ci pour le récompenser avait promis de donner des grains de blé dont le nombre serait calculé ainsi avec un échiquier : un grain de blé pour la première case, deux grains pour la seconde, quatre grains pour la troisième case etc. Le principe étant de doubler le nombre de grains de blé à chaque nouvelle case à traiter. Sa promesse était impossible à tenir : le nombre final obtenu était astronomique.

— Voila, c'est tout ce que j'ai reçu comme courrier qui pourrait t'intéresser. Le reste c'est de la pub, je crois. J'ai un peu de temps, je vais faire le ménage. J'ai vu qu'il y avait un courrier bizarre. Je me méfie, il y a tellement de virus qui passent par ce canal. Je vais l'ouvrir, mais je ne clique sur rien.

La présentation d'Arian était consacrée au mur anti-immigration qui séparait les États-Unis du Mexique (en certains endroits un triple mur avait été construit). Les écrans brocardaient le mur. On y voyait, dans cette fiction, les États-Unis proposer le démantèlement du mur et le président mexicain refuser. Ce président au grand cœur comprenait que la maintenance du mur coûte cher. Il proposait de prendre à sa charge l'entretien du mur. En filigrane, car il avait peur de recevoir trop d'immigrés venant du nord. Vraiment pas très fin comme ironie, mais c'était souvent le cas avec cette technique.

Le courrier était une publicité qui proposait un produit fantastique à pulvériser sur les murs extérieurs et qui avait une propriété miracle pour renforcer l'isolation. Il fallait le commander sur Internet. Des petits malins saisissaient déjà l'opportunité de gagner de l'argent avec le refroidissement du climat. Le spam pris la direction de la poubelle immédiatement.

Nael pesta contre sa machine. Il n'était pas informaticien.

La bestiole venait de « planter ». En informatique il y avait eu beaucoup trop de normes créées et des innovations que personne ne demandait. Les programmes étaient devenus aléatoires. Des fois ça marchait et des fois pas. Le système était en erreur et ce n'était pas de la faute de l'utilisateur. On assistait, depuis quelques temps, à l'émergence de cette nouvelle informatique aléatoire. Avec la même manipulation des fois cela passait et puis des fois cela coinçait. Il fallait quelquefois annuler un travail et recommencer.

La mauvaise réalisation de ces logiciels faisait enrager. On sentait l'extrême sophistication des moteurs de ces programmes, leur grande intelligence mathématique et informatique. Mais la volonté de les faire, sans cesse, évoluer trop vite, même quand ce n'était pas nécessaire, rendait leur fonctionnement fragile.

Plus grave, on avait l'impression que les éditeurs de logiciels pratiquaient quelquefois l'obsolescence... programmée de leur système à travers l'abandon de « mises à jour » pourtant vitales. Les grandes sociétés se servaient aussi de l'existence volontaire de mauvaises versions (quelquefois pratiquement expérimentales !) pour préparer la vente de nouvelles versions. En vue de couper l'herbe sous le pied des concurrents ? Les sacro-saintes « mises à jour » autorisaient toutes les audaces.

On avait vu, ainsi, l'abandon de systèmes parfaitement au point et efficaces sur l'autel des nouveautés dont la plupart des utilisateurs n'avait cure. Dans l'industrie, des industriels avaient très mal pris certains renouvellements forcés de leurs logiciels ce qui leur avait coûté très cher.

Les logiciels étaient émaillés d'erreurs de programmation multiples. On pouvait penser, comme leur publicité le laissait entendre, qu'une nouvelle version voulait dire des erreurs corrigées. Oui sans doute, mais cela voulait dire aussi de nouveaux mauvais fonctionnements provoqués par la nouvelle programmation. Plus grave, une correction mal maîtrisée entraînait automatiquement d'autres problèmes. On ne s'en sortait pas. Et encore plus grave, des bruits courraient que certaines failles de sécurité étaient volontaires pour permettre, à des services de renseignement très indiscrets, l'intrusion discrète dans les systèmes et la collecte d'informations sensibles.

Dès qu'il s'agissait de réaliser un interface homme/machine, les développeurs étaient, en plus, d'une grande médiocrité.

D'ailleurs, monsieur tout le monde n'a pas besoin d'autant de sophistication. Et monsieur tout le monde cela veut dire tous les utilisateurs non informaticiens. Les utilisateurs informaticiens chevronnés, eux, ont vraiment besoin d'outils sophistiqués. Mais cela doit représenter peu de monde finalement. Il suffirait, pour l'infirmer ou le confirmer, au moins grossièrement, de calculer le ratio des machines installées avec le nombre d'informaticiens purs déclarés (par exemple en sortie des écoles). D'ailleurs beaucoup d'informaticiens, eux mêmes, ne se servaient pas des trop nombreuses options présentes dans ces programmes. La volonté sans cesse renouvelée de faire « le bonheur des utilisateurs » malgré eux était irritante. Le système prenait des initiatives à la grande surprise de l'utilisateur qui aurait bien aimé rester maître chez lui. L'intrusion, dans des systèmes domestiques, paraissait normale aux grandes sociétés informatiques. Cette idée de faire « le bonheur des gens» autorisait, aussi et surtout, un accès ahurissant à leurs vies privées. Elle permettait donc d'obtenir des informations (paradoxalement, cette fois-ci, données par les personnes elles-mêmes, mais qui y étaient pratiquement obligées) utilisables par des services de renseignements ravis de l'aubaine.

— Je relance la machine. Grrr... On est complètement fou de laisser une grande partie de l'économie à la merci de cette industrie ! Ce domaine a un besoin urgent de règles et de lois plus strictes. Il parait que des pays étrangers, non européens, ont mis en place des programmes de développement informatique pour se débarrasser d'une dépendance bien dangereuse. En Europe, quelques pays ont commencé à mettre en place une taxation bien insuffisante pour assurer une indépendance. L'informatique peut être un très beau sujet de coopération entre européens et on a toutes les compétences pour obtenir des relations plus équilibrées avec cette industrie. Encore faudrait-il que nos chers (très chers) politiciens aient une vision d'avenir pour leurs pays. Il ne s'agit pas d'un secteur ordinaire. On a bien là un domaine stratégique vital. C'est un espionnage mondial qui a été mis en place grâce à l'informatique de réseau et l'énorme capacité des supports de stockage. Ce mécanisme est clairement dans l'intérêt de ceux qui détiendront ainsi des informations confidentielles sur le monde entier. Nous sommes très sensibles, en France, au sujet des questions de libertés et d'informatique. Certains pays n'ont pas ces scrupules. On va se retrouver en situation d'infériorité face à eux.

Nael, comme beaucoup, était très irrité par l'attitude de certaines sociétés informatiques. Il était catastrophé. Il se doutait qu'il n'y avait rien d'évident dans la mise en place de solutions pour améliorer la situation. En plus, ce que le peuple ne savait pas, un piège mortel pouvait se mettre en place avec une utilisation intensive des brevets logiciels. Si l'Europe cédait sur ce point, s'en serait fini de son indépendance informatique. Elle serait pieds et poings liés et pour longtemps. Sans doute par sa faute, car elle a fort mal réagi jusqu'à maintenant.

Lena avait une idée.

— J'ai une proposition à te faire : on devrait descendre à Avignon tout de suite. L'état du climat empire sans cesse. Autant faire le voyage pendant que les conditions sont encore correctes. On peut faire facilement le trajet en voiture.

— Oui, pourquoi pas. On n'a pas de grosses contraintes ici. Il faudrait prévenir tout de suite. Ce n'est pas sûr que ce soit possible. On peut tenter.

— On envoie un mail ? On propose quelle période ?

Ils réalisèrent la rédaction ensemble puis l'envoyèrent. Ils avaient proposé un voyage dans une dizaine de jours.

Jean-Kamil avait un grand appartement à Avignon. Il pouvait facilement les loger.

Nael mit ces quelques jours à profit pour ranger ses affaires. Il avait horreur de partir en laissant une maison en désordre. En informatique les fichiers s'accumulaient à une vitesse folle. Il y avait du nettoyage à faire dans les mails reçus. Des outils traînaient. Les pubs papier encombraient les tables basses. Par précaution, il fallait vérifier l'état du siphon d'évacuation de l'eau de pluie...

Quant à Lena il fallait qu'elle nettoie tout. C'était tellement agréable après, au retour, de rentrer dans une maison propre. Elle s'était lancé dans une grande opération. Elle faisait les dernières lessives, les derniers repassages, les rangements de vêtements. Elle préparait le bonheur qu'elle aurait, en rentrant, de trouver sa maison en parfait état.

Lorsqu'ils allumaient la télévision et s'informaient des dernières nouvelles, il n'y avait rien de bien nouveau. L'impression donnée était que le monde était lancé dans un engrenage infernal. Jusqu'où pouvait aller le refroidissement ? Il n'y avait pas de réponse très claire à la question. Le pessimisme était général. L'inquiétude principale concernait les stocks de nourriture. Il commençait à y avoir un peu de panique. Les récoltes, pratiquement partout, avaient été désastreuses. Les achats de précaution avaient en plus entraîné rapidement de grandes pénuries. Dans l'immobilier, le marché se tournait vers des habitations méridionales. En location, on ne trouverait plus rien dans pas longtemps. Les ventes de résidences secondaires, en pays étranger dans le grand sud, étaient en augmentation. Les acheteurs étaient inquiets. Allaient-ils pouvoir profiter de leurs acquisitions ? Dans le midi, en France, le marché immobilier était en folie. Il en allait de même pour tous les pays de la zone sud de l'Europe.

Avant de partir, ils avaient à finir des préparatifs pour anticiper eux aussi les difficultés annoncées.

Nael commença par une zone commerciale où il pensait réaliser la plupart de ses achats. Il avait prévu de commencer par un centre pour auto. Puis de continuer par un magasin de bricolage et de terminer par une chaîne spécialisée dans l'audio-visuel. Ils voulaient faire un petit cadeau à Assia. Avant d'acheter, ils avaient le temps de chercher ce qui pourrait lui faire plaisir.

Au centre auto, il s'attendait à une affluence importante à cause du froid. C'est pourquoi il commençait par là et tôt. Il fut quand même surpris par le nombre d'acheteurs. Pour les pneus neiges, qu'il voulait changer, c'était déjà trop tard. Les fabricants n'avaient pas prévu de ventes aussi importantes. Les pneus en stock, correspondant à sa voiture, étaient déjà partis. Il faudrait se contenter de ses vieux pneus pour Avignon. Il trouva quand même des chaînes pour la neige.

Au centre commercial, l'agence de voyages, qui proposait des séjours à l'étranger, avait une devanture bien peu remplie. Les gens ne se lançaient plus, pour un oui ou pour un non, à l'autre bout du monde. Quel aurait été l'intérêt? Il y avait un temps « pourri » partout. Et puis, il y avait une réticence à abandonner sa maison. Il y avait une tendance à se replier sur soi, pour attendre les catastrophes tant redoutées. L'accent était mis sur des vacances plus locales avec des cars et des croisières fluviales. L'industrie du tourisme international était en grande difficulté. Certains pays en souffraient beaucoup.

Comme prévu, il n'y avait pas de souffleuse à neige. Il allait donc en commander sur Internet. On en trouvait pour pas cher dans des sites de discount.

Il s'attarda au rayon téléphones. Assia avait un petit téléphone assez simple et ils pouvaient bien payer, à leur petite fille, un appareil plus haut de gamme. Le vendeur s'était lancé dans des explications techniques, apparemment basiques. Nael n'y comprit rien et acheta en faisant confiance au vendeur. Il ne faisait déjà plus partie de ce monde, aux méandres informatiques bien compliqués, chargés beaucoup trop souvent de nous simplifier la vie.

Il trouva la maison vide en rentrant. Lena était aussi partie faire des courses et n'était pas rentrée. Il s'assit dans son fauteuil et alluma la télévision.

Sur la première chaîne sélectionnée il y avait une reprise de séquences TV sur le réchauffement climatique. Les vidéos lui arrachèrent un sourire. Les commentaires étaient tellement dépassés. Le débat en direct qui suivait mentionnait le Gulf Stream. Ce courant qui réchauffe l'Europe pourrait bien devenir plus puissant s'il y avait un arrêt de la fonte des glaces dû, par exemple, à des cendres volcaniques. Et donc réchauffer plus l'Europe. Nael se dit qu'avec le climat rien n'était simple. Avec tous ces refroidissements d'un côté et tous ces réchauffements de l'autre, difficile de s'y retrouver. Il fallait être du domaine pour y comprendre quelque chose. En plus, il fallait faire le tri entre les informations correctes et celles erronées.

Le paradoxe pour l'instant, c'est que les volcans avec toute la chaleur qu'ils dégagent étaient en train de refroidir la terre.

L'inquiétude c'est que les gens allaient tirer la conclusion qu'une catastrophe était possible. Donc des engrenages désastreux allaient s'enclencher à tous les niveaux de la société pour se protéger.

Nael suivait toutes ces informations dans un état un peu cotonneux. Il s'endormait facilement. Les informations n'étaient pas des plus nouvelles.

Quand Lena rentra, elle le trouva assoupi devant la télévision.
Sans faire de bruit, elle rangea tous ses achats et vint s'asseoir à coté de lui.

Quand il se réveilla, c'est avec étonnement qu'il s'aperçut qu'il n'était plus seul.

— Je n'ai rien entendu. Cela fait longtemps que tu es rentrée ?

— Non, pas trop. Il faut finir de préparer nos affaires ; le départ c'est demain.

Lena allait partir détendue. Elle ne s'attendait pas au difficile séjour qui l'attendait à Avignon. Nael, plus intuitif et surtout plus au courant, sentait qu'il se préparait quelque chose à Avignon. Il commençait à être angoissé pour l'avenir. Jean-Kamil lui avait paru très gêné au téléphone.

8

A leur arrivée à Avignon, la porte passée, Nael sent tout de suite que quelque chose ne va pas. Jean-Kamil semble tendu. Aïssa a les yeux bien rouges. Sandra n'est pas naturelle.

— Vous avez fait bonne route ?

— Oui on peut dire ça, compte tenu des conditions de circulation. Encore un peu de neige. C'est pas l'idéal pour rouler. Il y a une espèce de lueur un peu rousse. Je ne sais pas comment dire. On dirait qu'on traverse un brouillard qui n'en finit pas. Les voitures semblent sales. Ça fait tout bizarre. On est parti à dix heures du matin. On s'est arrêté pour déjeuner.

— Pas trop de trafic ?

— Non au contraire, le trafic ne semble pas très dense. Les tarifs de restauration ont augmenté, c'est incroyable.

— Ça ne m'étonne pas. Les prix des denrées alimentaires sont montés en flèche et on ne trouve plus de conserves. Je suppose que c'est pareil à Grenoble ?

— Oui, oui absolument. Les gens ont fait des achats de précaution et les récoltes sont très médiocres. Tout ce qu'il faut pour avoir des prix hallucinants, Je range les bagages et je reviens.

Les bagages sont vite portés dans la chambre. Pendant que Lena s'occupe de remplir les armoires, Nael revient dans le séjour.

— Ça va ton travail ?

— Justement, il faudrait qu'on en discute.

— Eh bien quand tu veux. C'est pas grave ?

— Non, on va attendre d'être au calme pour en parler. Tu veux boire quelque chose ?

— C'est pas de refus. Je boirais bien un litre de « gazouze » tellement ma gorge est en feu. L'air me semble irritant. On verra la suite après.

— Ça va j'ai compris, je vais chercher de la limonade.

— Sandra ?

— Un peu de porto, merci.

Pendant que Jean-Kamil va chercher les boissons, Nael et Sandra se cherchent des yeux. Manifestement il y a du nouveau. Le regard de Sandra n'est pas détendu. Elle a l'air d'attendre.

— Vous êtes bien ici, cet appartement est superbe ! Vous avez eu raison de vous orienter vers un appartement plutôt que vers une villa. Cela vous laissera beaucoup plus de temps pour vos loisirs. En maison, il y a toujours quelque chose à faire. J'en sais quelque chose. Est-ce que Aïssa se sent bien ici ? Elle s'est trouvée des copains dans le quartier ?

— Aïssa est une ado avec tous les problèmes d'une ado. Ce n'est pas l'âge où on se sent bien. Mais je crois que le quartier lui plaît. Elle a une grande chambre et elle peut recevoir facilement ses amis.

— Je l'ai trouvé... comment dire... un peu triste oui.

— C'est possible. Elle me semble un peu fatiguée ces temps-ci. Cela lui arrive assez souvent en ce moment.

Jean-Kamil revenait avec les boissons.

— On a amené un petit cadeau pour Aïssa.

— Vous lui donnerez tout à l'heure, je pense qu'elle est sur sa tablette. Elle doit être en train de discuter avec un ami.

— Non maman. Je suis là.

Aïssa était dans l'encadrement de la porte l'air boudeuse.

— Et bien, viens t'asseoir avec nous.

— Non maman, je préfère rester debout.

— Comme tu veux.

Lena revenue et servie, Aïssa s'était finalement assise à coté d'elle.

— Tiens mon joli bout de chou, on t'a amené une petite surprise.

Lena tendait le paquet avec le smartphone. Il y avait du papier cadeau, on ne voyait pas ce que c'était.

Le papier débarrassé, Aïssa se leva et embrassa Lena et Nael. Puis elle se mit à crier :

— J'espère que je pourrais m'en servir en Afrique. Papa veut partir en Magersie !

En pleurs, elle courut se réfugier dans sa chambre.

Sandra essaya de minimiser la sortie d'Aïssa.

— Aïssa est très nerveuse en ce moment. Il faut l'excuser.

— C'est vrai que vous comptez partir en Magersie ? Pour des vacances ?

— Non, non. J'aurais voulu en parler plus au calme. J'ai la possibilité d'aller travailler en Magersie. J'ai trouvé un super poste. On partirait pour quelques années.

Lena mit quelques temps à absorber le choc.

— Tu vas tout quitter !

— Mais ici tu es bien. C'est une décision qui mérite réflexion. Et en ce moment le monde est tellement troublé. Ta décision est prise ou c'est encore un projet ?

— C'est pratiquement fait. J'ai longtemps hésité. Je voulais voir comment la situation allait tourner en Europe. Je ne peux plus attendre. On me demande une décision. En plus j'ai une grande opportunité de carrière. J'ai bien réfléchi. Il va aussi y avoir trop de problèmes ici. On va vers un chaos en Europe et je préfère m'en éloigner. J'espère que mon raisonnement est juste.

— Qu'est-ce qui te fait dire ça ?

— Ouvres les yeux, tu vois bien que la situation s'aggrave de jour en jour. Les vivres s'épuisent. La situation financière est difficile. J'espère qu'en Magersie on sera moins touché par le refroidissement climatique. Il ne s'agit pas d'un simple petit refroidissement, il s'agit d'un hiver volcanique dû à un super volcan qui vient d'exploser. Le monde entier est impacté. Les États-Unis par exemple sont exportateurs de céréales dans le monde entier. Leurs récoltes ont été catastrophiques. Même en

Europe est-ce que les serres, qui fournissent les légumes, vont encore bien fonctionner cet hiver ? Il leur faut un minimum de chaleur. Va-t-il falloir les chauffer ? C'est une solution impossible à mettre en œuvre avec les céréales. Les prochaines récoltes seront encore plus catastrophiques. C'est une famine mondiale qui s'annonce. Je ne suis pas le seul à faire ce raisonnement. Il y a un début d'exode vers le sud, un peu irrationnel je te l'accorde. A mon avis on va finir par fermer les frontières. Je préfère prendre les devants. Je n'y vais pas en tant que réfugié. J'ai un contrat de travail.

— Et Aïssa ?

— C'est un des problèmes. Il y a un lycée français. Elle devrait suivre une scolarité normale. On va attendre 2 ou 3 ans le temps que la situation se stabilise puis on rentrera... peut-être. Je l'espère.

— Est-ce que tu es sûr que la Magersie sera moins impactée que nous, dans les mois à venir, par le refroidissement climatique ?

— Non. Mais je pense que c'est probable. A mon avis, elle sera peut-être touchée, mais ce ne sera pas plus qu'ici. De toutes façons le bon sens c'est de dire, s'il y a refroidissement, la Magersie plus chaude sera moins affectée. L'Afrique du Nord est devenue la deuxième puissance économique d'Afrique. C'est une région assez riche maintenant. Au moins elle peut compter sur ses ressources minières. Elles ne seront pas touchées par l'hiver volcanique.

La France aura peut-être de quoi manger. Je dis bien peut-être. On vit sur notre lancée. J'ai de très grosses inquiétudes pour l'année prochaine. Attention aussi, par exemple, aux baisses de productivité de nombre d'industries et en particulier de tout ce qui touche à l'agriculture. Cela fait beaucoup à mon avis. Non ? Et je ne parle pas du problème des dettes et du commerce international qui va s'effondrer. Pour le tourisme, la situation est plus nuancée. Tous les centres de vacances sont mobilisés pour l'accueil d'étrangers qui payent bien souvent leurs hébergements. Mais le tourisme traditionnel « vacances » est anéanti. Cet afflux met sous tension les secteurs alimentaire et énergétique. La plupart du temps, les lits dans les zones de vacances sont dit « froids », c'est à dire non occupés. Les occupants sont maintenant plus nombreux, mais ce ne sont plus des vacanciers.

— Et ton appartement ?

— Je t'en parlerai plus calmement plus tard.

Nael et Lena étaient pétrifiés. Leur monde s'écroulait brutalement.

Le soir, Jean-Kamil avait invité un couple d'amis de prénoms Rita et Romain. Nael et Lena les connaissait déjà. Le repas se déroula, pour eux, un peu dans un brouillard. Ils avaient le plus grand mal à suivre la conversation. Rita était une femme un peu boulotte agréable à regarder, avec un fort accent du midi, manifestement volubile. Son mari, Romain, avait du mal à la maintenir dans des limites raisonnables. Elle était du genre brune avec sur le visage quelques tâches un peu foncées. Lui était un grand brun et d'attitude très calme. Il avait un visage un peu émacié. Cependant il n'était pas maigre seulement peu enrobé. Il avait une taille nettement au dessus de celle de Rita. Quand elle était à coté de lui, elle ne le gênait en rien pour regarder tout autour. Romain pouvait voir par dessus sa tête. La spontanéité de sa femme le gênait parfois. A les observer, on avait l'impression de voir une tour de contrôle à coté d'un haut parleur.

Nael avait toujours eu l'impression que Romain et Jean-Kamil étaient liés par un je-ne-sais-quoi. Il les avait souvent surpris dans des apartés où on sentait qu'ils échangeaient des informations intéressantes à demi-voix, têtes penchées l'une contre l'autre. Impossible d'entendre quoi que ce soit de leur conversation. Cette fois-ci, cela paraissait encore plus évident. Ces deux-là semblaient s'être déjà rendu service. On les sentait à la fois complices et redevables. Nael le savait, il n'en saurait pas plus. En tout cas il ne fallait pas compter sur Jean-Kamil pour avoir quelques informations. Rita ne faisait que suivre le mouvement. Elle était beaucoup plus spontanée et ne se posait pas trop de questions. Elle était d'origine napolitaine ce qui expliquait peut-être sa volubilité.

Quand la conversation était venue sur Internet, elle avait commencé à dire ce qu'elle pensait de cet outil fabuleux, mais où on trouvait tout et n'importe quoi.

— Moi, je trouve que certains sites, c'est franchement degueu... ouch !

Manifestement elle venait de recevoir un coup de pied, ou alors c'était bien imité, ou peut-être une douleur due à un vieux rhumatisme qui venait de se réveiller ? Pendant ce temps-là Romain discutait, l'air innocent, avec Sandra. Mine de rien, il avait tout le temps une oreille verrouillée sur les propos qui se tenaient à coté. Il connaissait la logorrhée de sa femme et s'en méfiait. Ses grandes jambes étaient très utiles pour cette sorte d'opération. Il avait une longue pratique et savait administrer un rappel avec un grand sens du toucher. En apparence, il n'avait pas bougé d'un centimètre !

— J'ai mon genou qui me fait mal de temps en temps. Je ne peux plus décroiser les jambes facilement. Il faut que j'aille voir un spécialiste. N'est-ce pas Romain ?

Romain se retourna, comme pour montrer qu'il sortait d'un autre monde. Il était parti dans une conversation très prenante et on venait de l'interrompre.

Rita n'était pas trop rancunière. Elle connaissait ses défauts. C'était plus fort qu'elle. Une fois lancée plus rien ne l'arrêtait.

— ... Je disais donc que la publicité sur ces sites Internet c'est vraiment très désagréable. N'est-ce pas Romain ? Tu ne vas pas le nier quand même ?

Et elle en resta là. Elle connaissait leur code de communication, même si ce n'était pas vraiment... codifié. Un coup ça voulait dire « Méfiance, tu évites le sujet ! ». Il n'y avait pas de code pour lui dire qu'elle pouvait en rajouter. C'était totalement inutile. Il suffisait de la laisser faire.

Lena et Nael étaient complètement en accord avec Rita.

— C'est aussi mon avis, Rita. La publicité, en général, est devenue une plaie des temps modernes. Mais l'expansion de l'informatique permet aussi une réduction considérable de papier.

— Parfaitement Rita. La publicité est une catastrophe. Les piles de prospectus papier reçues dans les boites aux lettres sont indécentes. Quand on pense que l'on reçoit parfois des catalogues luxueux allant jusqu'à une centaine de pages avec papier glacé et photos en couleur et qui prennent souvent immédiatement la direction de la poubelle. Ça me rend malade. Des forets entières y passent. Dans le même temps, dans certaines unités d'enseignement, on restreint les documents à distribuer aux élèves pour cause de budget trop limité.

Romain, lui, voyait la publicité d'un autre point de vue. Sans être programmeur il était employé dans une société d'informatique. C'était un bon amateur d'informatique sans plus. Il rendait souvent service à ses amis ou à sa famille. La plupart des personnes ont des machines qui les dépassent complètement et font appel aux personnes de leur entourage pour entretenir leurs appareils. Ceux qui ont la compétence nécessaire en informatique familiale deviennent vite phagocytés. Romain savait distribuer ses compétences à bon escient.

— Vous étiez en train de parler de publicité sur Internet ? Je ne suis pas complètement d'accord. La situation y est différente. Au moins cela n'amène pas un gâchis de papier. Un site avec des publicités trop nombreuses et trop envahissantes est immédiatement sanctionné, de manière inconsciente, par les internautes de visites moins fréquentes. Il y a un retour possible du consommateur. En plus, la publicité permet de faire vivre de petits sites innovants qui ne pourraient pas exister sans elle. C'est un moteur certain d'innovation.

— Évidemment, toi, tu ne vas nous dire le contraire. Dis-moi la chasse ça se passe bien cette année ?

Cela dévia rapidement la conversation vers d'autres sujets. Chacun ayant compris que la discussion avait été mal engagée. Mais surtout depuis quelque temps, quand on parlait de nourriture, cela intéressait immédiatement tout le monde. Romain était chasseur (une espèce en voie de disparition). Il n'avait pas la vocation. Il était venu à la chasse par inadvertance. Il s'était inscrit dans une société de chasse pour posséder un fusil à la maison. Il voyait l'insécurité monter. Si un fou débarquait chez lui, il préférait avoir un fusil à portée de main. Une réaction très nord-américaine. Romain était quelqu'un de maladivement prévoyant. Et par la suite, dans cette société, il avait fait des connaissances. Maintenant, sans être un acharné, il ne lui déplaisait pas de participer à des sorties de chasse. Tout au moins, c'est-ce qu'il laissait entendre.

— Les sangliers ça ne manque pas, heureusement. Il est classé chassable. On peut le chasser dans de nombreuses périodes de l'année. Il est considéré aussi, quelquefois, comme un animal nuisible. C'est fou le nombre de nouveaux adhérents qui se présentent à notre société de chasse cette année.

— Si je comprends bien, tu as plusieurs sangliers dans le congélateur ? Il est gros ton congélateur ?

La question était maladroite aussi.
Comment avouer qu'on a le congélateur plein de viande alors que tout le monde cherche de la nourriture.

— Tu sais, je ne suis pas un Nemrod. Les autres sont plus rapides et adroits que moi. J'ai du mal à m'en attribuer un. Mais oui, ils me laissent de temps en temps un gigot.

En fait, Romain ne voulait pas que ça se répande. Il parlait comme si il était considéré comme une pièce rapportée dans la société de chasse alors qu'en réalité il en était un membre actif. Et son congélateur était effectivement bien plein.

— Avec le froid, les sangliers se rapprochent des habitations. Ils ont faim. Cela devient plus facile de les tirer. Il faut moins marcher.

— Vous savez que la viande de sanglier c'est « Khalouf » ? ou bien « Halouf » peut-être ? Dans certaines religions, la viande de sanglier est assimilée à de la viande de porc. Ils n'ont même pas le droit de toucher la bête. Moi, ça m'arrange plutôt. Comme disait Confucius « Moins on est de fous, plus il y a de gigots ! ». Vous êtes d'origine nord-africaine, vous êtes au courant ?

— Oui bien sûr. Là-dessus, on n'a pas de volonté d'interdiction pour notre entourage. Petite information : si tu vois passer un gigot qui s'ennuie tu penses à nous, merci Romain ! On arrivera bien à le caser chez des voisins !

— Écoute, je t'en amène un demain. J'en ai un dont l'os dépasse du congélateur. Cela me permettra de fermer la porte !

Les rires, qui suivirent, furent difficilement partagés par Nael. Il n'arrivait pas à se détendre. Et puis, les gigots de sangliers c'étaient pas son truc.

Au départ des convives, le bonsoir avant de se coucher, fut difficile. Nael embrassa Jean-Kamil avec une atroce sensation de déchirement. Comme si Jean-Kamil allait disparaître de sa vie et à un moment où il ressentait, au contraire, le besoin de rassemblement de la famille. Son passé d'immigré ressortait. Il avait besoin de stabilité. Il vivait mal le fait d'être, encore une fois, coupé de ceux qu'il aimait.

Le retour à Grenoble fut d'un silence impressionnant. Amorphes, ils rentrèrent un peu comme des somnambules regardant la route défiler dans une désorganisation mentale qui les plongeait dans un état hypnotique.

Jean-Kamil avait justifié son choix. On ne le ferait pas revenir en arrière. Il y avait un pari fou dans sa décision. Au moins pourvu qu'il ait raison et pour Nael ce n'était pas évident du tout.

La télévision annonçait que le gouvernement avait décrété un état d'urgence. La pénurie, provoquée en grande partie par les achats massifs de denrées alimentaires, le conduisait à imposer des mesures de rationnement. Il y avait peu de marge budgétaire pour agir. Qu'allait-il se passer sans moyens financiers ?

Le soir, dans leur chambre blottis l'un contre l'autre, ils n'eurent guère plus de réactions. Comme s'ils avaient perdu un enfant.

Ils avaient téléphoné à leur arrivée pour dire qu'ils étaient bien rentrés.

La voix de Jean-Kamil leur paraissait déjà bien loin, presque partie. Conscient du choc qu'il avait déclenché. Jean-Kamil avait insisté en leur répétant que ce n'était que pour une durée limitée. Que c'était une décision qui assurait mieux leur avenir à tous. Qu'ils se regrouperaient dans le pays qui surmonterait le mieux la crise si les événements tournaient au désastre annoncé. Il insistait en disant qu'une catastrophe était possible. L'augmentation de revenus, qu'il allait avoir, lui permettrait des achats vitaux même très onéreux. C'était une sécurité.

Le lendemain, Nael ne put rien faire. Il tournait en rond dans la villa. Il n'arrivait pas à se trouver une occupation. En fait, parce que tout projet implique un futur. Il ne se sentait plus d'avenir. Et puis il était âgé, cela faisait quelque temps maintenant qu'il pensait à son départ. Il ne voulait pas laisser à son fils ou à sa femme des affaires en désordre. Il savait l'énorme travail que cela implique d'effectuer un tri, dans les restes d'une vie entière. Des restes, innombrables affaires sans intérêt, gardées parce que chaque action de jeter impliquait une clôture définitive de quelque chose, une sorte de mort par morceaux. Il avait donc gardé beaucoup de traces de son existence. Il sentait que le moment arrivait où il fallait qu'il agisse. Ce moment lui paraissait maintenant vite se rapprocher, mais il était comme vidé de toute énergie. Même une action de jeter implique un projet de futur.

Pour résumer il était en proie à des idées noires.

Lena n'arrivait pas à y croire. Elle était plus active. Elle insistait en disant qu'il fallait faire revenir à la raison Jean-Kamil.

Il était encore temps. Elle avait essayé de le convaincre dans ses conversations téléphoniques. Elle essayait d'avoir une alliée en Sandra qui ne semblait pas enthousiasmée par le projet. Le tout en pure perte. Jean-Kamil pensait qu'il prenait une mesure de sauvegarde pour sa famille. Il pensait dans son for intérieur qu'il était jeune et qu'il raisonnait mieux que des personnes âgées. Il était jeune, il pouvait prendre des actions énergiques. C'était douloureux, mais il fallait le faire.

Klaudia avait réécrit. Cette fois, sa famille envisageait un séjour prolongé en France. Sa mère parlait parfaitement le français (elle avait été professeur de français donc rien d'étonnant à cela). Klaudia pouvait poursuivre ses études universitaires en France. Ses parents étaient retraités. Rien ne les retenait. Elle leur demandait des conseils pour ce séjour qu'elle annonçait imminent. Il ne fallait pas perdre de temps pendant que les pays fonctionnaient encore de manière normale. Ils aimaient la France. Un long séjour, ils l'auraient fait en temps normal pour le plaisir. Autant profiter de la situation pour aller se mettre un peu plus au chaud. Tout comme Jean-Kamil, elle craignait à la fois une aggravation du temps, une crise alimentaire, une crise financière et même une fermeture des frontières si la situation devenait extrêmement grave. En filigrane Grenoble était leur cible. On comprenait pourquoi. C'était une des villes de France assez proche de voisins européens. C'était une bonne base d'exploration, de tourisme, et géographiquement placée relativement au sud. De plus, après plusieurs succès scientifiques d'envergure, elle avait acquis une grande réputation de ville d'excellence. La ville avait une belle visibilité en Europe. Ils pensaient aux études de Klaudia. Laquelle était surtout enchantée de la perspective de séjourner dans une ville réputée assez jeune. En effet les universités grenobloises sont grandes et la ville est petite. Donc la proportion de jeunes dans la ville est assez importante. Par exemple, à ce sujet, l'INSEE a pu écrire, dans une de ses parutions en octobre 2014 :

« Conséquence de sa vocation universitaire, la population de la métropole est jeune. La moitié de la population est âgée de moins de 35 ans, un quart de 15 à 29 ans et les étudiants représentent près de 13 % de la population en âge de travailler. ». L'INSEE parle aussi de « surreprésentation des cadres et professions intellectuelles supérieures ».

Et puis, il y avait énormément de stations de ski dans les environs et pour une jeune finlandaise c'était plus qu'attrayant. Enfin, elle se faisait une fête de revoir Lena et Nael.

A la suite de cette lettre, Lena avait réitéré ses inquiétudes sur une immigration de masse.

— Tu vois. Je l'avais bien senti. Ça me parait logique. Ces gens-là ne vont pas se laisser mourir. On doit les accueillir convenablement. Il faut s'y préparer. Il y a urgence.

— Tu as tendance à faire du catastrophisme. Rien n'est évident dans les conséquences de cet hiver volcanique. Mais comme tu aimes les drames, je vais t'en donner. J'ai écouté une émission sur une chaîne de télé, cet après-midi, qui passe beaucoup de débats et de documentaires. Ils ont vraiment tout un tas d'émissions super intéressantes. Dans un débat sur le climat, certaines personnes étaient très pessimistes et avaient même envisagé la disparition de l'espèce humaine, comme il y avait eu dans les temps passés une disparition des dinosaures. Cela m'a laissé une impression horriblement négative qui me met mal à l'aise même maintenant. Tu veux savoir laquelle ?

— Oui. Tu vas me le dire, j'espère. Je sens que tu vas faire encore de la philosophie.

— Voila en gros ce que cela m'a inspiré :

L'évolution de l'homme a fait l'objet de nombreuses études. Certains contestent que la présence de l'homme sur terre soit liée à un quelconque Dieu créateur de l'espèce. C'est une thèse admise par beaucoup de gens maintenant, des non croyants bien sûr. Mais on peut aussi envisager un Dieu créateur de l'univers. Il y a là un pari célèbre. Il parait logique de croire en ce dieu géniteur. Certains disent qu'on ne peut pas prouver l'existence de Dieu. Oui, mais on ne peut pas prouver non plus son inexistence. On ne peut que croire en son existence en l'absence de preuves et face à l'univers. On ne peut être qu'abasourdi et admiratif devant les extraordinaires propriétés de l'infiniment petit, de l'infiniment grand et de la vie.

La place matérielle de l'être humain, coincé entre des extrêmes géométriques, paraît bien mince. Si on examine la dimension temporelle, là aussi la place de l'homme est bien modeste. L'intervalle de temps correspondant à l'existence de l'espèce humaine est extrêmement petite comparée à la durée de l'univers. En ce qui concerne l'homme, on commence à obtenir des signes d'une évolution depuis un stade primaire vers l'homme moderne actuel. Admettons que l'homme disparaisse dans une catastrophe mondiale ? Il restera, c'est fortement probable, quelques organismes ou êtres vivants, sur terre, plus ou moins primitifs. On peut très bien imaginer que les survivants, même primitifs, posséderont déjà tous les mécanismes du vivant : ADN, mitose... Si l'on est partisan du Darwinisme ou d'autres théories d'évolution des espèces, on peut penser qu'ils vont se transformer en des formes plus complexes, comme cela s'est passé dans les temps anciens. L'information guidera, encore une fois, l'évolution. Et au final, on retrouvera, au bout de cette longue chaîne de transformations et de créations (les temps peuvent être très longs, comme pour l'émergence de l'être humain), une nouvelle espèce extrêmement intelligente, analogue à l'homme et qui, il faut l'espérer, sera plus sage. A l'échelle du temps géologique, l'homme n'aura été qu'une petite parenthèse folle, avec toutes ses atrocités, vite oubliée.

— Toi, tu broies encore des idées noires ! Et tes lectures de magazines de vulgarisation scientifique te compliquent bien la vie ! Tu me disais que je faisais du catastrophisme avec mon immigration. Mais là, je suis battue à plate couture. Je ne dis pas que toute la population du nord va partir. Il suffit qu'une bonne fraction parte pour qu'on se retrouve tous en mauvaise posture. Bon dis-moi, arrêtons la philosophie et soyons concret, qu'est-ce qu'on répond à Klaudia ? Il faut le faire rapidement.

— On peut déjà lui répondre qu'on peut les accueillir pour quelque temps à la maison. Cela leur fera une base pour s'organiser, non ? J'ai l'impression que cela les arrangerait beaucoup. Et c'est un euphémisme. Il y a beaucoup de précipitation dans leur démarche. Ils veulent saisir l'opportunité d'un long séjour dans un pays qu'ils aiment bien.

— Très bien, ça me va. Moi, je serais ravie de faire la connaissance des parents de Klaudia et de revoir cette charmante gamine. On rouvrira le premier étage. On rédige tout de suite ?

La rédaction fut rapide et envoyée dans la foulée. Tout ce mouvement donnait des idées à Lena.

— Écoute, j'ai une proposition. Je retourne tout de suite à Avignon. Jean-Kamil a bien dit que rien n'était fait. Je pourrais mieux discuter. J'espère les convaincre. Je fais l'aller-retour en deux/trois jours en voiture. Toi, tu commences à préparer la maison pour accueillir la famille de Klaudia. Qu'en penses-tu ?

On ne pouvait pas dire que cette perspective enchantait Nael. Il ne refusait rien à Lena qui partit préparer ses bagages. Toutes les occasions pour voir ses enfants étaient bonnes. Il la connaissait, les deux/trois jours pouvaient même se prolonger quelque temps. Elle adorait conduire et la perspective d'un tel voyage était en soi alléchante. Et puis elle avait raison. Il fallait convaincre Jean-Kamil.

Ce n'est pas le cœur gai qu'il la vit partir. Il rentra à la maison soucieux et inquiet. Encore une fois, l'avenir allait lui donner raison.

Il commença par ouvrir les radiateurs des pièces du haut. Il n'avait aucune idée ni de comment Klaudia allait faire le trajet ni de ce qu'elle avait pu emporter. Les cheminots avaient le plus grand mal du monde à faire circuler les trains. La perspective d'avoir quelques bouches à nourrir de plus l'inquiétait. Mais comment faire ? Lena, toujours ardente à venir en aide, ne comprendrait pas qu'on refuge l'hospitalité à des gens en danger. Et à vrai dire il était lui aussi sur la même longueur d'onde. Il vérifia les lampes des pièces surtout les lampes de chevet. Puis que tout fonctionnait dans les pièces d'eau. Quelques affaires traînaient dans les chambres, il les descendit au rez de chaussée. Il fit de même avec des papiers qui encombraient des bureaux.

Le soir seul dans la grande villa, il eut du mal à s'endormir.

Lena avait téléphoné en arrivant. Son voyage s'était bien passé. Elle avait été accueillie par Aïssa avec une fougue qui exprimait à la fois l'affection qui existait entre elles et le sentiment d'accueillir la grand-mère qui allait la sauver d'un voyage dont elle ne voulait pas. Peut-être aussi que la perspective d'être séparée dans très peu de temps la faisait redoubler d'affection. Bientôt, elles ne pourraient plus se serrer dans les bras. Bientôt, la mer allait les séparer. Bientôt, elles allaient affronter l'inconnu d'un avenir incertain et menaçant.

— Mamy ! Qu'est-ce que je suis contente de te voir ! Qu'est-ce que je suis contente de te voir !

Elle s'était blottie contre sa grand-mère. Ne pouvait plus la quitter, desserrer ses bras, arrêter de l''embrasser. Elle appuyait sa tête contre sa poitrine avec force.

— Ma mamy ! Ma mamy !

Elles étaient restées, longtemps ensemble, serrées l'une contre l'autre. Et maintenant, pendant que Lena lisait un livre assise sur le canapé, Aïssa était allongée à côté la tête sur ses genoux. Lena était inquiète. Aïssa lui paraissait fatiguée. L'adolescence ?

Les discussions avec Jean-Kamil avaient été animées. Il avait une opportunité de carrière et il fallait qu'il saisisse sa chance. Il voyait plus loin qu'un simple refroidissement climatique. L'hiver volcanique avait des conséquences angoissantes. En gros il pensait que la Magersie avec son climat plus chaud allait mieux s'en sortir. L'état des démocraties occidentales l'inquiétait aussi. Il ne les voyait pas surmonter la crise naissante. Ses arguments étaient les suivants :

> Les états comme la Magersie après des périodes très troublées, avaient fini par trouver leur équilibre. Il y avait eu des années difficiles qui avaient fait beaucoup de mal à ces pays, mais c'était maintenant derrière eux. Leur mode de vie moins sophistiqué allait les rendre plus robustes contre la crise. Les arguties déraisonnables des démocraties occidentales n'avaient pas cours chez eux.

N'avait-on pas vu une décision de justice annulée dans un pays européen pour une cause incroyable : l'arrestation du délinquant notoire condamné avait été faite 50 centimètres en dehors de la frontière supposée du pays. On dit bien supposée, car la frontière n'était pas matérialisée au sol. Il avait fallu extrapoler, supputer, se renseigner, analyser pour finalement arriver à cette conclusion absurde. Il avait surtout fallu perdre beaucoup de temps et d'efforts qui auraient été bien mieux employés ailleurs.

Cette sorte de péripéties rendait ces fameuses démocraties occidentales saugrenues pour nombre de nationaux de pays moins riches. L'impression, que l'on donnait, était que l'on était englué dans le mot démocratie. On veut trop en faire. Et, dans le même temps, on ne donne pas assez de libertés ni de moyens au système judiciaire pour qu'il puisse fonctionner dans de bonnes conditions. C'est l'application trop stricte de la loi qui prévaut et elle ne prévoit pas tout dans un monde devenu trop complexe. Il y aura toujours des petits malins pour en profiter.

Cette façon d'appliquer la loi était perçue comme une manifestation de pays en voie de décomposition. Il n'y a plus d'anti-corps pour assurer la survie du corps social dans de tels pays. Il faut comprendre certaines décisions. On ne donne vraiment pas assez de moyens à la justice. Si à leur sortie de prison, les condamnés sont plus dangereux qu'à leur entrée, alors à quoi bon les condamner et nous condamner à payer leur séjour en prison ?

Tout a été fait pour détruire les esprits nationaux, mais l'Europe avec toutes ses erreurs n'a rien remplacé du tout. Il reste du vide. En caricaturant on a l'impression, dans le peuple, que la normalisation des bananes commercialisées est le genre de réglementation qui semble préoccuper beaucoup la bureaucratie européenne envahie d'emplois juteux et soucieuse de justifier son existence. Ou c'est vrai ou la communication de ces organismes est à un niveau vraiment très nul. Ce n'est pas avec ça qu'on donne de l'énergie à des peuples. La normalisation européenne des courbures légales des bananes et des concombres a été, par exemple, contestée en Angleterre et... avec succès. Certains, en Allemagne, ont qualifié le système européen d'Absurdistan. Dommage que ce terme n'existe pas en français. Le problème maintenant c'est seulement d'avoir des patates... même si elles ont la forme de bananes !

Jean-Kamil, dans son ardeur, en rajoutait un peu trop. Beaucoup de réglementations sont nécessaires. Mais il continuait son argumentation :

Jusqu'à une époque récente, et cela tombe mal, notre système politique n'a pas semblé au niveau souhaitable. Il y a eu une absence de gouvernants avec une carrure de grand chef d'état qui a été criante. Il y a eu beaucoup trop de politiques qui ont été de piètres gestionnaires, grenouilleurs de partis, beaux parleurs de congrès politiques et d'émissions de télévision, « souffleurs dans les voiles de l'air du temps ». L'histoire les jugera probablement comme ça. On sent suinter, dans cette classe, une absence d'expérience sur le terrain ou un parisianisme bien peu réaliste. Les affaires se sont enchaînées aux affaires. Des affaires piteuses et qui paraissent ahurissantes à l'homme de la rue. On se demande par qui on est gouverné. Inévitablement, la bourse va s'effondrer et on les verra pleurer qu'ils ne peuvent rien faire. Quelqu'un a dit que les politiques suivent le peuple, mais que, à l'inverse, le peuple suit les hommes d'état. C'est le propre de dirigeants exceptionnels d'arriver à faire traverser une période difficile à un pays avec succès. Ils nous en faut d'urgence. Espérons que les nouveaux dirigeants actuels seront à la hauteur. J'ai des inquiétudes à ce sujet. Je leur souhaite bonne chance évidemment.

Jean-Kamil avait un petit coté idéaliste et révolté. Cela ressortait de temps en temps quand il était énervé. A la question « Beaucoup trop, cela veut dire combien 1% ou 99% ? », il n'avait pas répondu. Mais il n'est pas le seul à avoir ces réactions exacerbées. L'irritation dans un peuple n'est souvent pas quantifiable. L'information circulant beaucoup plus vite et mieux qu'avant, les gens sont au courant de beaucoup de malversations (ou d'affaires lamentables) qui seraient quasiment passées inaperçues auparavant. Avec son discours aigri Jean-Kamil était représentatif de ce que pensaient tout bas pas mal de personnes à cette époque. A tort ou à raison d'ailleurs, car la politique, comme la justice, n'est pas bien sûr une activité facile.

Il continuait son discours pessimiste. A son avis on allait vivre trois temps dans cette crise :

Dans une première phase, les avions avaient été cloués au sol. Mais ce n'était pas le point le plus important.

Dans une deuxième phase, une famine mondiale allait s'installer. On commençait à parler de pénurie et ça allait s'amplifier. C'était surtout les conséquences sur l'agriculture qui l'inquiétait plus que le froid en lui-même. La production agricole s'effondrait. La fin de l'hiver actuel serait hallucinante. Un froid volcanique cela dure des années.

Dans une troisième phase, l'économie allait décrocher et l'informatique lâcher. Des épidémies monstrueuses allaient se déclencher. Après c'était la grande inconnue. Il mentionnait aussi une peur populaire au sujet des voitures. Les moteurs généralement n'aiment pas les cendres. Est-ce que la présence prolongée de substances corrosives n'allait pas augmenter le nombre de pannes ? Il comprenait l'inquiétude générale : un moteur cela permet souvent d'aller travailler. Ce n'était qu'une anxiété du peuple, mais il aurait bien aimé entendre, malgré tout, quelques propos rassurants, des autorités, sur cette question.

Comment les pays occidentaux super-sophistiqués allaient-ils résister à tout cela ?

Jean-Kamil en rajoutait beaucoup, cependant les répercussions sur l'agriculture, l'économie et la santé étaient elles extrêmement probables. Jean-Kamil n'avait pas tort sur un certain nombre de points. Il était représentatif de l'inquiétude générale. Lena submergée par les arguments n'arrivait pas à lutter. Elle s'était renseignée. L'explosion du Tambora avait déclenché dans le passé, entre autres, d'énormes épidémies mondiales.

Elle se serait sentie plus rassurée d'affronter ces difficultés en France. Elle finit, quand-même, par adopter la position de Jean-Kamil. En apparence, car elle était loin d'être convaincue. Elle était ébranlée et déboussolée.

En plus, une conclusion évidente commençait à s'imposer à son esprit. Si elle ne voulait pas être coupée de ses enfants il leur fallait les accompagner en Magersie. La solution était donc, pour eux, de suivre Jean-Kamil, Assia et Sandra. Pourquoi pas ? C'était juste une parenthèse qui ne durerait pas longtemps. Le temps que tout se normalise. Une petite année peut-être, le temps que l'hiver passe. Ils n'avaient pas de contraintes. Ils pouvaient le faire. Il fallait qu'elle en discute avec Nael et surtout il lui fallait le convaincre de partir lui aussi.

Et, au téléphone, elle l'avait proposé à Nael qui, catastrophé, n'arrivait plus à trouver ses mots. Jean-Kamil prenait une décision insensée. Il devait être certainement aigri pour s'exprimer comme cela. C'est vrai aussi qu'il avait obtenu un super poste. Sans le dire cela devait le motiver beaucoup à partir. C'était une opportunité à ne pas manquer. Peut-être qu'il y était obligé professionnellement. Jean-Kamil était une tombe sur tout ce qui concernait son travail. Il justifiait son départ comme il le pouvait. La perspective de revenir quelque temps sur la terre de ses ancêtres devait jouer aussi..

Tout ceci tombait à un bien mauvais moment.

Nael ne se voyait pas partir en Magersie. Sa vie était maintenant sentimentalement en France. D'un naturel inquiet, il préférait aussi rester sur place pour avoir un œil sur le règlement de leurs retraites. Et puis trop âgé, il ne voulait plus changer de lieu de vie.

Lena avait aussi évoqué très précautionneusement une proposition alternative encore plus difficile pour Nael. Elle suggérait, si Nael ne voulait vraiment pas bouger, qu'elle accompagne seule, provisoirement, Jean-Kamil le temps de son installation en Magersie. Il laisserait son appartement inoccupé, à Avignon, du fait de son départ précipité. Il y avait aussi beaucoup d'affaires qui resteraient en plan dont une voiture. Dans le cas où Nael resterait donc seul en France, Lena se demandait s'il ne serait pas mieux pour lui de venir s'installer à Avignon. Plus au sud, la température serait un peu plus douce, la densité de population pas trop importante et l'environnement était très agricole. La nourriture serait probablement plus abondante. Elle viendrait le rejoindre dès que possible. Rita et Romain, bien implantés dans la région et extrêmement débrouillards, étaient des amis précieux qui leur faciliteraient la vie. Une peur de famine était en train de s'installer. C'était une situation que l'occident n'avait plus connue depuis longtemps. L'avenir s'annonçait inquiétant et très incertain. Pour la villa de Grenoble, elle proposait de la louer de manière très symbolique à la famille de Klaudia. Cette solution arrangerait tout le monde. La villa ne resterait pas vide. Jean-Kamil avait donné son accord pour toute cette réorganisation familiale. L'accueil de sa mère chez lui, pour quelque temps, ne lui posait pas de problèmes.

Nael ne pouvait y croire. Lena avait elle aussi perdu la raison. Décidément, les volcans rendaient fous. Il espérait la convaincre de changer ses plans. Elle était sous influence à Avignon et allait changer d'avis en revenant. Malheureusement, les événements climatiques allaient anéantir complètement ses espérances.

Nael attendait, inquiet, Lena. Elle lui avait annoncé qu'elle prenait la route. La température prévue n'était pas si froide que ça, mais la météo très pessimiste annonçait une tempête de neige. Il savait qu'elle n'avait aucune notion de danger. Elle se fiait aux avertissements de Nael qu'elle savait fondés. Elle ne s'y pliait pas toujours, considérant qu'il était trop précautionneux et qu'il exagérait. Elle pensait souvent qu'avec un peu d'audace ça devait passer. Elle n'avait jamais connu d'épisodes dramatiques et elle n'avait pas beaucoup de prudence. Tout le contraire de Nael qui avait collectionné un maximum de situations difficiles dans sa jeunesse et qui en avait gardé un souvenir cuisant. Il suivait la situation sur les chaînes d'informations en continu. Il allait voir sur Internet les bulletins météo. Il téléphonait aux numéros de services de météo. En bref, il tournait en rond très préoccupé par l'épisode neigeux.

Il n'avait pas tort. Au téléphone, Lena, stressée, lui annonçait être bloquée sur l'autoroute. Des voitures et camions s'étaient mis en travers des voies de circulation. Il y avait eu des accidents. Les véhicules s'étaient accumulés derrière. Les services de secours ne pouvaient plus passer. La situation était catastrophique. L'autoroute était bloquée de partout. Les interventions allaient être difficiles et longues. Des glissières de sécurité avaient été arrachées. Des cargaisons de camions étaient en vrac sur le bitume. Une tempête de neige exceptionnelle s'était abattue sur l'est du pays. Lena semblait affolée. Peut-être qu'il y avait de quoi d'ailleurs. Elle n'avait rien pour manger, juste une petite bouteille d'eau. Par contre elle était partie avec une valise de vêtements bien remplie. Elle ne devrait pas avoir froid.

Dans les jours qui suivirent, Nael campa devant la télévision avec le combiné téléphonique à portée de main. Avec Lena ils avaient convenu de ne s'appeler que pendant de courts instants, mais assez souvent pour se tenir informés de la situation dont les chaînes d'information faisaient un point régulier. Des consignes étaient données sur le canal radio de l'autoroute.

Ce n'est que trois jours plus tard que Nael vit arriver une Lena bouleversée, fatiguée, traumatisée, affaiblie. Cette fois-ci, elle avait eu vraiment peur. Elle avait eu le plus grand mal à rentrer. La voiture était difficilement contrôlable. Elle glissait sur le coté très facilement. Elle avait roulé à très petite vitesse. Cela lui avait demandé beaucoup de temps. La conduite demandait beaucoup d'attention. Elle rentrait épuisée. Elle avait vu quantité de voitures accidentées dans le fossé. Des gens avec des enfants complètement paniqués. Des voitures complètement aplaties par des camions avec des personnes à l'intérieur. Le refroidissement climatique venait de prendre une dimension bien réelle.

La soirée se passa sans commentaires sur les propositions de Lena qui, longuement, raconta son voyage. Le lendemain matin, Nael eut du mal à s'occuper. Il avait vécu beaucoup de drames, mais là c'était au-dessus de ses forces. Il attendit longuement que Lena se lève. Pendant le déjeuner, avalé difficilement, il comprit qu'il n'arriverait pas à rejeter les propositions d'Avignon, confortées par le début de panique ambiant.

Lena insistait lourdement pour que Nael parte avec eux. Manifestement, la situation empirait vite et on pouvait encore voyager facilement. Ce serait plus facile pour eux d'être tous regroupés en un seul lieu. La mutation de Jean-Kamil étant incontournable, il ne restait que cette solution pour rester ensemble.

Nael, très tenté bien sur, refusa. Il y avait trop de situations en suspens en France. Il fallait que quelqu'un reste pour voir comment tout cela allait prendre tournure et éventuellement pour terminer un certain nombre d'affaires. De plus, surtout, il n'était vraiment pas convaincu que le futur s'annonce mieux en Magersie. A son avis il était beaucoup plus prudent de jouer sur les deux tableaux. La France, malgré toutes les critiques qui s'abattaient sur les gouvernants, avait des structures solides et des atouts technologiques certains.

L'agriculture française, malgré ces aléas climatiques, resterait un point fort du pays. Et puis, il ne s'agissait que de quelques mois. Les cendres allaient bien un peu retomber et la situation s'améliorer. Et puis, le non-dit, c'est que la France était aussi devenue son pays d'adoption. Cela lui ferait vivre une autre émigration qu'il pressentait douloureuse. Son pays était la France. Il se sentait bien ici. Bien sûr, il avait toujours un regard attendri vers la Magersie. Mais c'était devenu, pour lui, un autre pays.

Lena, après de très nombreuses hésitations, resta sur ses intentions initiales. Entre temps, elle avait même proposé finalement de rester à Grenoble. La situation épouvantable et trop fraîche qu'elle venait de vivre l'avait trop traumatisée pour cela. Elle était encore sous le choc. Les médias, très avides de sensations, ne faisaient rien pour calmer les inquiétudes. Un événement, comme une énorme tempête de neige, c'était trop tentant pour eux. Et puis là, inutile de cacher quoique ce soit. Les gens avaient le résultat sous les yeux. L'attrait de vivre quelques mois en Magersie et surtout avec sa petite fille était trop fort. Sous toutes ces influences, elle prit, malgré tout, la décision très douloureuse de partir. Il fallait qu'elle fasse très vite. Le départ était pour bientôt.

Elle avait fini aussi par être assez convaincue par les arguments de Jean-Kamil. Elle pensait secrètement que Nael allait se résoudre, mis devant le fait accompli, à les rejoindre assez vite en Magersie. Certainement pas tout se suite, mais une fois qu'il aurait une meilleure vue de la situation.

Nael de son coté, en son for intérieur, pensait qu'en restant il aurait la possibilité de faire parvenir quelques nourritures en Magersie. Et si la situation empirait, il arriverait bien à trouver des colporteurs « nouveau style » pour envoyer quelques colis. Il pourrait aussi le faire, lui-même, au cours de voyages de tourisme. Il avait suffisamment de moyens financiers pour se le permettre. Il était prêt à y mettre le prix. On n'était pas dans l'amélioration du confort, il s'agissait de survie. Il était aussi rassuré de sentir que Lena serait protégé par Jean-Kamil. Le pauvre Nael ne s'imaginait pas combien sa vie allait se compliquer à Avignon.

Leur proposition de location de la villa fut envoyée en Finlande et acceptée dans la foulée. Il ne restait plus qu'à concrétiser tous ces projets.

Dans un mail, Klaudia avait donné des précisions. Ils arriveraient en train. Un trajet en voiture était beaucoup trop difficile à faire. Ils fermeraient leur maison et arriveraient avec quelques valises c'est tout. Ils comptaient sur un séjour un peu long (qu'ils espéraient pas trop long quand même) avant de retourner chez eux. Une sorte de séjour « grandes vacances prolongées », au moins jusqu'à l'été suivant où ils comptaient revenir chez eux, les cendres en partie retombées. Ils espéraient que les trains fonctionneraient normalement. Ce n'était pas sûr, les trains étant surchargés. La mer Baltique devenue impraticable, tout le monde se rabattait sur ce moyen de transport. Cela permettait aussi de prendre le plus de bagages.

Elle avait envoyé une vidéo dans laquelle ils remerciaient Lena et Nael. Leur jolie maison submergée par la neige était impressionnante. Klaudia jouait la présentatrice qui commente les images. Quelques vues de leur ville avait été rajoutées. Le phénomène climatique était d'une grande ampleur. La vue de l'agglomération paralysée par le froid, dans un pays pourtant bien habitué depuis longtemps, était surprenant. Le sous-titrage était en français avec un gros merci à la fin. Évidemment, ils ne pouvaient pas emmener de couvertures ou d'édredons. A la place, par précautions, des duvets chauds seraient à disposition dans leurs sacs à dos. Ils partiraient donc avec chacun un sac à dos et deux valises. Ils préviendraient avant de partir.

Phénomène aggravant, en Finlande le soleil n'était pratiquement plus visible à l'horizon. Les vidéos étaient sombres malgré la correction automatique de luminosité. L'hiver, dans ces régions, le soleil est peu apparent jusqu'au printemps. Klaudia montrait la gare où de longues files d'attente se formaient dans la nuit. Les lumières de la ville étaient très réduites pour économiser l'énergie. Elle prévoyait un voyage assez long, ils avaient une grande distance à parcourir. Elle avait entendu dire aussi qu'il y avait des problèmes de voies ferrées et que souvent les trains accusaient de gros retards.

Les séquences tournées en extérieur étaient courtes. Elle expliquait que l'appareil gelait vite. Il fallait qu'elle prenne rapidement une séquence puis qu'elle aille le réchauffer, avant d'enchaîner sur une autre séquence. Les personnes étaient vêtues de manteaux immenses qui descendaient presque jusqu'au sol. Des sortes de manteaux inconnus en France souvent avec des cols en fourrure qui remontaient jusqu'aux oreilles.

Ses parents étaient au courant du départ en Magersie. Après en avoir discuté avec Lena, ils avaient essayé d'ajuster, au mieux, leur date d'arrivée.

9

Lena s'occupait activement. Elle préparait son départ, imminent pour la Magersie, et l'arrivée à une date, soumise à aléas, des Finlandais. Nael resterait un certain temps à Grenoble pour faire la transition. Il venait de faire un court séjour à Avignon, pour dire au revoir à Aïssa, Sandra et Jean-Kamil.

Lena avait disposé plusieurs piles de linge sur les tables pour choisir. Elle avait du mal à faire une sélection. Quelle température allait-il faire ? En principe en Magersie, les hivers sont doux. Quoiqu'on ait vu de la neige, même en bord de mer, certaines années. C'était une rareté. Mais avec le refroidissement, il fallait s'attendre à tout. Elle aurait besoin d'affaires d'été. Même avec l'hiver volcanique, elle prévoyait des périodes de chaleurs.

Elle termina en allant chercher des valises, pour être prête à les remplir rapidement le moment venu.

Puis, elle commença à sortir quelques draps, couvertures, affaires de toilettes qu'elle disposa sur les lits du premier étage. Elle s'affaira aussi à nettoyer le premier qui était devenu un peu poussiéreux depuis sa fermeture.

Nael s'occupait du garage qui, comme souvent, était dans un état disons peu ordonné. Il rangea soigneusement les outils. Il poussa sur le coté des pneus qui encombraient le passage. Il finit par regrouper tous les produits d'entretien divers. Sa conclusion fut qu'il venait de faire un lifting très superficiel de la pièce. Des affaires en grand nombre étaient rangées sur des étagères et témoignaient de nombreuses activités passées. Il ne toucha à rien. C'était inutile. Il n'allait pas se lancer dans un rangement en profondeur. Il termina par un nettoyage du sol. Les établis libres de tout objet avaient un aspect bien inhabituel. Ce garage n'était pas souvent aussi bien rangé.

Klaudia et ses parents mirent beaucoup de temps à arriver. Ils furent obligés de découper le trajet en petits tronçons. Ils envoyaient des Sms pour informer sur leur progression. Une fois des voies étaient coupées. D'autres fois les trains étaient bondés sans aucune place de libre. Des trains étaient annulés. Certains matériels tombaient en panne. Les gens partaient avec beaucoup d'affaires qui s'entassaient dans les compartiments surchargés. La nuit, il fallait dormir là où ils étaient c'est à dire dans des salles d'attente pleines à craquer dans le meilleur des cas. Sinon c'étaient les couloirs où un froid glacial les empêchait de dormir.

Le dernier Sms informait « On prend un dernier train pour Grenoble, ouf ! ».

A l'arrivée, ils eurent du mal à reconnaître Klaudia. Les traits fatigués, les yeux cernés et même une certaine maigreur qui témoignait que des restrictions de nourriture étaient déjà imposées. Elle avait conservé une certaine jovialité et elle présenta ses parents Anna et Mikko.

Anna était une très belle femme. Manifestement Klaudia avait hérité de sa beauté et de sa prestance. On peut être beau et vulgaire. Anna était distinguée. Son excellent français mettait à l'aise tout de suite. Le contact s'établissait instantanément. C'était évident qu'elle avait un don pour la communication.

Mikko était moins sophistiqué. Il était du genre simple. Il laissait parler sa femme et sa fille. Lui baragouinait un peu de français avec un accent épais, il était loin du niveau de Klaudia et Anna. Ça suffisait quand même pour se sentir à l'aise avec lui. Il n'y avait pas de barrière de langue infranchissable. Il faisait de son mieux. Il parlait en revanche un bon anglais. Nael choisit, pour communiquer avec lui, un franglais improvisé suivant le contexte, car lui maîtrisait mal la langue de Shakespeare comme on dit. Nael n'avait pas suivi de cursus scolaire classique. Il s'était formé à travers quelques formations d'anglais pour adultes.

— Klaudia, je ne te demande pas si vous avez fait bon voyage. D'après tes Sms, cela a été épouvantable ?

— On peut dire ça. On est super content d'y être arrivé. On a vraiment l'impression d'être passé in extremis. Je me demande comment vont faire les suivants. Je m'en doutais. C'est pourquoi on a aussi vite précipité notre venue. Merci de votre accueil. C'est super sympa de votre part.

— Six grosses valises et trois grands sacs à dos ! Je ne sais pas si le coffre va être suffisant. Il va falloir en prendre sur les genoux ou faire appel à un taxi.

Arrivés à leur villa en banlieue de Grenoble, Lena les conduisit tout de suite dans leurs chambres afin qu'ils s'installent et prennent une douche. Elle avait préparé un petit en-cas pour leur arrivée en cette fin d'après-midi.
Elle remarqua que manifestement ils avaient faim. Très policés, on sentait qu'ils se retenaient.
Elle se dit aussi que dans les pays du nord on mange tôt le soir. Lena partit à la cuisine pour épaissir son en-cas. Elle présenta finalement un goûter/dîner improvisé, ce qui plut beaucoup à ses hôtes. Ils avaient emmené de petits cadeaux. Un collier en ambre de la Baltique pour Lena était magnifique. Elle le mit aussitôt autour de son cou et engagea une discussion avec Anna.

— Il parait que l'ambre a des vertus thérapeutiques ?

— On dit qu'il a de nombreuses propriétés. Je ne sais pas si toutes ses propriétés ont été vérifiées. Parait-il que cette matière a des vertus particulières curatives et comme elle est en contact direct avec la peau, elle agit de manière très efficiente. Partez à une soirée avec et vous revenez, vous êtes guérie. Mais on ne sais pas de quoi ! Personnellement, j'ai de gros doutes sur les qualités médicales de l'ambre. En tout cas, je n'ai jamais rien lu de scientifique là-dessus. Mais je ne suis pas une experte.

— Malgré tout, esthétiquement c'est superbe !

— Là, tout le monde est d'accord ! Mais attention ! La proximité d'un produit avec l'épiderme, on ne le remarque pas assez, c'est efficace. Trop même parfois. Vous savez que certains tee-shirts bon marché sont dangereux ? Ils contiennent des résidus de produits chimiques toxiques. Comme le tee-shirt est en contact direct avec la peau pendant longtemps, il y a une bonne efficacité des produits nocifs. Excusez-moi cette expression.

— Brr ! On ne sait plus quoi faire pour éviter les problèmes dans cette société ! La pollution est partout.

— Il y a une solution un peu originale : acheter des vêtements d'occasion. Parait-il que la concentration en produits délétères est moindre. Avec le temps elle baisse.

Nael avait préparé la projection de la video envoyée par Klaudia. Les cadeaux déballés c'est tous ensemble, en mangeant, qu'ils la regardèrent. Klaudia et Lena rajoutaient des commentaires sur le vif. Des séquences vidéos avaient été prises pendant le voyage avec leurs smartphones. C'est collés les uns contre les autres qu'ils finirent cette fin d'après-midi à regarder les images des smartphones, de ce qu'on pouvait commencer à appeler un début d'exode.

Anna, Mikko et Klaudia prirent le chemin de leurs chambres, immédiatement après le repas, épuisés par leur voyage.

Tôt le lendemain matin, Klaudia était dans la cuisine en train de demander si elle pouvait se rendre utile. Elle était en train de prendre la place de la fille que Lena n'avait pas eu. Ce n'était pas conscient de leur part. Ce n'était pas volontaire. Cette impression venait plus de Lena qui, manifestement, l'avait pour ainsi dire adoptée. Elles s'entendaient bien toutes les deux. Elles avaient déjà, en croisière, largement amorcé cette relation.

Ce fut une demi-surprise pour Lena, mais quand il fallu remplir ses propres valises elle se rendit compte qu'elle aurait une double séparation déchirante à gérer avec Nael et ses nouveaux amis finlandais.

C'est ensemble qu'ils prirent le chemin de la gare qui décidément devenait le point de croisement de leurs existences. La séparation fut douloureuse. Lena et Nael, enlacés, se regardaient dans les yeux. Ils étaient enserrés avec tendresse. Leurs fronts se frôlaient et se caressaient. L'intensité des regards était émouvante. A la montée dans le wagon, Nael n'arrivait plus à lâcher une main, dernier lien tendu avec désespoir. La pauvre Lena, les yeux envahis de larmes, dans son compartiment de train, ne put que lancer quelques derniers baisers désespérés avec des gestes bien dérisoires. Klaudia, Anna et Mikko collés les uns aux autres avec les yeux embués et Nael en pleurs silencieux regardèrent le train s'éloigner. Ils restèrent sur le quai, tous groupés, à suivre la disparition des wagons à l'horizon. La gorge crispée, c'est avec une émotion incontrôlable qu'ils rejoignirent leur voiture. Ce soir là, Nael eut beaucoup de mal à regagner sa chambre. Heureusement, ses nouveaux amis finlandais étaient solides. Avec tout le dynamisme et la gentillesse qui les animaient, ils allaient le sortir un peu de sa morosité les jours suivants.

Le lendemain matin, au petit déjeuner, Mikko et Anna s'informèrent des facilités du quartier. Où allaient ils trouver des magasins d'alimentation ? Cela avait été leur premier souci. Puis Mikko voulait savoir si on trouvait un magasin de sport à proximité, ce qui intrigua Nael. Quel était l'intérêt d'un tel magasin ? Lui n'était pas spécialement sportif. La demande lui parut un peu bizarre. Il y avait d'autres priorités. Mikko, renseigné, commença avec son smartphone à chercher le chemin pour y aller. Dans un franglais non retransmis ici, il remarqua :

— Mais c'est tout près ! Je vais y aller ce matin à pied.

— Vous ne voulez pas qu'on prenne la voiture ?

— Non, non, inutile de gaspiller de l'essence pour une distance aussi petite de quelques petits kilomètres. J'y vais à pied.

— Mais il y a de la neige dehors ?

— Oh ça on est habitué ! J'ai amené de bonnes chaussures. cela ne va pas me poser de gros problèmes. Et puis cela me fera faire un peu d'exercice. Cela me fera du bien.

Mikko alla s'équiper de pied en cap : manteau, bonnet, gants, chaussures, lunettes, ... On sentait qu'il était habitué au froid, qu'il était équipé, et que cette froidure dauphinoise même volcanique ne l'impressionnait pas.

Klaudia était jeune et curieuse. Voyant son père se préparer, cela lui avait donné des fourmis dans les jambes.

— Papa, je me prépare et on y va ensemble !

— Très bien je t'attends. Ta mère n'a pas envie aussi de venir ?

— Non, je vais regarder comment s'organiser à la maison. Toutes les affaires sont à ranger. Bonne balade !

Nael vit le père et la fille partir tout guillerets, presque la main dans la main. Manifestement une petite balade dans la neige, par un temps pas trop froid (pour eux !), c'était un instant de bonheur. Mikko avait pris un gros sac à dos qui semblait bien rempli. Nael les regarda partir plein d'interrogations. Qu'est-ce qu'il y avait dans ce sac ?

Puis, Nael avait commencé une exploration de la villa avec Anna. C'était un vrai régal de parler avec elle. Son français impeccable était vraiment agréable à entendre. Elle avait l'art de mettre les gens à l'aise. Ils semblaient des amis de longue date.

Elle s'attarda sur la cheminée, manifestement ravie qu'il y en ait une. Elle s'informait de l'orientation de la maison. Où était le nord où était le sud ? Où le soleil se levait ? Elle avait fait de nombreux séjours dans le sud et elle savait qu'en hiver le soleil brillait encore en France. Même si ce soleil était bien pâle et bizarre, cela lui faisait du bien de le voir.

Devant la télé allumée, Nael attendait la fin des rangements d'Anna, quand son portable sonna.

— Hello ! C'est Mikko ! On est arrivé au centre commercial. On a trouvé ce qu'on cherchait. Ne vous inquiétez pas, on part du magasin. On n'est pas perdu. On revient. A tout de suite.

Nael se replongea dans son émission de télé. Comme à son habitude, il était en train de s'endormir quand le portable sonna à nouveau.

— Hello ! C'est Mikko ! On est revenu. On est devant la maison. Comment on entre au garage ?

Nael se dit que faire le retour à pieds en un temps aussi court, cela lui paraissait bizarre.

Nael, penché à la fenêtre, n'en crut pas ses yeux. En bas, ravis et rieurs, il y avait Mikko et Klaudia skis de fond aux pieds. Ils venaient de s'équiper au magasin de sport.

— Avec la neige qu'il y a c'est un régal de faire un petit tour. Le retour a été super rapide !

Eux, au moins, avaient vu le bon coté des choses.
Les skis rangés, c'est avec des joues un peu rougies par le

froid qu'ils retournèrent au salon.

— On a trouvé deux paires à notre taille. Le vendeur nous a préparé les skis tout de suite et on a pu revenir avec. J'avais mis les chaussures dans le sac à dos. C'est formidable, il y a dans ce coin une zone commerciale. On pourra aller faire certaines courses là-bas... en skis.

— Et moi, vous ne m'avez pas acheté de skis ?

— Difficile ! Anna, tu n'étais pas là ! Tu n'a pas voulu venir. On y retournera... skis aux pieds. Tu prendras la paire de Klaudia. Vous avez presque la même taille.

— Mais... et les chaussures ?

— Pas de problèmes. On les avait emmenées dans nos bagages.

— Et le retour ?

— On mettra une paire sur le dos.

— Mais vous, vous êtes équipés ici en skis de fond ?

— Non, on ne s'y est pas mis avec Lena.

Mikko avait proposé d'offrir une paire de ski à Nael. Ce que celui-ci déclina poliment. Il n'en avait jamais fait et ce n'est pas à son âge qu'il allait s'y mettre.

Ces quelques jours de transition parurent très courts à Nael. Qu'est-ce-qu'il regrettait que Lena ne soit pas là. Lena qui le tenait au courant de leur progression vers la Magersie. Le trajet en train vers Marseille. Puis l'embarquement, le ferry, la traversée, l'appontement au port. Il y avait énormément de monde sur le ferry. A l'arrivée, des amis de Jean-Kamil les avaient amenés à leur nouvel appartement. Les premiers jours, les appels à la prière du muezzin les avaient mis tout de suite dans l'ambiance. Ces incitations, amplifiées par une électronique tout ce qu'il y a de plus moderne et... de plus puissante, étaient diffusées du sommet des minarets et inondaient leur voisinage d'appel à la prière à longueur de journée. L'ambiance sonore ne pouvait pas être plus religieuse que cela. Là, on se sentait tout de suite loin de l'Europe. L'équivalent en France aurait pu être, par exemple, que les églises installent des hauts-parleurs pour diffuser régulièrement des appels à la lecture d'épîtres d'évangile ? Et pour les protestants qu'ils diffusent quelques appels à la lecture de passages de la bible ? Et pour l'Hindouisme ... ? Et pour le Bouddhisme... ? Et pour... En Europe la très grande majorité (pour ne pas dire quasiment la totalité) des minarets ne diffuse pas d'appels à la prière. Le minaret est une tradition du Proche-Orient extrêmement ancienne.

Nael se rappelait qu'une ambassade, dans un pays étranger, ne travaillait ni le vendredi, ni le samedi ni le dimanche. Parce qu'il ne fallait pas faire de préférence pour une religion en particulier. En effet, ce pays était dans une situation très sensible. Un plaisantin, humoriste à ses heures, avait proposé la création d'une nouvelle secte « le Jeudisme » avec une particularité : son jour de repos serait le jeudi. Son calendrier serait calculé suivant une méthode innovante et très complexe. Il avait une particularité intéressante : les jours fériés (prévus) seraient toujours placés un lundi. Situation qui autorisait des petits ponts de deux jours les mardi et mercredi puisque le jeudi serait férié bien sur. Que du bonheur !

Un commentateur avait ajouté, qu'à ce rythme là, les trente cinq heures seraient vite de l'histoire ancienne ! Voila la solution pour diminuer le temps de travail. D'ailleurs il était optimiste pour l'avenir. Il restait encore trois créneaux de libre dans la semaine. Et on pouvait aussi remplir le calendrier de nouvelles fêtes !

Aïssa leur avait écrit un long mail. Elle avait été très bien reçue au lycée. Elle s'y sentait à l'aise. Ses camarades de classe l'avaient accueillie avec beaucoup de gentillesse. Son prénom

Aïssa n'était pas rare en Magersie et cela avait, sans nul doute, contribué à la perception favorable de la nouvelle arrivée. Le prénom de son père en revanche avait paru étrange. L'origine n'était pas claire. C'était une composition pour le moins originale. Une de ses camarades avait suggéré que « Kamil » (ou « Kamel ») en arabe pouvait se traduire par « Parfait ». C'était une interprétation gentille qui convenait bien à Aïssa qui avait approuvé avec conviction... même si c'était un sens qu'elle venait de découvrir avec surprise. Pour elle « Kamil » c'était plutôt « Camille ».

Pendant ce temps-là, les finlandais faisaient leur possible pour s'intégrer au mieux. Mikko s'était informé avec beaucoup de soin de ce qu'il fallait faire ou ne pas faire dans la maison.

Voyant que le terrain était assez grand, il avait remarqué un emplacement bien orienté au sud. Il avait proposé à Nael de réaliser une serre sur cet emplacement. Pas une grosse construction. Quelque chose de léger, qui pourrait être démonté facilement l'hiver volcanique passé. On pouvait adosser une partie de la serre à la maison. Il se proposait de la réaliser lui-même. Il n'était pas un excellent bricoleur. Il comptait sur Nael pour l'aider dans la conception. Hélas, celui-ci n'était pas non plus un as dans ce domaine.

Nael comprenait l'intérêt très actuel d'une telle construction. Il adhéra très vite au projet.

On sentait que Mikko avait le souci d'avoir de bonnes relations dans le quartier. Il avait proposé d'aller voir les voisins pour en discuter avec eux. L'esthétique ne serait pas fameuse, mais on était en période de crise. A la guerre comme à la guerre. Il essaierait de mettre un maximum de bois et de soigner l'apparence. A leur grande surprise et après explication de leurs motivations, les voisins non seulement donnaient leur accord sans réserve, mais ils étaient intéressés par le projet. Ils projetaient éventuellement une telle construction chez eux. Ils proposaient de venir voir les travaux pour s'en inspirer. Ils viendraient donner un coup de main.

Mikko et Nael se mirent au travail. Et c'est après de longues discussions et visites au magasin de bricolage qu'ils finalisèrent un projet de construction. L'orientation était telle que la façade au sud était bien exposée au soleil et la façade au nord bien adossée à la maison. La maison et la serre allaient se rendre mutuellement service. La maison faisant aussi office de coupe-vent pour la serre.

Nael ne participerait pas à sa construction, il doit partir pour Avignon.

Anna avait pris en charge de manière générale leur séjour à la villa, c'était elle qui avait le plus le sens de l'organisation.

Et tout s'organisait tranquillement. Manifestement cette famille n'avait pas les deux pieds dans le même sabot.

Mikko, prudent, s'était occupé du bâtiment. Il avait passé de longs moments avec Nael pour se renseigner sur le chauffage, sur l'accès au toit, sur l'installation électrique de la maison, sur l'emplacement des outils et des documentations... On sentait qu'il avait des connaissances techniques générales sur les bâtiments mais une expérience très limitée de bricoleur. Il avait découvert, avec étonnement, la souffleuse à neige toute neuve. Chez eux, il faisait tout à la pelle. Cela lui faisait faire un peu d'exercice. Ici, il était content d'avoir cet outil à disposition. L'âge se faisait sentir et il allait profiter de cette facilité inattendue.

Klaudia, comme tout jeune, considérait qu'on ne pouvait pas vivre sans informatique. Elle était devenue parfaitement au courant de la box de la villa, du WiFi, de l'emplacement des prises RJ45 (Nael avait installé quelques prises de ce type avant l'utilisation maintenant pratiquement automatique du WiFi) et de manière générale de tous les périphériques informatiques présents. Il fallait s'adresser à elle, quand on avait un souci avec un portable ou une imprimante qui ne marchait pas.

Les appareils de cuisine n'avaient plus de secret pour Anna. Elle avait été obligée de se débrouiller toute seule. Nael avait prévenu : il n'y connaissait rien et ne pouvait être d'aucun secours. Récupérer tous les modes d'emploi avait été difficile en soi. Il restait beaucoup de linge et de vaisselle, Anna avait répertorié l'ensemble sur des listes dans un carnet. Klaudia avait tout recopié sur des fichiers informatiques de texte en faisant remarquer que c'était beaucoup plus facile de rechercher quelque chose dans de tels fichiers. Il suffisait de faire une recherche par nom avec un logiciel de traitement de texte.

Un non-dit, qui se ressent dans l'ambiance, et qui se devine facilement : ils sont en train d'aménager leur camp de survie. Bien que le déplacement depuis la Finlande leur ait fait gagner presque deux mille kilomètres de latitude, ils savent que la situation demeure sérieuse. Finalement, leur plus grosse inquiétude reste la nourriture.
Nael est un peu, dans tout ce joyeux remue-ménage, leur sage, leur coordinateur, leur conseiller,... on dirait presque en terme industriel... leur chef d'équipe. Un chef d'équipe bien paternel.

Des liens particuliers s'établissent. Très très flous, aux contours non marqués, mais qui se remarquent facilement pour un observateur un peu attentif.

Anna considère presque Nael comme son beau-père, pour Klaudia il est son grand père, et pour Mikko c'est un ami sûr pour lequel il a beaucoup d'estime et sur lequel il peut compter.

Nael les prend par la main, il leur apprend la ville et son environnement. Anna, Klaudia et Mikko se prennent par la main et skis aux pieds explorent leur environnement.

Klaudia se renseigne pour son inscription à l'université. Elle arrive un peu tardivement. Elle a fait la connaissance d'une fille de son âge de prénom Jane. Les parents, on ne sait pas pourquoi, ont préféré un prénom anglo-saxon. Elles pourraient peut-être faire certains trajets ensemble. La distance jusqu'au campus de Saint-Martin d'Hères est assez grande. Elles sont assez inquiètes et espèrent que le tram continuera de fonctionner. En attendant, elles écoutent souvent de la musique ensemble.

Les voisins, très surpris au début de voir déambuler ces trois pseudo-touristes skis aux pieds, font un peu mieux leur connaissance. Ils les invitent chez eux avec Nael. Et puis c'est l'inverse, un repas où Anna a préparé quelques spécialités finlandaises.

Leurs plus proches voisins, plus jeunes, se sont pris au jeu des petites virées en skis. Ils trouvent que c'est une excellente idée. Il faut dire que convaincre des gens, à Grenoble, d'aller faire de telles balades est assez facile !

Tous ensemble, il leur arrive donc de faire un petit tour planches aux pieds (comme on dit dans la région). Mikko en tête, Klaudia en fin de peloton et les voisins au milieu.

Finalement Nael s'aperçoit qu'il ne connaissait que fort peu ses voisins. Une sorte de communauté est en train de s'organiser. Une communauté de gens de bonne volonté.

Bref, le trio finlandais, quand Nael commence à parler de son départ pour Avignon, non seulement est parfaitement intégré, mais semble moteur dans leur quartier. Nael regarde tout ce remue-ménage avec une satisfaction... bien dissimulée, car ce n'est pas quelqu'un d'expansif.

Sur Internet, les messages continuent de s'échanger.

Eudoxe a écrit. Toujours avec le grand optimisme qui l'anime, il considère qu'un radeau de la méduse planétaire est en train de se constituer. Sa plus grande inquiétude concerne la nourriture et le surpeuplement de la planète. Il y a des gaspillages alimentaires c'est sûr. Mais il a une grosse crainte que la baisse des volumes agricoles des producteurs dépasse de très loin ceux des gaspillages. Avec la situation alimentaire tendue actuelle, dans beaucoup de pays on va dans le mur.

Arian est un réaliste. Il a compris qu'une immigration est en train de se déclencher. Avec son sens de la formule brutale, il a écrit : « Immigré d'un jour, immigrés toujours. Ces gens vont-ils rentrer chez eux un jour ? ».

Et puis le jour du départ de Nael arrive.

La veille au soir, Anna a préparé un gros gâteau. Elle a mis des bougies dessus. Ce n'est pas un gâteau d'anniversaire. Ce sont des bougies d'espoir, de rêve et de foi. Ils ont tous soufflé dessus. C'est un acte de communion. Ils se sont donnés la main. En rond, ils regardent les bougies s'éteindre encore rougeoyantes. Avec les yeux embués et l'odeur des bougies qui fument encore.

Klaudia, n'y tenant plus, s'est jetée en pleurs dans les bras de Nael.

Le soir, Nael fait ses valises le cœur gros. Il doit aller à Avignon, mais cela ne l'enchante pas du tout. Il ferait une bonne équipe avec Mikko. Il lui laisse la villa confiant.

La nuit, dans la villa silencieuse, il a du mal à trouver le sommeil. Ça lui semble étrange de dormir tout seul depuis quelques temps. Ce déplacement lui pèse. Finalement il resterait bien à Grenoble. Il est heureux dans cette villa maintenant très animée. Et puis, Grenoble c'est sa ville d'adoption. Adieu aussi le petit café sur la place Grenette. Il se voit mal vivre sans ses montagnes d'adoption. La vision de grandes chaînes enneigées lui manquera.

10

C'est ainsi que Nael se retrouvera seul, dans le grand appartement d'Avignon.

Il est accueilli par Rita à son arrivée à la gare.

— Cela fait un bout de temps qu'on vous attend ! Que s'est-il passé ?

Rita est toujours très volubile et avec l'accent du midi. Un accent que Nael aime bien.
Il est parti tout chamboulé. Cet accent, chantant et convivial, le plonge instantanément dans un autre univers... plus chaud.
Qu'est-ce que ça fait du bien de l'entendre. Et puis, pas besoin de chercher un sujet de conversation, Rita s'occupe de tout.

— Romain n'est pas là ?

— Eh non, Té ! Il travaille aujourd'hui. Moi, j'ai plus de liberté pour m'organiser. Ma voiture n'est pas loin. On va tout de suite à l'appartement ?

— Dites pendant que j'y pense, demain soir c'est la livraison de l'AMAP [2*]. Il faudra aller les voir. Il faudra me le rappeler. On ira

---

2*AMAP ou Association pour le Maintien d'une Agriculture Paysanne : L'association est en lien direct avec des producteurs ensemble et vous verrez avec eux comment cela va se passer maintenant. Vous avez manqué beaucoup de semaines. Excusez-nous, mais on a récupéré vos paniers. Entre nous, ils deviennent de moins en moins garnis. La fin de saison a été catastrophique pour l'agriculture.

— Ça se passe bien à Grenoble ? Ici il y a un mistral, on n'a jamais vu ça. C'est devenu un vent de Sibérie. Pour cet hiver il y a encore quelques petites réserves. Mais l'année prochaine ? Cela préoccupe tout le monde ici. Les melons de Cavaillon, ils vont devenir chers, hein ! Les camions, si le froid augmente, ils ne pourront plus rouler. Les diesels ça n'aime pas le froid ? non ? Peut-être pas ici, mais plus au nord ? Et puis les moteurs, avec les cendres, ils ne vont pas aimer non plus. Moi, je ne suis pas mécano, c'est-ce que j'ai entendu dire. Dans votre appartement il fait pas très chaud à l'intérieur. Le chauffage ils n'ont pas voulu le mettre à fond pour économiser le fuel. N'empêche qu'ils sont obligés de chauffer, quand même beaucoup, sinon c'est invivable. Vous avez de la chance, il y a du triple vitrage ça aide bien. Pour ce soir, vous mangerez chez nous, enfin si vous le voulez bien... J'ai déjà tout préparé. De la soupe bien chaude ça vous va ? Elle a été faite avec les produits de votre panier. Vous récupérerez aussi quelques légumes et fruits de votre panier. En tout cas, il y a quelque chose de bien avec ce froid. On n'a pas besoin de frigidaire. Il suffit de tout laisser dehors. Le problème c'est qu'on n'a pas grand-chose à mettre dehors. On ne trouve plus rien. Mais attention hein ! Il y a une espèce d'odeur, ils disent une odeur sulfurée. Il faut tout enfermer dans des récipients. Même

---

qui sont assurés ainsi, avec une AMAP, d'avoir une vente régulière. Les membres de l'AMAP fournissent à l'avance des chèques pour leurs achats de toute l'année. Toutes les semaines ils reçoivent un panier du producteur qui encaisse les chèques correspondants aux paniers mois par mois. Il ne touche pas aux autres chèques qui seront utilisés plus tard. Producteurs et consommateurs sont liés par contrat pour fixer le prix et le contenu du panier hebdomadaire.

l'eau elle a de l'odeur. Saleté de volcans ! Moi je vous le dis, ils auront notre peau. Quand ils nous grillent pas ils nous gèlent. Tout pour bien faire. A la télévision je peux plus les voir. Vous m'entendez ! Je ne peux plus les voir ! De toutes façons ce sont eux les plus forts, hein ! Nos bombinettes atomiques à coté c'est de la roupie de sansonnet. Ce sont nos ancêtres les gaulois qui avaient raison. Ils avaient peur que le ciel leur tombe sur la tête et c'est bien ce qui est en train de se passer. Les français encore en avance sur leur temps ! En France on sait toujours, mais on ne fait rien. Et puis, quoi faire là ? Vous avez vu ce boulet qui bloque toute la circulation. Tiens moi, à seconde vue je me suis trompée, je dirais plutôt une boulette. Eh ! la minette, tu te prends pour la reine d'Angleterre pour tout boucher comme ça ? Je vous laisserai chez vous pour que vous puissiez vous reposer. Je viendrais vous chercher ce soir. Vous ne connaissez pas bien Avignon ? N'est-ce-pas ? Je viendrais mettons vers les 19h30 ? Cela vous va ? Bon, c'est d'accord ! Va pour 19h30 ! Vous pourriez venir avec la voiture de Jean-Kamil ? Non, non, inutile de vous embêter ! Vous ne connaissez pas assez la région. Et puis, ma voiture est électrique. J'aime bien la conduire. Elle est très agréable. C'est un plaisir. Un véritable jeu.

Il n'y a pas besoin d'allumer le poste de radio. Rita assure à elle seule l'ambiance sonore. Et puis Romain n'est pas là, elle est en zone non réglementée. C'est comme les volcans, de temps en temps il faut lâcher un peu de pression.

Rita s'est garée en double file. Elle a pris du galon. Elle est devenue reine d'Angleterre. C'est du moins ce qu'affirment les automobilistes qui la doublent difficilement. A un conducteur bloqué elle affirme que si elle est la reine d'Angleterre, lui c'est le roi des c..s. Il est pas capable de doubler une voiture ce naze. C'est pas une assistance à garer automatiquement qu'il lui faut, c'est une assistance à doubler automatiquement. Avec la caisse qu'il a, il ne doit pas avoir tous ces perfectionnements. L'autre répond. Ma caisse, ma caisse, qu'est-ce qu'elle a ma caisse ? Elle te revient pas ma caisse ? Il lui demande si elle veut savoir ce que pense sa caisse. Ma que, ma que ? Il y a des italiens ici ?

s'exclame un vieil italien rigolard. Rita répond que ce que pense sa caisse elle s'en tamponne le coquillard. Cette locution verbale a pour effet de faire monter le ton. L'autre lui répond que c'est bien la seule façon qu'elle a de se le faire tamponner son coquillard.

Nael, pris dans ce tohu-bohu et sachant que Rita n'est pas d'un caractère à lâcher le morceau, se dépêche. Il a sorti ses deux grosses valises. Technique finlandaise, il a aussi un grand sac à dos que lui a donné Klaudia. Le reste de ses affaires doit arriver, acheminé par un transporteur. Il claque le hayon et Rita disparaît dans un concert d'insultes.

Une fois dans l'appartement, c'est un grand coup de blues qui l'attend. L'appartement vide d'occupants lui semble sinistre. Où sont les rires d'Aïssa et de Lena ? Il reste un long moment, sans bouger, assis sur le canapé, incapable de faire quoi que ce soit. Il commence à comprendre que son séjour ne va pas être facile. Il ne se doute pas qu'il vivra quelques aventures assez fortes dans son nouvel environnement. Il n'a pas le courage de déballer ses affaires. Il fera quand même le minimum : ouvrir l'eau et l'électricité. Puis, il va attendre sur le canapé l'arrivée de Rita, alternant de petits sommes et des réveils douloureux.

Un grand coup de sonnette le sort de sa torpeur. C'est Rita qui a le doigt un peu lourd.

— Excusez-moi, je suis un peu en retard. Eh bien ! Vous n'avez rien rangé ! Oh là ! Vous me semblez bien fatigué ! Ça ne va pas ?

— Romain n'est pas là ?

— Ça fait plusieurs fois que vous me demandez de ses nouvelles. Vous inquiétez pas. Il va bien. Il vient de rentrer du boulot. Il est en train de passer l'aspirateur, d'enlever un peu de poussière. C'est l'égalité homme femme non ? Moi j'ai mis la poussière et lui il l'enlève ! Je plaisante, je plaisante... La table, j'ai déjà commencé à la préparer un peu. Il doit être en train de terminer. Après, il va faire du pain. C'est sa nouvelle marotte. On a acheté une machine à pain. Il faut reconnaître que son pain est très bon. C'est très agréable d'avoir du pain à table tout frais, encore chaud. Et puis on a acheté beaucoup de farine tout de suite. La farine ça se conserve bien. Cela nous fait de la nourriture pour un bout de temps. Bon, on y va ? Parce que je suis pas très bien garée.

Rita n'est pas garée en double file. Non, elle est garée sur le créneau d'un garage. Et il y a une voiture qui attend pour rentrer. Elle bloque le passage. Derrière les conducteurs râlent et doublent à grand peine.

— Cela ne vous gêne pas trop ma petite dame ?

— Eh, Te ! Mais enfin je vous ai rendu service ! Les gens sont vraiment ingrats. Je vous ai conservé votre place. Personne n'a pu s'y mettre.

— Vous savez, moi je dis ça. Mais vous pouvez rester.

— Ah bon ?

— Oui, la fourrière devrait arriver d'une minute à l'autre. On n'est plus à cinq minutes près ?

Rita se dépêche. Elle propulse Nael à l'intérieur de la voiture et démarre en trombe. On ne sait jamais !

Arrivés à destination, la maison de Romain et Rita apparaît au détour d'un virage. C'est une jolie demeure de style provençal entourée d'un mur de pierre qui semble assez ancien. Le terrain parait vaste. Le portail est automatique et s'ouvre quand la voiture se présente. Un petit gyrophare orange clignote pendant le passage de l'entrée. L'allée est propre et gravillonnée. Les pneus font un léger crissement caractéristique du roulement sur du gravier. Arrivée devant le perron, Rita se gare. Nael au passage a remarqué des panneaux solaires sur le toit. Rentrés dans la maison, une bonne odeur de pain frais les accueille. Il y a aussi une odeur que Nael identifie à celle d'un rôti. De sanglier peut-être ?

Romain un tablier autour de la taille est en train de regarder la télévision. Tout est prêt. Il ne semble pas de nature à être en retard et à se laisser bousculer facilement.

— Vous n'avez pas eu trop de circulation ?

— Non, cela s'est bien passé. Vers les 8 heures du soir il y a beaucoup moins de trafic.

— Dites, j'ai vu sur le toit des panneaux. C'est bien des panneaux solaires ?

— Absolument. C'est Jean-Kamil qui me les a fait installer. On a retapé entièrement cette vieille demeure. On a veillé à acheter une maison bien orientée coté soleil. Elle est maintenant autonome en énergie avec tous les aménagements que nous y avons fait. Enfin plus précisément était autonome, car maintenant avec tous ces bouleversements il va falloir vérifier. On a appliqué toute la panoplie complète des mesures à prendre pour avoir une maison autonome : isolation extrêmement efficace, panneaux photovoltaïques, panneaux pour l'eau chaude... On n'a pas mis d'éolienne à cause des voisins. Jean-Kamil nous envoie souvent ses clients pour examiner notre installation qui sert un peu d'installation type. Elle lui a servi aussi à tester une partie de son matériel. On avait aussi pensé à faire un petit forage dans le sol. On y a renoncé. J'ai peur de la dangerosité de ces forages. Réalisés en grand nombre, ils peuvent faire trop de trous dans les couches au dessus des nappes phréatiques. Celles ci risquent de se polluer par des produits nocifs de surface. Oui, je suis quelqu'un de très prudent. Trop ?

— Si je comprends bien, vous êtes des spécialistes de la survie !

Vous êtes autonomes en tout !

— C'est exact que je suis quelqu'un d'extrêmement précautionneux.

— J'ai cru comprendre, aussi, que la voiture de Rita est électrique ?

— Absolument. On s'en sert le plus possible. Nous la rechargeons avec les panneaux solaires. Nous avons donc un budget carburant assez limité.

— Dites, je sens de bonnes odeurs de rôti. est-ce que par hasard un sanglier se serait égaré dans votre cuisine ?

Rita enchaîna tout de suite. Là c'était son domaine.

— Oui c'est ça. Vous avez un bon odorat ! Je vous ai fait un petit gigot, mais ce n'est pas du sanglier. Pas comme dans Asterix et Obelix. Nos ancêtres les gaulois cela laisse des traces. Je sais bien, je sais bien ! Vous, ça n'évoque rien pour vous hein ? Vous savez que je n'ai qu'une peur, que notre congélateur tombe en panne. Bien sûr il y a ceux des voisins, mais ça me gênerait un peu. Vous devez bien avoir un congélateur chez vous ? Il est grand ? Oui, ben voilà ! C'est d'accord. Si on a besoin. Je vous laisserai un gigot en dédommagement. Je mettrai le tout dans des valises. Ça sera la traversée d'Avignon, vous avez vu le film la traversée de Paris ? Il me faudra un assistant pour le remake ! Je plaisante ! Vous avez des nouvelles de Jean-Kamil ? Oui ? Ça va ? C'est un débrouillard, il s'en sortira. Vous savez, il a un réseau de connaissances remarquable. Vous ne le saviez pas ? S'il part en Magersie, il a dû assurer ses arrières comme on dit. Il est en relation avec beaucoup de monde. Je le soupçonne d'en avoir certaines par pur intérêt. Ouch ! ... Mais là-bas hein ! pas de gigot de sanglier. Même pas de charcuterie. Quoiqu'il doit bien y avoir un petit marché noir. Si ? On peut encore acheter de la charcuterie là-bas ? Vous êtes sûr ? Vous savez le gibier chassé par un non-musulman ce n'est pas sûr qu'il soit licite de le manger pour un musulman. Il y a un rituel à respecter. Ça m'arrange. Les mécréants, ce sont ceux qui mangent le mieux. Non, non on n'est pas mécréant. Quoique de temps en temps... si on suit tous les interdits alimentaires, on ne s'en sort plus. Il parait que manger des sauterelles c'est licite. C'est vrai ? On peut les manger ! Et les vers dans les fruits ? C'est pareil, c'est licite ? Vous confirmez. C'est vrai ? C'est bien licite ! Ça alors ! Vous me direz, ça me fait une belle jambe. J'en mange pas. Quoique quand le sanglier sera fini... Vous laissez une pomme pourrir, quand c'est plein d'asticots vous avez de la viande ! Le bon coté de cette crise c'est qu'il n'y a plus de gaspillage. Les gens récupèrent même les miettes de pain. Les légumes viennent de l'AMAP. Le panier est de moins en moins garni. J'ai rajouté des champignons qu'on a ramassés dans la forêt. Vous buvez du vin ? Oui ? Parce que le gigot sans vin rouge c'est pas ça. Le pain c'est Romain qui le fait. C'est devenu un crack.

Rita, une fois lancée, difficile de l'arrêter.

— Vous verrez, avec ce que j'ai mis, cela a un goût de noisette !

— Ah bon ?

— Vous, vous ne m'avez pas l'air d'être ni un grand gourmet ni un grand gourmand. Pas vrai ?

— Ce « goût de noisette », on le retrouve à tout bout de champ dans les émissions de télévision sur la cuisine. A vrai dire pour avoir un goût de noisette, ne serait-il pas plus simple de manger des noisettes ?

— Oh, oh ! Ne seriez vous pas un pinandeur ? C'est une expression à moi pour dire à moitié pinailleur à moitié emmerd... ouch ! Vous ne savez pas ce qui est bon. Je parie que vous ne savez pas cuisiner ?

— Absolument ! Ce n'est pas mon truc. Moi, vous savez, j'ai été élevé comme ça. Avec trois dattes et un morceau de pain on était heureux. J'exagère, mais c'est vrai qu'on avait l'habitude de manger beaucoup plus simplement. Toutes ces complications culinaires cela me parait étrange.

— Oh la la, vous êtes un cas grave ! Bon, écoutez un de ces jours je vous amènerai un gigot. Je le ferai cuire avant. J'ai trop peur que vous le mangiez cru !

En rentrant de chez Rita et Romain, il a encore un énorme accès de tristesse. Cela va être dur de vivre ici. Il se retrouve seul, trop seul. Cette fois-ci, il n'a vraiment plus de famille autour de lui. Pour lui qui est un errant, son entourage c'était un peu le quai où était amarré sa vie.

Désormais, il sera désœuvré et un peu perdu. Ce n'est pas la faute de Rita et de Romain qui ont été très sympa. Mais ils ont aussi leurs vies. Les montagnes lui manquent terriblement.

Dans la villa de Grenoble, il y avait toujours un petit quelque chose à faire. Heureusement la ville d'Avignon est belle. Il ne la connaissait que fort peu.
Il est curieux. Au début, il la découvre à travers de longues marches.
Un froid glacial s'installe de plus en plus. Le vent qui sévit souvent dans cette région (le mordant du Mistral est bien connu) est devenu un véritable blizzard. Même de petites sorties deviennent difficiles et pénibles. Les informations journalistiques sont pessimistes. Finalement les éruptions, qui viennent de se produire, ont un effet cumulé bien plus grand que celle du Tambora. Ce n'est pas très réjouissant d'apprendre qu'on vient de battre un tel record.

Alors il se replie sur la lecture, sur Internet qui marche encore très bien, et sur la télévision.
Il a amené son matériel informatique. C'est une formidable porte d'ouverture vers le monde.
Il explore, il cherche, il s'instruit, il découvre. C'est fou ce que

l'on peut trouver en informatique de choses à faire.

Il accroche des photos de Lena, Aïssa, Jean-Kamil et Sandra sur les murs. Il regarde de temps à autre des vidéos familiales, au début, puis il arrête. Ce visionnage lui est trop pénible.

Il écrit des mails, témoignages sur ce qu'il voit, confidences sur ce qu'il ressent, mots de tendresse. La journée se termine avec de longues séances de video avec Lena où bisous et émotions s'échangent portés à distance par une électronique besogneuse et indifférente.

Grâce à cette informatique, qu'il n'aime pas vraiment, il a une porte fantastique de sortie sur l'extérieur. Il n'est pas seul. On peut discuter en de nombreux endroits. C'est mieux que rien. Il est pourtant trop âgé pour s'immerger totalement dans ce monde virtuel.

Et puis devant l'inactivité qui lui pèse, il se décide à écrire.
Tous les jours quelques pages.
Tous les jours ce qui lui est arrivé.
Tous les jours ce qui est arrivé.

Il a pris un grand calepin noir format demi-feuille de papier. Ce calepin lui sert d'aide-mémoire où il note quelques faits qu'il a vus ou entendus. Il écrit aussi, quand il a besoin de sentir le papier sous ses doigts. Le papier c'est presque affectueux. Le matin est consacré à l'écriture entrecoupée de navigations explorations un peu erratiques. Et puis il se surprend à composer quelques poèmes très courts. Et puis il écoute de la musique. Et les jours passent finalement terriblement vite. Terriblement seul sans ceux qu'il aime.

Sur quelques pages de son calepin on peut lire :

Lena m'a envoyé une lettre. Cela m'a fait un immense plaisir.

Voici le contenu de cette première lettre :

Mon chéri

La séparation est une terrible épreuve. Je ne passe pas une journée sans penser à toi.

Tout est prétexte. Un bateau dans la baie qui est si belle. Une route qui pourrait me mener à toi. Une abeille qui butine innocemment et qui me rappelle notre jardin. Une envie de promenade. Un thé qui refroidit lentement, très lentement et que l'on n'a plus envie de boire seule.

Un bouquet de fleurs qui arrive, qui s'épanouit et qui s'éteint, dont tu as eu la prévenance de passer commande à distance.

J'écris car j'ai l'impression douloureuse que les séances vidéos sur Internet n'arrivent pas à communiquer toute l'émotion que nous ressentons.

J'ai ajouté un peu de mon parfum sur le papier. Mais je ne veux pas te chagriner.

Cette lettre n'est pas une missive de désespoir mais d'un espoir fou que nous soyons bientôt réunis.

Je t'attends de tout mon corps.

Espère en l'avenir. Sois fort. Nous nous retrouverons dans peu de temps.

Pense à nos retrouvailles. J'en rêve dans tous les sens du terme.

Je te sens alors dans mes bras avec une violence qui me surprend à chaque fois.

Nous irons encore au bois et nous cueillerons quelques petites fleurs du bonheur que nous ramènerons à la maison.

Crois moi le temps n'est pas contre nous. Il raccourcit l'espace temporel qui nous sépare encore.

Cette Méditerranée, que nous aimons tellement tous, sera un jour traversée.

Nous pourrons, ensemble, respirer les senteurs de ses rivages et courir le long des plages.

Mon chéri, je t'embrasse de toutes mes forces.

A bientôt.

Ta Elna qui ne pense qu'à toi.

Mercredi : Je lis et je relis la lettre de Lena. Pliée dans mon sac elle m'accompagne partout. J'ai essayé de répondre. Penché sur une feuille de papier, les yeux embués, je n'ai pas réussi à écrire les quelques lignes qui m'auraient convenu. Je ne voyais qu'une feuille blanche, déformée par des gouttes qui perlaient silencieusement, encombrée de mots maladroits. Mon désir d'envoyer à Lena une lettre parfaite, qui la touche au plus profond de son être, est trop fort et paralysant. Ma rédaction me semble beaucoup trop artificielle. J'ai une envie irraisonnée de faire sortir de mon cœur des mots spontanés et forts qui traduisent vraiment notre amour. Je ne suis pas un écrivain. L'envoi de ma lettre a été remis à plus tard, presque avec désespoir.

Jeudi : Je suis obligé de revenir au concret. Romain et Rita m'ont amené discrètement un gigot. Romain ne veut pas qu'on le sache. Il me demande de la discrétion. Lui, c'est un réaliste. Depuis, la chienne d'un voisin de palier me fait les yeux doux. Elle aussi a faim. Ses maîtres n'ont rien senti. Elle est la seule à savoir que j'ai reçu un gigot. Elle pourrait même dire, si elle avait la parole, que le gigot a été bien cuit et qu'il n'est pas brûlé. D'ailleurs, elle pense qu'il y a une petite odeur de fauve et que ça ne doit pas être du bœuf ! Rita me l'a amené cuit, car d'après elle (et elle n'a pas tort) comme je suis un manche en cuisine elle préfère me l'amener cuit. Cela se conserve mieux. Il ne faudrait pas gâcher une aussi belle pièce. Finalement, le gigot mangé je n'ai pas pu résister au regard de la chienne d'à coté. J'ai donné l'os à son patron. La chienne s'appelle Mirza. Je suis devenu un dieu vivant ! Mais j'ai ainsi enfreint la consigne de Romain. Pour justifier mon gigot j'ai allégué que j'avais trouvé un boucher qui m'avait vendu un os avec un peu de viande autour. Les voisins ont très bien gobé l'histoire. Seule Mirza connaît le fin mot de l'affaire. Mais elle n'a rien dit !

Un autre voisin du troisième étage a peut-être aussi l'odorat fin. Cela fait quelque temps que j'ai l'impression qu'il m'observe. Il m'a abordé alors que je rentrais à l'appartement. J'aime bien monter les quelques étages à pied. Question de condition physique. Il était en train de nettoyer son paillasson et il m'a invité chez lui. Il vit seul. Je me suis aperçu que c'est un original.

Il a dû passer beaucoup de temps à observer mes passages dans la rue. Ni le rangement ni le nettoyage ne sont ses passions dans la vie à voir l'état des pièces. Il a entendu parler de la nouvelle religion dite du « Jeudisme ». Il trouve que c'est une excellente idée. Je l'ai choqué, j'avais compris « Fumisme ». Couper la semaine en deux ce serait très pratique pour les enfants qui fatiguent et qui ont besoin d'une telle pause ! Il va plus loin. Selon lui il est temps de faire la synthèse des religions. Le Jeudisme lui parait être un cadre idéal. Il voudrait créer une sorte d'institution religieuse commune aux religions et qui les chapeaute toutes. Il pense qu'il faut mettre en place des mécanismes pour éviter, une fois pour toutes, les guerres engendrées par les rivalités religieuses. J'ai eu du mal à m'en dépêtrer. Maintenant il m'aborde dès qu'il me voit. En dehors de ses visions révolutionnaires, un peu beaucoup hallucinatoires, c'est un gentil garçon qui ne ferait pas de mal à une mouche comme on dit.

Vendredi : La France du sud est envahie par des gens d'Europe du Nord. Avec les accords européens il n'y a plus de frontières. Beaucoup de ceux qui sont trop au nord, et cela fait beaucoup de monde, tentent de descendre vers le sud. Ils espèrent trouver mieux. On trouve beaucoup de jeunes retraités parmi eux. Ils n'ont pas de contraintes de travail, ils sont assez libres de se déplacer. Ils pensent que leur séjour n'est l'affaire que d'un an. Ceux qui ont des amis ou de la famille au sud partent très facilement. Leurs gouvernements ne cherchent pas trop à les retenir. Cela fait autant de bouches de moins à nourrir. L'accueil d'autant de personnes pose un problème énorme.

En France, les hôtels et les centres d'accueil sont pleins à craquer. Tous les bâtiments vides de l'état ont été réquisitionnés. Et ça ne suffit pas. Vu le froid, il faudrait absolument loger tout le monde et c'est très difficile. Des appels sont lancés aux particuliers pour accueillir quelques personnes. Il est hors de question que des sans-logis dorment dehors. Cette fois-ci, tout le monde doit être mis à l'abri sans exception aucune.

Les finlandais de Grenoble m'ont écrit. Les relations avec leurs voisins sont excellentes. Mais ils ressentent dans la population en général un début de rejet des immigrés. Certains gymnases ne peuvent plus être utilisés pour des activités sportives. Tout ce qui peut être utilisé est réquisitionné pour mettre à l'abri la masse qui arrive du nord. Pour Klaudia et Anna aucun problème. En se limitant à des mots de vocabulaire bien connus elles n'ont aucun accent et se fondent parfaitement dans la population.

Le monde est devenu fou. Les gens ne savent plus quoi faire pour préserver leur patrimoine ou surtout pour assurer leur subsistance. On ne trouve plus ni farine ni graines. Ce sont des aliments qui se conservent bien et tout le monde a fait des provisions. Avec mes paniers, les producteurs me donnent des kiwis. C'est un des rares fruits qu'ils distribuent encore. Le kiwi est un fruit bien particulier : il pousse assez tard et surtout il se conserve très bien. Inutile de le mettre dans des zones réfrigérées, une cave suffit. Les producteurs de fruits en ont fait des stocks. Pas de chance, je n'aime pas beaucoup le kiwi. Je m'en contente il n'y a presque rien d'autre. Je n'ai pas diminué le prix de mon panier, car il devient de plus en plus réduit. A prix égal, il est beaucoup moins rempli maintenant.

Le seul coté positif de la situation c'est que tout est propre, rien ne traîne. Le moindre papier ou morceau de bois est ramassé. Un coté négatif : tout et n'importe quoi est brûlé dans les cheminées, même du plastique ou des bois traités chimiquement. D'où une pollution supplémentaire.

Samedi : Arian m'a appelé au téléphone. Toujours le même. Sa dernière : d'après lui les asiatiques sont des adeptes de Confiture et « D'après Confiture, plus il y a de fous moins il y a de riz ». Je la connaissais déjà, pas très original. Les affaires ne marchent pas très bien. Il a du mal à placer ses produits. Il a transformé sa véranda en serre. Il cultive quelques légumes. Il a mis aussi quelques poules. Cela leur donne des œufs. Les poules, c'est facile à alimenter, elles mangent n'importe quoi. Leur chienne lui cause beaucoup de soucis. Comment lui assurait ses repas alors qu'eux-même ont de la peine à trouver à manger ? Ils envisagent de s'en séparer. Un crève-cœur, mais comment faire ? D'après lui « On ne va quand même pas la manger ? ». Et je cite toujours : « Nous n'irons plus au bois les lauriers sont gelés ! ». Des voisins ont proposé de le débarrasser de la chienne. Il n'a pas confiance en eux. A son avis ils vont la revendre comme viande. A des asiatiques peut-être. Ils mangent facilement du chien. Alors il la garde et la câline encore plus qu'avant. La pauvre est maigre. Elle ne mange pas tous les jours à sa faim. Heureusement que la chienne est petite, elle n'a pas beaucoup de besoins. Une King Charles ça ne pèse pas lourd, mais là elle bat tous les records. Quand on la soulève on a l'impression de soulever une touffe de poils. Dans son langage imagé, sa femme dit qu'elle ressemble à une balayette dont on aurait enlevé le manche.

Dimanche : J'ai essayé de faire une petite promenade. Il y a une inquiétude que l'air soit devenu irritant. Il se dit qu'il y a de l'acide sulfurique en suspension dans l'atmosphère. C'est connu : les vapeurs soufrées des volcans se transforment en acide et retombent ensuite. Il y a eu un dégagement énorme de SO_2 (à ne pas confondre avec le CO_2, le S est mis pour souffre). L'air serait-il devenu plus acide? C'est une peur populaire. J'ai toussé violemment en rentrant. Cela va être une catastrophe pour les futures récoltes. En ce qui me concerne, je n'ai pas l'habitude d'être malade. Je découvre cet état avec étonnement. Une appréhension commence à me troubler. Je me rappelle qu'Eudoxe a mentionné le déclenchement d'épidémies à la suite de catastrophes volcaniques. Est-ce que ma toux n'a pas une origine inquiétante ? Cela pourrait-il expliquer mon état ?

Lundi : J'ai été voir le docteur. Il à l'air très embêté. Il ne sait pas quoi penser de la toux. Il m'a conseillé, même si ma toux ne vient pas de l'air, de mettre à tout hasard un masque de protection quand je sors. De toutes façons si cela ne me fait pas de bien, cela ne peut pas me faire de mal. Au moins il pourra éliminer cette hypothèse de particules dans l'air pour son diagnostic. On voit de plus en plus de gens dans les rues porter des masques. Je ne serai pas le seul. Est-ce efficace ? J'en doute. Impossible de se faire examiner par un pneumologue ou un ORL.

Les délais sont maintenant de plus de six mois. On a largement le temps d'avoir « craché ses poumons » avant de les voir.

Mardi : Les anglais investissent en France. Ils viennent de racheter l'OM rebaptisé Olympique de Marsiester. Ils ont de la difficulté avec leur championnat de football au Royaume-Uni. Leurs bookmakers ont besoin de paris sur les rencontres de football. La vie semble difficile pour les sportifs. Il y a toujours cette crainte populaire que l'air soit irritant. Pour l'instant il n'y a eu aucune confirmation officielle. Mais on parle de prendre des mesures. Peut-être raccourcir un peu les rencontres ?

Mercredi : Des gens de l'Europe du nord émigrent vers l'Italie. Ils viennent de créer la fête de la bière de Milan. Il y a eu quelques explications de texte avec certains italiens. Quelques commerçants ont parfois servi de la bière de mauvaise qualité où la mousse était artificiellement créée par un batteur genre outil de cuisine. Ça a fait vilain. Même si les incidents ont été très rares, on ne plaisante pas avec la bière !

Jeudi : Beaucoup de français s'installent en Espagne attirés par la chaleur du climat. Ils ont créé l'OAS ou « Organisation des Apatrides du Sud ». Rien à voir avec l'ex-organisation violente. Mais certains pensent que le sigle n'a pas été choisi au hasard. C'est une résurgence du passé et quelques nostalgiques se sentent bien sous cette bannière. On dit que, sous ce nom, il y a préparation d'une sorte de revanche. L'afflux de personnes amène une clientèle facile. L'organisation grossit. Il y a des visées vers l'Afrique du nord. Les groupes, se dirigeant vers l'Afrique, sont soupçonnés être infiltrés par des extrémistes. La crainte, excessive et infondée, est l'apparition de perturbations dans les pays d'accueil.

Vendredi : Il y a un mouvement de population de la Russie vers la Grèce et l'Asie mineure. Les grecs ont essayé de freiner le mouvement en vain. La vodka devient une des boissons très répandues en Grèce. Le rouble dope l'économie de ce pays.

Samedi : Un anglais a tenté l'ascension par l'extérieur de la tour Eiffel gelée. Évidemment un anglais se devait d'être le premier à le faire. Cela a fait la une de leurs tabloïds. Du style « Un anglais est le premier au sommet de Paris ».

Dimanche : Un film d'humour, un peu grinçant, « Rencontre avec un ours polaire en Europe » sort sur les écrans. Il y a création d'un festival de sculpture sur glace dans les environs Grenoblois. J'attends les réactions de nos finlandais. Le mouvement de panique en Europe s'amplifie. Il y a une grosse crainte de déplacement important migratoire vers le sud. Les gouvernements commencent à parler de fermetures de frontières.

Lundi : Eudoxe m'a téléphoné. Je résume son discours. Il trouve que le climat social a changé. Il était plein d'ironie et très caustique. A une époque Jésus avait expulsé les marchands du temple. Maintenant, ce sont plutôt les marchands qui expulsent les fidèles. L'entretien coûte trop cher ! Ils veulent faire une optimisation fiscale, un tel bâtiment bien rénové ça doit se vendre un bon prix ! On pourrait peut-être même en faire un petit centre commercial. Eudoxe exagère volontairement beaucoup, mais il y a un fond de vérité : les riches ont gagné, c'est bien connu. Il y a même eu un livre entier récent écrit sur ce thème et avec un titre explicite « Pourquoi les riches ont gagné ? » On y lit que l'indice de Gini est une mesure mathématique pour évaluer le niveau d'inégalités présent dans un état. Suivant les pays, les riches peuvent gagner plus ou moins et c'est quantifiable. On arrive à ce constat hallucinant : huit milliardaires possèdent autant de richesses que la moitié la plus pauvre du monde !

Manifestement Eudoxe n'aime pas les riches ! !

Il a enchaîné par des considérations sur l'économie. Nombre de livres et d'études de très haut niveau y sont consacrés. Un prix Nobel d'économie a pu écrire, en parlant de notre société, un livre intitulé « Le triomphe de la cupidité ». Un grand ouvrage de plus de 500 pages. A ce propos en lisant ce livre on peut faire coup double. D'abord on apprendra plein de choses intéressantes bien sûr. Par la même occasion, on disposera là d'un somnifère de grande qualité. Il faut être robuste pour le lire jusqu'à la fin.

Devant le montant astronomique de la dette publique française, Eudoxe s'est renseigné en lisant un livre intitulé « Tous ruinés dans dix ans ? ». On peut y lire cette phrase « La ruine de l'occident constitue un scénario plausible ». Et l'hiver volcanique n'existait pas encore. Le livre est documenté avec des graphiques impressionnants.

Eudoxe a de grandes peurs pour l'avenir qui s'annonce difficile. En plus de cette dette affolante, on a maintenant le problème des volcans qui vont désorganiser l'économie mondiale. Les rentrées financières de la France vont baisser. Dans le même temps, le prix de l'énergie va monter d'une manière vertigineuse. La plupart des pays européens sont dans la même situation. On va aller tous ensemble dans le mur. Il ne comprend pas, il n'est pas économiste. Tous les pays occidentaux ont d'énormes dettes. Et ils sont réputés riches. Et pourtant leurs administrations recouvrent assez bien les impôts, même s'il y a des progrès à faire. Et pourtant il y a beaucoup d'entreprises innovantes de haute technicité et exportatrices. Où va l'argent ? Où est le déséquilibre ?

On peut lire, dans le dernier livre évoqué, cette formule concise à l'extrême « Personne ne sait qui doit quoi à qui ». L'auteur manipule avec virtuosité la logique et utilise des quantificateurs originaux avec efficacité ! On se doute bien, aussi, que savoir qui est qui n'est pas évident à l'heure de la mondialisation ! En tout cas, même avec une gestion exemplaire des pays, cette fois-ci on a bien l'impression que l'on ira au désastre.

J'avoue que je ne comprends rien non plus à l'économie. Je suis inquiet comme lui. L'avenir s'annonce très préoccupant.

Ceci dit, il m'a téléphoné, car il sait que je suis seul à Avignon.

C'était juste pour me faire un petit coucou et me dire qu'il ne m'a pas oublié. Il a essayé de me remonter le moral. Il est sympa Eudoxe. C'est gentil de sa part. Je lui ai dis que le climat qu'on subissait était l'inverse de celui qu'on attendait. J'ai dû employer aussi le mot opposé. Cela lui a déclenché une explication de texte à laquelle je n'ai rien compris. Sauf, d'après ce que j'ai cru deviner, qu'inverse et opposé n'ont pas du tout le même sens en mathématiques où les définitions sont précises.

Donc, en fait, ce mot « inversion » en français courant, en fait, ne lui plaît pas beaucoup en fait parce que c'est en fait, un mot passe-partout, en fait, bien trop flou pour lui !

Eudoxe avait fait exprès d'employer beaucoup l'expression « en fait » qui est très à la mode, qui revient à tout bout de champ dans n'importe quelle phrase et qui ne lui plaît pas. On a inventé des correcteurs orthographiques, il faudrait maintenant inventer des correcteurs de charabia. Précédemment, certains « en fait » ont été rajoutés artificiellement, car Eudoxe ne les avait quand même pas, en fait, tous prononcés. On a juste, en fait, donné une transcription étendue « moderne », en fait, de son discours. Ce qui est inquiétant, c'est que l'on voit beaucoup de jeunes cadres diplômés ayant un niveau de français très faible. Ils deviennent incapables de contrôler la qualité des textes qu'ils ont à écrire ou à valider. La situation est grave. Il y a des incompréhensions importantes qui sont créées, car les textes sont mal écrits. Et tout aussi grave, ils ont du mal à comprendre les finesses d'un texte. Il faut faire attention quand on leur fait parvenir un document. Les interprétations erronées du texte sont toujours possibles.

Dire à Eudoxe qu'on vivait l'opposé d'un réchauffement climatique n'avait pas dû lui plaire. Peut-être que je n'avais pas été très adroit dans mon discours. Peut-être aurait-il fallu lui dire qu'on vivait le contraire d'un réchauffement climatique ? En soi l'opposition d'un réchauffement et d'un refroidissement avait peut-être dû le chauffer ? Ce n'était pas intentionnellement ironique de ma part. J'ai eu peur, un temps, que nos relations en soient refroidies. Mais non, elles sont toujours au beau fixe malgré ces intempéries occasionnelles climatiques et relationnelles.

Malheureusement pour nous, actuellement, ces volcans semblent n'obéir à aucune prévision mathématique très précise à long terme. On pourra sans doute les comprendre un jour, mais de là à les domestiquer il y a un monde. On pourra toujours dire et faire n'importe quoi, ces émonctoires finiront par nous cracher de la lave à la figure et ce sont eux les plus costauds. Il faudra s'essuyer et ranger notre amour-propre dans notre poche. Tout ça pour dire que c'est un phénomène que l'on ne maîtrisera probablement jamais et qu'il faut s'adapter à lui. Là, il y a clairement un défi de la nature que nous perdrons tout le temps si nous la défions. Les volcans ont été à l'origine de beaucoup de drames et ils le seront encore longtemps. On pourra se prémunir contre beaucoup de calamités qu'on arrivera sans doute à prévoir à l'avenir. Pour les tsunamis, il suffit de construire à l'intérieur des terres. On peut prévenir les dégâts provoqués par les tremblements de terre, il suffit de bâtir des constructions adaptées. On peut éviter les effets dévastateurs des typhons, il est possible de les voir arriver et d'évacuer. On limite les dégâts avec des bâtiments très robustes et des digues solides.

Contre des volcans super-puissants on ne peut pas faire grand chose, car ils peuvent agir à l'échelle de continents entiers et perturber directement tout le vivant. Si on voulait s'y opposer on serait à peu près dans la situation d'une fourmi qui essaie d'arrêter un bulldozer. Et en plus, on n'est à l'abri nulle part. Il n'y a pas d'endroit où on pourrait être hors de leur portée. Surtout, ils peuvent frapper tous les continents en même temps. La confrontation ne semble pas égale avec le monde des hommes toujours de plus en plus sophistiqué et artificiel. La force brutale physique et naturelle des phénomènes volcaniques est incontrôlable. C'est angoissant.

Mardi : Les lacs alpins sont gelés et même le Leman.

Aujourd'hui, j'ai reçu par la poste un cadeau qui m'a fait immensément plaisir. Eudoxe m'a envoyé un superbe livre de vulgarisation d'astrophysique. Je l'ai lu immédiatement d'une traite comme un roman. Il avait joint aussi un livre sur la mythologie grecque et latine. En croisière, le soir, il m'avait déjà raconté le monde étrange des divinités et monstres qui peuplaient l'univers des grecs et des romains. C'est un passionné de mythologie. J'écoutais, comme un enfant écoute une histoire avant de s'endormir. Sauf que cet univers, peuplé de Harpies et autre Hydre de Lerne, n'était pas vraiment rassurant avant de tomber dans les bras de Morphée !

Mercredi : Il est envisagé de déplacer le gouvernement français à Bordeaux. Il y a des discussions sur le problème des réfugiés entre la France et la Magersie.

J'ai appelé Eudoxe pour le remercier. On a eu une longue conversation. Notre univers est vraiment étonnant. On est sur la même longueur d'ondes tous les deux. J'ai appris que certaines régions de l'espace fonctionnent comme de véritables usines à fabrication de matériaux qui sont ensuite envoyés à travers le cosmos. Dans cette espèce d'organisation spatiale, après la fabrication il y a la partie transport ! Cette mécanique est ahurissante. Elle fonctionne à des échelles invraisemblables.

Jeudi : Klaudia m'a envoyé un long mail. Elle est gentille cette fille. Elle m'appelle son Papy ! Elle s'est inscrite à un club de gymnastique rythmique qu'elle pratique à un bon niveau. Et elle a un petit ami maintenant. Elle a fait la connaissance d'un gymnaste. Autant dire que tout va bien pour elle en ce moment. Comme elle dit : il est costaud, mais il manque d'endurance. Il a du mal à la suivre en ski de fond. Cela ne va pas durer, le garçon est très sportif. Il est venu à la maison. Mikko a été surpris de voir sa force. Il l'a aidé à monter la serre. Pas de problème pour lui, les lourdes charges cela ne lui fait pas peur. Les voisins sont venus aussi en renfort. Ils ont monté la serre, puis ils l'ont démontée. Tout est prêt. mais Mikko se méfie des problèmes de l'assise en béton pour l'hiver. Il va se renseigner encore un peu plus. Le montage a été l'occasion d'un grand repas où chacun a amené sa part. L'heure n'est plus aux agapes gargantuesques mais l'ambiance était là. Une liaison video m'a permis de participer un peu.

Exceptionnel, Alain m'a téléphoné. Ça lui a pris brusquement, car jusqu'à maintenant il ne s'est guère manifesté. C'était juste pour prendre des nouvelles. Il n'était au courant de rien. Je lui ai appris notre histoire. Il était désolé. Il ne s'en doutait pas. Il travaille dans un secteur privilégié. Il y a encore de l'argent et beaucoup de moyens. Les salariés ont droit à des tas d'avantages. Eux ne souffrent pas trop de la crise. Il donne l'impression de vivre dans une bulle de privilégiés. Il plane un peu. J'en ai profité pour essayer d'obtenir quelques informations.

— Dis Alain, avec ton travail, tu dois avoir des contacts avec l'étranger.

— Oui bien sur, ma fonction m'oblige à avoir des relations fréquentes avec l'étranger.

— Mais tu peux encore te déplacer ?

— Non très peu, les moyens ont quand même beaucoup baissé, même pour nous. L'économie va très mal. On compense par l'utilisation de la video. Il y a des endroits où la situation est un peu surréaliste. Par exemple, j'ai discuté avec des collègues de Dubaï il n'y a pas longtemps. Ils m'ont parlé de l'aéroport. C'est une structure énorme et fantastique. Lorsque les économies étaient florissantes, elle grouillait de vie. Il y avait des touristes partout. Actuellement, il y a fort peu de voyageurs dans ces immenses halls. Dans ces émirats, aux milliers de mosquées, un appel à la prière avait été instauré dans l'aéroport. Dans ces espaces gigantesques, ces appels résonnent maintenant de manière insolite. Ces halls, aux dimensions pharaoniques, sont maintenant presque vides. La plupart des innombrables boutiques ont fermé. On a l'impression de marcher dans un désert minéral d'acier, de verre et de béton. Tu me diras que le désert ici. C'est un retour à la nature.

Vendredi : Je n'ai pas réussi à trouver de sucre. Il y a des tickets de rationnements pour les denrées essentielles avec un prix imposé. Même avec un ticket je n'ai pas réussi à en trouver.

Samedi : Je n'y arrive plus. Je traîne de plus en plus comme une âme en peine. Je ne supporte que difficilement la séparation que j'endure tous les jours. Le bouleversement a été trop rapide. Je ne trouve plus mes repères.

J'ai eu droit aujourd'hui à une tentative d'arnaque. Des petits malins essaient de profiter de la situation. Ce matin, on a sonné à la porte. Il y avait deux personnes, à l'apparence démarcheurs à domicile, sur le pas de la porte. Ils ont commencé par se présenter comme des enquêteurs. Ils travaillent pour une société qui évalue les besoins en eau de la population. Ils ont à faire remplir un questionnaire qui sera traité dans une étude statistique. Ils présentaient bien : costumes, cravates. Finalement, je les ai fait entrer. Je n'ai pas grand chose à faire. Je peux passer un peu de temps à remplir quelques papiers. J'ai essayé de répondre à quelques questions. Je n'avais pas toujours de réponse. Certaines questions étaient vraiment saugrenues. Ils ont essayé de me culpabiliser. Comment vous ne savez pas ceci ou cela... Finalement le point le plus important était : est-ce que votre eau a un goût désagréable ? Il me semble que oui. Avec cette retombée de produits sulfureux, il me semble que l'eau a un goût bizarre. C'est-ce qu'ils voulaient entendre.

Il m'ont alors proposé l'achat d'un produit pour purifier l'eau. C'était une espèce de petit alambic. Vraiment petit, presque un jouet. Avec cet appareil, j'étais sensé pouvoir purifier l'eau de consommation courante à boire, pas l'eau pour laver bien sûr. Ils avaient un petit ordinateur portable. Sur les présentations vidéo visionnées, on pouvait voir l'appareil en marche avec la mine réjouie de consommateurs éblouis. Le fonctionnement était très simple. Vu la taille de l'appareil je m'attendais à un prix modeste. Ils annoncèrent un montant exorbitant pour cet achat. Avec installation (! !), mise en service comprise et garantie bien sûr. Je les ai mis à la porte. Non sans mal, car ils devenaient agressifs. J'ai l'impression que j'en verrai d'autres.

Je m'aperçois que je supporte difficilement la situation. Je n'ai plus en tête que la perspective de mon prochain voyage de tourisme en Magersie. Je ne vais plus dater systématiquement la relation de mon séjour à Avignon. Avec cette indication, j'ai la sensation de ralentir le temps. Avec le carnet daté, les jours passent trop lentement. A chaque fois que j'écris une date, je ne peux pas m'empêcher de penser aux suivantes. Maintenant, quelquefois, je mettrai en marge seulement une indication sur le jour, à l'occasion d'un événement exceptionnel. Je vais vivre sans calendrier. Mais je continuerai à relater mes journées sur mon fidèle carnet/compagnon. Quand vais-je pouvoir reprendre une vie de famille normale? On est parti pour un épisode de quelques années. Cela me pèse beaucoup trop. Je n'avais pas mesuré la longueur de cette séparation. J'ai une impression inconfortable particulièrement le soir : celle d'être seul, vraiment seul, trop seul. Les montagnes me manquent aussi terriblement. Avant cet épisode dramatique je n'aurai jamais imaginé à quel point j'y tenais. En sortant en ville mon regard se porte souvent au loin et cherche la barre blanche immaculée de la chaîne de Belledonne. Où est le téléphérique de la Bastille et ses bulles ? Et les trois pointes des trois Pucelles ? Tout cela était un décor qui faisait partie de ma vie. C'est difficile à exprimer. J'ai l'impression qu'il me manque quelque chose de vital.

La neige est tombée en abondance sur Avignon. J'ai l'impression qu'elle ne fondra pas. Il va faire trop froid maintenant.

Aujourd'hui j'ai vu Mirza. Ce n'est pas une blague ! La chienne du voisin de palier m'a reconnu tout de suite. J'étais descendu faire des courses et je suis tombé sur la chienne Mirza et son maître. Elle m'a fait des fêtes, probablement que je suis associé pour elle à une bonne odeur de rôti. Je lui ai fait bonne impression et elle s'en souvient. Je n'ai rien fait pour qu'elle vienne vers moi. C'est une réaction spontanée de sa part. J'ai la cote avec elle. Son maître m'a appris comment il lui avait donné un nom. C'est en référence à la chienne d'une chanson connue d'un célèbre chanteur « Zavez pas vu Mirza ? ». Elle a l'air d'avoir bon caractère, affectueuse et pas agressive pour deux sous.

On était sur le parking extérieur enneigé de l'immeuble. J'ai eu l'impression qu'elle essayait de m'entraîner vers les caves de l'immeuble. Quelle drôle d'idée, qu'est-ce qui peut se passer dans la tête d'une chienne ? Il y a peut-être une cave avec des choses à manger. J'avais acheté un paquet de biscuits. Je lui en ai donné deux. Elle n'a pas fait la fine bouche. A mon avis elle a faim. Du coup j'ai encore amélioré ma cote auprès d'elle. Elle me jette des regards énamourés. Mais pas question que ce soit elle qui commande où on va. C'est important avec les chiens de leur montrer qui est le dominant.

J'ai demandé à son maître pourquoi il l'avait appelé ainsi. Il est un grand admirateur de la chanson « Le sud ». Alors il a donné à la chienne le titre d'un tube du chanteur. Il a hésité avec l'achat d'un chien. La perspective de l'appeler Gaston l'en a dissuadé.

Pour moi, un chien se résume à trois éléments essentiels : un nez hors du commun, quatre pattes et un affectif étonnant avec un ressenti extraordinaire d'émotions. J'ai vu un chien quasiment aveugle faire un parcours aller/retour. A l'aller guidé par son maître. Pour le retour aucun problème, il suivait sa propre trace.

Mirza a encore insisté en m'amenant vers un soupirail de cave. Qu'est-ce qu'elle a en tête ? La chienne me regarde avec un drôle d'air. Elle penche la tête de coté en me regardant avec un air de dire : celui-là quel pas malin, il ne comprend rien à rien. Il faudrait essayer de se renseigner. Il y a peut-être une grosse réserve de nourriture quelque part. Déjà du marché noir ? La chienne a du sentir un jambon planqué dans une cave.

Son maître, comme les autres propriétaires de chien, peut avoir des problèmes de garde s'il s'absente. Il a remarqué l'accueil que me réserve Mirza.

— Dites ! Ma chienne a l'air de vous avoir sérieusement adopté ! Vous avez l'air d'être devenu son grand copain. Est-ce que je peux vous demander un service ?

— Si je peux vous le rendre, bien entendu. C'est à quel sujet ?

— Et bien voilà, on s'absente de la maison quelquefois. On ne peut pas emmener Mirza et on la laisse à la maison. Est-ce que vous pourriez la garder quelquefois ? On est entre voisins. A charge de revanche, bien entendu.

— Pas de problèmes ! Je vous la prend quand vous voulez. A condition que je sois libre, bien entendu. Il faut me prévenir à l'avance.

— Bien sûr. Cela va sans dire. Merci beaucoup. Dites, autre chose, vous ne jouez pas aux échecs par hasard ?

— Non, pas vraiment ! Mais je connais les règles du jeu. J'y joue même, de temps en temps, en grand amateur.

— Quel dommage ! Cela aurait été tellement pratique entre voisins de palier. J'ai du mal à trouver des partenaires. Enfin, si une petite partie vous dit un jour...

Cette garde ne m'occasionnera aucun souci. La chienne est sympathique et manifestement sans problèmes. J'ai même l'impression que cela ne lui déplairait pas. La chienne, en me voyant discuter longuement avec son maître, en a déduit probablement que maintenant je faisais partie de sa meute. Si la chienne est aussi sociable, c'est que probablement ses propriétaires le sont aussi.

Mon voisin de palier s'appelle Smirnoff. Il m'avait précisé « comme la vodka » en plaisantant. Il a l'air très ouvert. Sa famille est d'origine dite « Russe blanc ». Elle avait émigré vers la France au temps de la révolution bolchevique. A cette époque là, des millions de « Russes blancs » avaient quitté la Russie pour des destinations variées. La France en avait accueilli un grand nombre. Les problèmes d'immigration ne datent pas d'aujourd'hui. Cette révolution dite d'octobre a eu lieu en 1917. L'origine russe de mon voisin me fait comprendre son intérêt pour les échecs.

Hier, Florentin m'attendait. C'est le nom du voisin du troisième étage. Celui, enthousiasmé par le Jeudisme. J'avais été faire une petite balade. Il m'avait vu probablement sortir. J'ai commencé à monter les escaliers, comme d'habitude. Arrivé au troisième, il était en train de nettoyer la poignée de sa porte d'entrée.

— Ah ! Vous tombez bien ! Je voulais vous montrer quelque chose !

Le contraire m'aurait étonné. Enfin j'ai du temps de libre et je m'ennuie. Je peux aller voir ce qu'il veut me montrer. J'avoue que j'ai rarement vu un original pareil.

Entré dans son appartement, il m'entraîne dans une pièce où trône une construction bizarroïde comprenant, apparemment, beaucoup d'espèces de briques de jeux de construction d'enfants. C'est un assemblage surprenant, composé d'éléments disparates, sorte de palais du facteur Cheval en miniature. Ce facteur avait construit, dans la Drome, un grand édifice étrange et artistique. Pour cela il n'avait utilisé que des cailloux ramassés le long des routes, lors de ses tournées de courrier.

— Vous vous amusez encore aux jeux d'enfants à votre age ?

— Non, pas vraiment, c'est une construction sérieuse. C'est ma première version d'autel final. L'idée est de s'inspirer des autels domestiques assez courants en Asie.

— ? ? ? Vos avez récupéré un plan de travail de cuisine, pour faire la table de l'autel ? ?

— A titre provisoire ! C'est une maquette. Mon projet est de concevoir un petit autel universel qui pourra être installé facilement dans les maisons. Il me faut des éléments peu coûteux pour la conception. J'ai pensé à une maquette avec certains éléments de jeux de construction. Je ne suis pas bricoleur. Les briques me permettent des réalisations rapides. J'ai acheté plein de boites à 1 euro dans des brocantes. Oui, je vois à votre regard ce que vous pensez. Le facteur Cheval ramenait des cailloux chez lui. Et bien moi, oui, ce sont souvent des briques de jeux. Vous pouvez constater que j'ai utilisé des marques variées, des formules diverses, suivant les opportunités de mon chemin. Je n'ai pas beaucoup de moyens financiers, vous savez. Cette première version n'est pas satisfaisante. Et puis cela ne me donne que l'ossature. Il me faut penser aussi à la finition. Je suis en train de concevoir une deuxième version dans ma cave. Je n'ai pas beaucoup de place dans mon petit appartement. Je n'y travaille plus actuellement. Il fait trop froid.

— ? ? ? C'est bien ce que je disais. Vous vous amusez encore aux jeux de construction !

Nael est pour le moins estomaqué. Cela, il ne l'avait encore jamais vu. Florentin est plus qu'un original. Il a certainement aussi un petit grain quelque part. Un allumé de cette taille c'est une première.

Florentin mettra la phrase « Il est interdit... d'interdire » sous l'autel. Nael est un peu interloqué par la logique de la phrase. Aussi, il lui demande :

— Vous voulez dire qu'on ne doit faire aucune interdiction ?

— Oui, tout à fait.

— Mais... est-ce que votre phrase ne propose pas, en fait (!), le contraire d'une interdiction ? C'est en fait (!) une autorisation à interdire ? Non ?

— Je ne vous suis pas complètement.

— Moi, à votre place, je mettrais « Il est interdit... d'interdire d'interdire ! » J'ai l'impression que la récursivité n'est pas votre fort. Est-ce que, finalement, vous ne voulez pas faire ressurgir le fameux « fais ce que voudras » de Rabelais ?

— Vous avez l'esprit bien compliqué. Je n'entends rien à ce que vous me dites. Est-ce que cela vous dirait de voir la deuxième version de mon autel ? Il faut descendre aux caves.

— J'ai bien peur de comprendre que vous n'arriverez pas à comprendre ce que j'essaie de vous faire comprendre. Nous sommes deux opposés. J'ai déjà vu l'essentiel ici. Vous avez raison. Allons-y

— Vous n'avez pas tort ! Cela ne sert plus à rien de rester.

— Je vous suis complètement !

— Vous n'allez pas me suivre ?

— Si, comme une ombre !

— Et bien, je vais donc vous montrer le chemin.

— C'est normal... Je vous ai déjà dit que vous n'êtes pas du genre à suivre ! Vous êtes toujours en avance sur les autres. N'est-ce-pas ?

— Très bien, descendons ! Vous n'êtes pas simple. Emboîtez-moi le pas. Pfff ! Pas facile de vous suivre !

— Vous voulez dire que je suis compliqué ?

— Non, pas compliqué ! pas simple !

— ? ? ?

— Je vous plains. C'est compliqué de ne pas être simple ! Cela serait tellement simple de ne pas être compliqué !

— Si c'est simple pour vous, c'est que cela ne doit pas être compliqué. Je vous l'accorde !

Arrivés dans la cave, Florentin m'explique qu'il a un problème de structure. Cette version consomme moins d'éléments de construction, mais elle est fragile. Il lui faudra aussi l'agrémenter avec des matériaux plus nobles. Il attend d'avoir une version performante avant de faire de la publicité sur Internet... afin de la diffuser. Il veut créer une œuvre originale et il espère bien la donner contre une adhésion ou la monnayer. Pas pour s'enrichir mais pour attirer des adeptes ou alimenter un fond de développement du Jeudisme.

— Vous avez l'air bien dubitatif ?

— Oui, si vous voulez. Je suis un peu surpris par l'originalité de votre concept ! Savez-vous que le « palais idéal » du facteur Cheval, construit avec des cailloux, a fini par être classé monument historique ? Mais il n'a pas vendu son palais.

— Pas d'accord ! Une telle commercialisation n'est pas si originale que cela. Vous savez que le nombre de mosquées est insuffisant en France. Il y a déjà eu un essai de vente de tels lieux de culte miniatures. Savez vous qu'un concept de petite mosquée pliable et portable a été proposé dans les années 2010 : la « Mihrabox » ? Avec haut-parleur intégré... On en a même parlé à la BBC, dans Der Spiegel ou sur Le Parisien... Je ne sais pas si le projet s'est concrétisé par des ventes. Ces petites répliques de lieux de culte auraient pû être facilement installées un peu partout. Je trouve que c'est une initiative innovante, très intéressante probablement à court terme je vous l'accorde. Je vous avoue que j'y prête attention, pour m'en inspirer, peut-être plus tard. Vous savez, je ne suis qu'au début de mes efforts pour développer le Jeudisme.

— ? ? ?

Finalement, ressortis de la cave de Florentin, on reprend le couloir des caves en sens inverse pour revenir. On repasse devant la mienne.

— Dites, votre cave elle a quelque chose de bizarre !

— ? ? ? Euh... ! Ce n'est pas ma cave. Vous parlez de la cave de mon fils ?

— Vous ne voyez pas ? Regardez la porte.

— Je ne vois rien.

— Les portes des caves ont été souvent forcées par des voleurs. La votre aussi. Elles ont été arrangées avec les moyens du bord. La vôtre me semble particulière.

— ? ? ?

— Regardez bien. Vous voyez qu'au centre de la porte il y a un grand panneau à peu près carré ?

— Oui et alors ?

— Regardez les vis qui tiennent le panneau. Elles sont presque camouflées dans les coins. On les voit très peu. Elles sont accessibles depuis l'EXTERIEUR de votre cave. C'est pas normal. celui qui a fait le boulot est un sagouin. C'est vraiment du mauvais boulot. On peut rentrer facilement dans votre cave. Il suffit de dévisser ces quatre vis. Le panneau tombe et il y a un trou d'homme par lequel on peut se glisser. Vraiment du mauvais travail. On ne trouve plus de bons artisans par les temps qui courent.

— Maintenant que vous me le dites. Vous avez raison. Cela n'a pas d'importance, il n'y a presque rien dans cette cave. Mon fils m'a prévenu des effractions. On n'a pas laissé grand chose.

Visionnage de l'autel terminé, on est rentré chacun de notre coté chez nous.

Une fois à la maison, je repense à l'épisode de la chienne qui voulait me montrer quelque chose. Le comportement de Mirza n'a pas été normal non plus. Qu'est-ce qui se passe dans ces caves ? Je commence à être intrigué. Ces caves ont peut-être une particularité. J'irai faire une visite approfondie demain matin. Florentin se sert peut-être de ma cave. Ou alors il veut peut-être attirer mon attention. Ou bien il a vu le diable à l'intérieur ou des apparitions ? Allez savoir avec un original pareil. J'en aurai le cœur net demain.

Le lendemain, en entrant dans ma cave, je ne trouve rien de particulier. Elle semble bien rangée, rien à signaler. En ressortant je tombe sur une voisine.

— Ah ! C'est vous le propriétaire de la cave ! C'est une honte !

— ? ? ?

— Louer une cave à un malheureux. Il y a des gens qui n'ont aucune morale.

— ? ? ?

— Ne faites pas l'innocent. Il y a quelqu'un qui vient dormir tous les soirs dans votre cave. Il est discret. Il ne fait pas de bruit. J'ai vu une faible lumière le soir. Encore heureux qu'il n'y ait pas femmes et enfants, hein ! Pourquoi pas tant que vous y êtes. Vous êtes un profiteur de la situation climatique.

J'ai du m'expliquer. Elle vient de m'apprendre l'existence de ce squatter. je ne connais pas cet homme. Je n'utilise pas cette cave. Cette voisine est alors tombée des nues aussi.

— Faut appeler la police mon bon monsieur ! Moi, à votre place, je le ferais tout de suite.

De retour dans la cave, je fais un examen un peu plus approfondi. La cave est bien rangée. Trop ! J'ai affaire à un squatter méticuleux. Cette personne a tout bien nettoyé et mis en ordre. La cave est propre. Trop propre, j'aurai dû le remarquer avant. J'ai une excuse, depuis que je suis à Avignon, je ne l'ai vue que deux fois. Il me semble qu'elle était moins bien rangée.

Il y a quelques cartons qui sont entreposés sur le coté. Derrière les étagères de rangement, je trouve quelques baluchons bien dissimulés qui contiennent les quelques pauvres affaires de ce malheureux.

Pour plus de sûreté, j'ai appelé la police et la compagnie d'assurance de la maison. Histoire de savoir ce qu'il convient de faire. La police m'a assuré qu'il n'y avait pas de problèmes. Je leur téléphone au moment où le gars est dans la cave. Ils viennent et ils l'embarquent.

Faire appel à la police tout de suite cela ne me dit rien qui vaille. Je ne le ferai qu'en dernier ressort. Et mettre dehors une personne par un temps pareil, je ne peux pas m'y résoudre. Même si la cave est un lieu peu reluisant, je suppose que c'est encore un abri qui rend bien service à ce vagabond. Finalement je décide de le voir. Le fait que ce soit quelqu'un de très propre me rassure.

Le soir venu, je vais regarder le soupirail de la cave qui donne sur l'extérieur. Je vois une très faible lueur. Il faut vraiment faire très attention pour la voir. Je rentre dans le local des caves et je vais... frapper à la porte de la cave. Silence en retour. Je commence à prendre peur. Ce que je fais est d'une imprudence folle. Ma voisine a raison. Il faut appeler la police. Et si j'avais affaire à un dangereux terroriste ? Je recule et commence à battre en retraite le plus vite possible. Je prends vraiment la trouille. Il y a eu tellement d'histoires atroces de terrorismes. C'est arrivé au bout du couloir que je vois une tête apparaître dans le panneau carré de la porte. Une tête large avec des cheveux ébouriffés un peu roux et une barbe de la même couleur. Son nez un peu rougeaud est une sorte d'historique. Son propriétaire affiche à ce compteur quelques litres de rouge.

— Peut pas sortir vite ! Faut dévisser vis !

Le personnage semble sortir d'un roman russe. Il parle un mauvais anglais assorti de quelques mots de français et d'une autre langue que je ne connais pas. Je retranscris ici son charabia, car c'est vraiment difficile à comprendre.

— Moi polonais. Moi pas méchant !

J'ai encore trop peur pour rester ici. Il fait nuit. Je ne le connais pas. Je préfère le voir de jour. Je lui fais comprendre, du bout du couloir, que je veux le voir demain matin. Qu'il ne parte pas. En langage des signes improvisé, je lui indique de dormir dans la cave ce soir. On ira boire ensemble un verre à une table demain. Çà... il a pigé tout de suite. Le bougre me parait être seulement un malheureux, sûrement pas un terroriste. Mais je viens d'être choqué, je préfère remettre au lendemain une discussion avec lui.

— Pas prévenir police ? ?

Je lui fais signe que non. Il n'a pas à s'inquiéter.

Le lendemain matin, Piotr me raconte sa vie à Tallin, capitale de l'Estonie. Il habitait ce pays. En réalité, il est polonais d'origine. L'Estonie faisait partie de ces nombreux satellites de l'URSS. Les polonais, à une époque, y étaient employés comme main-d'œuvre bon marché. Ils étaient très mal vus des autorités soviétiques, car considérés comme de fortes têtes rebelles au pouvoir en place. Ce qu'ils étaient d'ailleurs vraiment. Piotr était donc un immigré polonais en Estonie. Et maintenant c'est un immigré estonien en France.

Il s'était marié avec une estonienne et un petit garçon était né de cette union. Il avait obtenu la nationalité estonienne et il travaillait comme artisan. A la suite d'un accident, que Piotr n'a pas réussi à me raconter, car trop bouleversé, mère et enfant étaient décédés. De grosses larmes coulaient sur ses joues, quand il faisait mention de cet épisode de sa vie.

A la suite de quoi, il s'était mis à boire. Il m'a raconté un de ses voyages à Helsinki. Il avait pris un des magnifiques ferries qui sillonnent la mer Baltique. Il voulait juste aller faire une petite virée en Finlande pour se changer les idées. La distance est petite entre les deux capitales. En réalité, il avait occupé son temps à boire. Il avait passé le retour à quatre pattes dans les coursives du bateau.

— Pourquoi étais-tu à quatre pattes ? Tu étais vraiment à quatre pattes ?

— Oui, oui, vraiment par terre. Pas possible tenir debout. Trop saoul.

— Et à l'arrivée à Tallin ?

— Copine venue me chercher.

— Elle était gentille ta copine !

— Intéressée par bais... C'est tout. Aime garçon costaud.

Et c'est vrai que Piotr avait une carrure impressionnante. Une vrai force de la nature.

— Moi pas méchant !

— Et si une mouche vient t'embêter ?

Son énorme poing s'était abattu sur la table.

— Moi l'écraser !

Voila, tout était dit. Il ne fallait quand même pas trop aller le chercher.

— Et tu continues à boire ?

— Fini, moi plus boire. Difficile arrêter. Fier avoir réussi.

— Et pourquoi la France ?

— France au sud, c'est tout. Au chômage. Vie foutue. Rien à perdre.

— Et pourquoi la cave ?

— Centres tous pleins. Moi indépendant. Et puis, dans centres, problèmes sécurité.

Le dialogue précédent, comme on peut l'imaginer, n'a pas été très facile. On n'en a ici qu'une transcription sonore imaginaire. C'est avec des mimiques et devant des feuilles de papier que Piotr a précisé son histoire. A la fin, on avait une espèce de petite bande dessinée sur la table ! Heureusement, le polonais est habile de ses doigts. La tranche de vie, qu'il a évoquée, a été remarquablement couchée sur un cahier de brouillon. Il avait tracé les contours de l'Europe du Nord. Pour son addiction il avait commencé par placer une grande ligne de bouteilles. Des mimiques avaient complété son message. L'arrêt de la boisson était symbolisé par une seule bouteille barrée et deux mains serrées en forme de volonté.

Le moment le plus difficile fût l'évocation de sa famille. De toutes façons Piotr n'aurait pas pu parler. Sa gorge complètement tétanisée ne pouvait émettre aucun son. Il finit par dessiner deux paires d'ailes qui s'envolaient vers un ciel accueillant. Dans ce ciel, deux bras ouverts exprimaient la mansuétude.

Le soir j'ai eu du mal à m'endormir. Je culpabilise affreusement. Je sais que Piotr est dans sa cave. Que faire ?

Finalement j'ai décidé, à contre-cœur, de laisser Piotr dans sa cave. Je ne le connais pas assez et surtout je ne suis pas chez moi. Il faut que j'en discute avec Jean-Kamil, Sandra et Lena. On ne sait jamais. On n'est pas à l'abri d'une mauvaise surprise. Mais j'ai prévenu les voisins, ceux qui sont déjà au courant, et aussi Piotr. Cette situation est temporaire, il faut trouver une autre solution : un centre d'accueil par exemple. Ma crainte c'est que la police soit alertée. Pour Piotr je lui ai laissé la clef de la cave, un lit et pas mal d'affaires chaudes. Il connaît heureusement un centre où avoir un peu de confort dans la journée. Il a un peu bouché le soupirail pour avoir moins froid. Cela doit être infernal de vivre là. Heureusement que le personnage est costaud. De toutes façons cela ne pourra pas durer, les voisins vont réagir. Il faut que je lui trouve un hébergement d'urgence.

Mirza maintenant à l'air de me narguer. Elle semble penser : quelle cruche ! Cet homme a mis un moment à comprendre. C'était quand même évident vu l'odeur qui se dégageait de cette cave. Cruche ou pas, j'ai quand même la cote avec elle. Un os de gigot cela ne s'oublie pas.

Un monsieur du deuxième a très mal pris l'hébergement de Piotr dans la cave. Il est venu m'en entretenir un soir, car venant d'apprendre son existence. Son sang n'a fait qu'un tour et il voulait me voir tout de suite. Son coup de sonnette était déjà bien agressif. Notre dialogue a été plutôt vif et c'est un euphémisme. Il a commencé sans aucune salutation.

— Je viens vous voir au sujet du vagabond que vous hébergez dans votre cave.

Ni bonjour ni présentation, je suis un peu surpris. J'ai cette réaction :

— Tout d'abord bonjour.

Puis à voir son attitude, je ne connais pas ce monsieur, j'ai aussitôt cette question spontanée :

— Vous êtes de la police ?

— Non, non pas du tout. Je viens à titre personnel.

— Vous habitez l'immeuble ?

— Oui monsieur et bien avant vous ! Cela fait dix ans que je suis ici. J'habite le second étage.

Il s'en est suivi une diatribe impressionnante. Les remarques désobligeantes ont fusé. Ce monsieur apparemment ne connaît pas le dialogue.

Il veut contacter la police nationale et municipale, les services sociaux, les services d'hygiène, la gendarmerie, son député, les gardes mobiles, le maire, les services de dératisation, le syndic de l'immeuble et ceux des immeubles voisins, l'institut Pasteur, son avocat, mon avocat, l'avocat du syndic, l'ambassade de Pologne et celle d'Estonie et je ne sais quoi d'autre.

Il désire qu'on mette Piotr dehors et tout de suite. Il parle de standing de l'immeuble. Sa réputation est en jeu, elle va en souffrir. On va perdre beaucoup d'argent à la revente d'un bien. Il va y avoir des tas de cochonneries dans les caves : des punaises, des rats, des souris et des chauves-souris (oui, après tout pourquoi pas ?), des puces, des pucerons, des poux, des moustiques, des cancrelats, des cafards, des termites, des araignées, des mille-pattes, des perce-oreilles, des tarentules et des tarentelles (ce monsieur est italophobe), des taons, des mites, des phasmes et des fantasmes, des fourmis, des criquets, des blattes, des chenilles processionnaires, des mouches en veux-tu en voilà, et même des papillons vénéneux (!), ... Il me parle de maladies contagieuses et il me dit qu'il a le bras long. Bref, tous les malheurs du monde vont s'abattre sur notre immeuble et ce monsieur est quelqu'un d'important. Je n'arrive pas à arrêter son flot continu de parole. Finalement, je fais exprès de lui tousser en pleine figure. Cela m'est assez facile en ce moment. Je regrette tout de suite mon geste. Je lui ai fait prendre des risques si ma toux est contagieuse. Il s'abrite derrière son bras et je peux enfin lui dire :

— Il est prévu de stériliser ce malheureux à l'alcool à 90 degrés. Ou avec un autre procédé, que préférez vous la javel ou l'autoclave à 150 degrés ? Une fois aseptisé il n'y aura plus de problèmes. Bonsoir monsieur !

J'ai eu le plus grand mal à refermer ma porte devant ses airs indignés. Je ne suis pas dans un état mental à supporter ce genre de personnage. Ce n'est pas mon habitude d'être aussi brutal, mais j'ai déjà suffisamment de problèmes. Je ne supporte plus aucune contrariété. Je suis choqué et très fatigué. Sa stupidité m'a énervé. Je m'en fous. Il portera plainte et on verra bien. Je prends conscience que je suis déstabilisé, très irritable.

Je l'ai revu sur le parking. J'étais en compagnie de Smirnoff, avec qui je discute souvent dehors. La chienne lui a montré les crocs. J'en ai été vraiment très surpris, car cette chienne est tout ce qu'il y a de plus tranquille et pacifique. Elle n'est vraiment pas agressive. A mon avis, son odeur ne doit pas lui convenir ou peut-être un jour... un coup de pied quelque part ? Mais la chatte du rez de chassée a eu la même réaction. Dès qu'elle l'a vu, ses poils du dos se sont hérissés et elle est partie se cacher sous une voiture. Il doit susciter l'antipathie chez les animaux. Smirnoff m'a confirmé que c'était vrai. Lui et sa chienne sortent souvent. Il a pu observer le phénomène. Ce monsieur (il s'appelle Leussotte) a un don. Sa voiture était constellée de petites tâches blanchâtres. Les oiseaux, que voulez vous, se lâchaient au sens propre en la survolant. Les chiens compissaient avec application ses roues qui étaient toutes maculées de tâches jaunes. Ce monsieur a fini par ne plus garer sa voiture sur le parking. Elle reste maintenant au box. Las ! un rat a grignoté une durite du véhicule. Une souris s'est coincée dans une conduite du système d'aération où elle a pourri. Ce qui a entraîné une puanteur horrible dans l'habitacle.

En revanche, Smirnoff m'apprend que Mirza a un faible pour le monsieur que je reçois parfois (il veut parler de Romain). La chienne apprécie particulièrement sa voiture. Je me doute du pourquoi. Elle doit être attirée par toutes les odeurs dégagées : de faisans, de cailles, de perdreaux, de sangliers, de lièvres,... Quel bonheur pour une chienne !

J'ai parlé de l'affaire à Justine. C'est le nom de la voisine qui m'a abordé, quand on a découvert l'existence de Piotr dans la cave, et qui me conseillait d'appeler la police. Je n'ai dit que quelques mots :

— J'ai eu, hier soir, la visite d'un monsieur du deuxième. Il a menacé de me poursuivre en justice.

Je n'ai pas eu à lui donner le nom de ce voisin.

— Ah ! Je vois ! Vous me parlez du taré du deuxième, monsieur Leussotte ? Excusez-moi du terme, il fout tout le temps le bo...el dans l'immeuble.

Elle a dû déjà avoir à faire à lui très souvent, car elle est partie dans une longue énumération de griefs.

— Vous inquiétez pas ! Il veut toujours poursuivre tout le monde. Ça lui passera. Il est près de ses sous. Un procès cela coûte et il n'a pas envie de risquer de l'argent.

Leussotte habite en-dessous de chez eux. Impossible de ne rien faire au-dessus. Dès qu'il entend le moindre bruit, il monte frapper à leur porte.

— Vous pensez si c'est agréable quand on reçoit des amis.

Justine et Florentin habitent sur le même palier. Quand ce monsieur vient faire du scandale, Florentin sort sur le palier un crucifix à la main et crie :

— Vade retro, Bordelas !

Puis, il rentre se cacher chez lui à toute vitesse devant la fureur de l'autre.

Cependant, monsieur Leussotte pense que Florentin est fou. Il s'en méfie beaucoup et il ne le provoque pas. On ne sait jamais quelles peuvent être les réactions d'un fou. Il craint surtout pour sa voiture.

Florentin avec son esprit bizarre a eu l'idée saugrenue d'élever des araignées. Il ne les enlevait plus de chez lui et il les nourrissait avec des insectes trouvés ça et là. Les araignées, bien alimentées, étaient parvenues à de belles tailles. Il en a glissé, la nuit, quelques-unes régulièrement dans la boite aux lettres de Leussotte. Parait-il qu'il aurait tenté d'en mettre aussi sur son balcon et même sous sa porte ! L'autre a hurlé que l'immeuble était sale et envahi d'araignées. Florentin approuvait activement de la tête en la secouant de bas en haut énergiquement et affirmait que chez lui il en avait plein. Ce qui était... vrai, dans tous les sens du terme ! ! Ce faisant, Florentin ne commettait pas le péché de mensonge.

Justine et lui ont les meilleures relations du monde. Dixit Justine :

— Florentin est un charmant garçon. Je vous l'accorde il est un peu curieux, mais pas méchant et très généreux. Il m'a avoué l'histoire des araignées. Je l'ai convaincu d'arrêter cette plaisanterie. Il s'est calmé la-dessus. Il n'a plus d'araignées sauf une, mais celle-là est profondément ancrée !

Ce qui m'embête c'est que maintenant, en montant comme à mon habitude les escaliers, je passe devant la porte de Leussotte. Monter à pied est un exercice physique que j'affectionne. Désormais, j'ai à chaque fois une appréhension de voir cet excité m'aborder agressivement. Florentin est bizarre, mais très conscient de son environnement. Il m'a proposé, si des fois cela arrivait, de l'appeler. Il arrivera avec son crucifix ! Je crois que je vais finir par prendre l'ascenseur, cet instrument à éviter les voisins ou à les côtoyer de trop près. Je sais que Leussotte ne prend pas l'ascenseur.

Dans l'immeuble, Piotr a maintenant un statut. Ce n'est plus un vagabond. C'est un immigré vivant dans une cave. Comme tout le monde s'est aperçu que c'était un brave garçon, pour l'instant il est accepté (sauf de monsieur Leussotte bien sur). Sous condition de trouver un autre hébergement assez vite évidemment. Il est l'objet de quelques attentions. La dame (Justine) du troisième étage, qui m'avait sérieusement pris à partie à la découverte de Piotr, lui amène très souvent un petit plat dans la cave. Finalement je découvre qu'elle a le cœur en or. Florentin essaye de faire de notre émigré un converti au Jeudisme. Il n'a pas beaucoup de succès. Piotr est un fervent catholique comme beaucoup de polonais. Il a proposé à Florentin d'aller à la messe le dimanche. On voit partir le matin, ce couple original à l'allure de Laurel et Hardy. Autant Piotr est grand et lourd, autant Florentin est frêle. Ils ont l'air de bien s'entendre ensemble. A mon avis, c'est Piotr qui va convertir Florentin !

J'ai été examiner de manière plus approfondie la cave. Piotr m'a expliqué comment il s'était installé un coin pour dormir. J'avais vu un tas de vieux cartons. Ils n'étaient pas là par hasard. Les explications, qu'il m'a données étaient dans ce style :

— Moi confectionné sarcophage pliant. Regarde comment faire !

Et il m'avait montré. Devant mes yeux ahuris, il avait déplié, assemblé, relié, replié des morceaux de carton. Une vrai œuvre d'art d'origami. Il avait dû être un artisan exceptionnel en Estonie. Le montage était loin d'être évident et témoignait d'une superbe imagination créatrice. Au final, il obtenait une espèce de lit/sarcophage avec une isolation thermique de bonne qualité. Il avait dormi ainsi tout habillé. La cave possédait une situation intéressante. Elle jouxtait la chaufferie. Des tuyaux de chauffage la traversaient. Mais surtout le mur contiguë n'étant pas froid, Piotr plaçait son lit contre. Pas l'idéal au point de vue sonore, mais très pratique d'un point de vue thermique.

J'ai questionné Jean-Kamil et Sandra. J'en ai discuté avec Lena. En définitive, on a pris la décision d'héberger Piotr. Je vais aménager rapidement spécialement une pièce pour lui. Je l'ai fait bien rire. Je lui ai dis que, en somme, il vivait actuellement l'existence des premiers chrétiens qui se cachaient, comme le croit beaucoup de gens, dans des souterrains pour prier. Je ne sais pas si cette image a une réalité historique d'ailleurs.

Très peu de temps après, je montais à pied les escaliers (avec de l'appréhension). Arrivé au troisième étage, je suis tombé (par hasard !) sur Florentin. Il était en train de s'affairer sur la serrure de sa porte qui, d'après ses dires, en avait un grand besoin.

— Problème avec la serrure ? Vous, vous n'avez pas de chance !

— Elle commence à accrocher un peu. Alors je lui injecte un peu d'huile. Elle marche déjà beaucoup mieux. Tiens, puisque je vous vois, je voulais vous dire quelque chose au sujet de Piotr.

— Rien de grave ?

— Non, non, c'est au sujet de sa cave.

— Sauf mention contraire c'est la mienne ou plutôt celle de mon fils. Que se passe t-il ?

— J'ai trouvé que c'était trop dur comme situation. Piotr loge maintenant chez moi. J'ai fait un peu de place.

Florentin s'était arrangé pour entreposer certaines de ses affaires ailleurs chez un copain.

Pour venir en aide à Piotr, j'ai alerté Romain. Il connaît bien la ville. S'il peut faire quelque chose pour trouver un hébergement... Romain m'a laissé peu d'espoir. Les centres sont saturés. Il pense que si Piotr est un croyant fervent il peut peut-être s'orienter vers des milieux religieux.

Finalement, l'épisode Piotr me laisse mal à l'aise. Je culpabilise de ne pas en avoir fait d'avantage et surtout plus vite pour lui. On avait affaire à une situation d'urgence. Le temps passant, on s'aperçoit de plus en plus que c'est un très brave garçon malmené par la vie. J'ai l'impression désagréable de ne pas avoir été à la hauteur. Je suis vraiment gêné. Cela ajoute à mon mal être général. Si l'hébergement chez Florentin devient impossible, Piotr aura toujours un point de chute chez moi. J'arriverais bien à lui trouver ensuite un centre d'accueil. Pour l'instant, je ne ferais rien car j'ai l'impression que Piotr et Florentin s'entendent bien. L'un et l'autre ont besoin de contacts chaleureux. Il est arrivé qu'on les voit marcher « bras dessus bras dessous ». Enfin façon de parler : l'un avait le bras dessus et l'autre le bras dessous vu leur différence de taille. Cet assemblage hétéroclite a un coté sympathique en diable. J'éviterais, bien sûr, d'utiliser cette dernière expression avec eux ! Je n'ai pas un tempérament de provocateur.

Il y a aussi mon carnet. J'ai écrit beaucoup dessus, mais je crois que je vais finir par y arrêter la relation détaillée de mon séjour à Avignon. J'en ai assez de vivre seul. Je ne supporte plus du tout la coupure familiale. Cela me fait de plus en plus mal quotidiennement de raconter mes états d'âme. Ce n'est pas un problème d'entourage. Je suis tombé sur des gens très sympathiques à Avignon (à l'exception d'une seule personne bien sur). Et heureusement ! Je n'ose pas imaginer le contraire. Mais je commence sérieusement à entrer en dépression. Je commence à prendre conscience que cette situation ne pourra pas durer très longtemps. C'est la première fois où j'ai cette impression pénible d'être totalement à la dérive. il faut que je me ressaisisse. Je commence à avoir quelques velléités, finalement, d'aller vivre en Magersie. Tant pis j'en ai assez. Et puis cette toux incessante me mine et me fatigue à l'extrême. Je n'ai plus de forces. Ce froid continuel me détruit. La chaleur de la Magersie est si tentante.

J'ai appris qu'une catastrophe a eu lieu à Grenoble. Klaudia a attrapé une méningite. Cette maladie l'a foudroyée en quelques jours. Je n'arrive pas à y croire. Cette nouvelle m'a profondément atteint. J'ai vu un visage hideux. Celui du hasard qui distribue les bonnes et les mauvaises surprises. Je le voyais avec une apparence multiforme avec plusieurs faces comme certains monstres de l'antiquité prolongeant des cous en forme de serpents. Une de ces têtes, répugnante, me regardait et ricanait méchamment. C'était une sorte de créature abominable verdâtre, espèce de composition de Gorgones et d'Hydre de Lerne. Je n'arrivais pas à me débarrasser de cette vision. Un autre monstre, genre Cerbère, accueillait Klaudia dans l'au-delà. Cette horreur tricéphale me fixait de ses trois têtes aux regards fous. Elle découvrait agressivement ses crocs. Elle entraînait une Klaudia en pleurs qui résistait et qui cherchait encore à nous faire un signe d'adieu. La scène se terminait sur l'écran noir de mes hallucinations. Dans la nuit, Klaudia criait au secours et on entendait des grognements de bêtes féroces. Je me tournais et retournais dans mon lit. Ce qui a fini par me réveiller tout en sueur. Ce n'était encore qu'un cauchemar. Cette vision atroce a laissé des traces profondes. Elle fait partie de ma mémoire maintenant et je n'arrive plus à m'en débarrasser.

Aujourd'hui, Florentin m'a invité à prendre le café chez lui. On a essayé de discuter un peu. Ce n'est pas facile. Piotr n'arrive pas à s'exprimer et Florentin revient vite à son obsession des religions. Questionné sur ce qu'il compte faire, Piotr pense partir un jour en Italie. Piotr n'a plus rien à perdre. Il trouve que la situation à Avignon pour un immigré n'est pas tenable (dans son cas, on le comprend). D'après lui, la situation climatique s'aggrave beaucoup trop en France. On sent que lui a déjà beaucoup souffert du froid. Et puis, il a envie de voir le pape !

— Ici, gros problèmes. Très grand froid et bientôt famine.

Pourquoi pas ? L'état de l'économie ne sera probablement pas meilleur en Italie. Mais il y fera certainement plus chaud. Dans le cas de Piotr c'est jouable.

C'est inquiétant que l'opinion générale soit aussi pessimiste. Les peuples ont souvent une bonne intuition. En France, la situation ne semble pas prendre bonne tournure. En ce qui me concerne, j'ai d'autres motivations que la fuite devant la catastrophe. Je me sens très âgé pour attendre encore de nombreuses années à Avignon. La coupure est plus forte que prévue. On n'avait pas imaginé une séparation si longue et si pénible. L'épisode volcanique a été plus important que prévu. Maintenant cela me pèse horriblement. Je ne supporte plus aucune contrariété. Je me sens en état de non-existence. J'ai la cervelle en déshérence.

Malgré tout Florentin a réussi à émettre quelques opinions, hors religion, dans le domaine politique. Il me connaît maintenant et il se laisse aller à quelques confidences. Il a confiance en moi, surtout depuis qu'il a vu que j'avais d'excellentes relations avec sa voisine. Il doit y avoir une espèce de lien maternel entre eux.

Première proposition de sa part : augmenter un peu la durée du mandat présidentiel. Mais avec la possibilité aux deux tiers du mandat d'organiser facilement un référendum pour virer un président défaillant... on peut toujours rêver !

Une élection doit avoir lieu à Avignon. Je lui ai demandé s'il comptait y participer. Sa réponse a été nette.

— NON !

— Et pourquoi si ce n'est pas indiscret ? C'est une réponse bien catégorique.

J'ai vu le moment où il me répondait « Parce que » tout court. Cela a été manifestement sa première intention. J'ai pu le lire sur ses lèvres et dans ses yeux. Et puis il s'est ravisé.

— Parce que le vote négatif n'existe pas. Tant que cette avancée n'aura pas été mise en place, je ne voterai pas. Je voudrais qu'il y ait une inversion du sens du vote. On a actuellement une consultation à sens positif. Je désire qu'il y ait possibilité de sens négatif.

— ? ? ?

Décidément, avec Florentin, il faut tout décoder dans son discours. Je n'ai pas eu souvent de telles discussions. Il m'amuse beaucoup par sa façon de voir la vie. Ce n'est pas quelqu'un de dangereux. Je me demande ce que cela doit donner sur un lieu de travail. Il faut dire aussi que le superbe palmier qu'il arbore avec ses cheveux doit le distinguer immédiatement dans une entreprise.

— Un vote négatif ? Jamais entendu parler ! C'est à dire ?

— La plupart du temps, dans un vote, les candidats ne m'enthousiasment pas. Je ne vois pas pourquoi j'irai voter pour eux. Ce serait leur donner une sorte de satisfecit qui ne correspond pas à l'opinion que j'ai d'eux.

Je commence à comprendre que Florentin et Jean-Kamil c'est même combat. Ils n'aiment pas les hommes politiques.

— Mais, quelquefois, il y en a que je déteste. Et c'est le cas dans l'élection à venir. J'aimerais bien le dire. Actuellement je ne peux le faire que par une abstention, un vote blanc ou un vote nul. Mais c'est injuste pour tous ceux qui se présentent. Je ne les met pas tous dans le même panier. Il y en a que je déteste plus que d'autres. J'aimerais bien qu'il y ait possibilité de voter négativement contre quelqu'un, la consultation serait plus claire.

Je n'ai pas réfléchi à cette façon de voter. Ce qui me parait évident c'est que le dépouillement des votes va être beaucoup plus compliqué. Je ne sais quoi lui répondre. Je m'en tire par une pirouette.

— Mettez une photo de quelqu'un en train de tirer la langue dans une enveloppe de vote. Appelez tous les gens qui pensent comme vous à faire pareil. Puis demandez aux scrutateurs de comptabiliser de tels bulletins. Si c'est légalement possible ? Mais cela m'étonnerait. Peut-être que vous allez réussir à diminuer le nombre d'abstentionnistes ! Ce sera toujours ça. Vous vous rendez compte de l'effet dans les médias ? Les journaux à sensation vont annoncer le pourcentage du parti des « tireurs de langue ». D'ailleurs cela existe déjà plus ou moins : il suffit de voter pour un micro-parti.

En repartant, je me suis dit que Florentin était capable d'essayer !

Hier, journée joyeuse et triste à la fois. C'était l'anniversaire d'Aïssa. Le matin, je lui ai écrit un long courrier électronique avec une carte d'anniversaire en pièce jointe. Elle m'a répondu tout de suite pour me remercier. Je ne sais pas comment fait cette jeunesse. Les ados doivent être pendus à leurs appareils informatiques toute la journée.

Je voulais lui offrir un cadeau. C'est problématique de le faire à distance. J'ai pensé à un jeu informatique. Ce n'est peut-être pas une bonne idée pour un jeune par les temps qui courent. Jean-Kamil et Sandra ne vont peut-être pas apprécier. Mais comment faire ? Difficile d'en trouver un sans action violente. J'ai fini par dénicher un logiciel qui me semble attractif. Il est basé sur une plongée virtuelle océanique avec des images sous-marines superbes. On a l'impression de nager (au sens propre) dans un océan de beauté. J'ai donc acheté le jeu et j'ai joint au courrier les informations permettant de l'acquérir via Internet par téléchargement.

Le soir, on a eu une longue séance video avec Aïssa, Jean-Kamil, Lena et Sandra. Je ne veux pas les inquiéter, ce fut une séance difficile pour moi à tout point de vue. J'ai fait des efforts surhumains pour cacher l'importance de ma toux qui est devenue omniprésente. Je vis un cauchemar journalier depuis quelques temps. J'ai interrompu la communication plusieurs fois prétextant des raisons diverses : une envie pressante, un plat sur le feu... J'ai même provoqué une fausse rupture de liaison informatique. A chaque fois j'en profitais pour tousser et cracher des glaires. Cela fait quelque temps que j'écourte au maximum toutes les communications, toussant et crachant à l'avance pour anticiper toute quinte. Quand je ne peux plus me contrôler, j'allègue un refroidissement ou un petit rhume. Je ne vais pas pouvoir masquer mon état encore très longtemps.

Aïssa, qui m'avait déjà remercié pour le jeu, a eu cette phrase qui m'a laissé interloqué.

— Tu sais Papy c'est gentil, mais j'aurais pu me procurer gratuitement une version « Crackée ».

— ? ? ? J'ai peur de comprendre ce que j'entends. Tu veux dire une version piratée ?

— Oui, si tu veux. Mais tu sais, tout le monde fait cela.

— Eh bien pas moi. Excuse moi, je n'aime pas du tout le piratage et je ne le pratique jamais.

— Oh là là ! Ne te fâche pas ! Puisque je te dis que tous les jeunes le font !

Et elle a rajouté des précisions en me parlant de cracks, de warez, de patchs... ouf ! Les jeunes vivent dans un autre univers. Cela lui paraissait normal. Sur Internet on trouve facilement des cours de piratage ! Je n'ai pas trop insisté. C'était son anniversaire. Mais oui, j'étais assez choqué et aussi assez amusé. J'espère que des mesures énergiques seront prises à l'avenir contre ces fraudes généralisées. Cela pénalise trop les créateurs.

En dehors de cet aspect informatique, quelle séance vidéo ! Quelles émotions ! J'ai eu du mal par moment à garder une voix bien assurée. Les cordes vocales souvent serrées, je voyais quelques petites gouttes perler dans les yeux d'Aïssa et Lena qui essayaient de les retenir à grand peine. Elles ne voulaient manifestement pas me perturber. C'était une soirée de joie. Il ne fallait pas gâcher la fête. Je n'ose pas imaginer ce qui s'est passé là-bas quand on a raccroché.

Quand l'écran est devenu vide, un terrible coup de blues m'attendait. Les voix ont vibré longtemps dans ma tête, comme si elles rebondissaient d'un coté à l'autre du crane. Je les entendais encore et encore. Je n'ai pu écrire ces quelques mots que le lendemain. Je commence à me dire que je ne peux pas rester ici. Il faut que je me trouve un autre point de chute. Et puis cette histoire de toux me tracasse. J'ai maintenant affreusement peur que cela tourne mal. Je vais jusqu'à imaginer sérieusement une issue tragique séparé des miens. Le besoin de les retrouver grandit. Cette idée commence à me ronger profondément.

Dans l'immeuble, Piotr est en train de se faire une réputation. C'est un artiste en bricolage. Il a commencé par réparer ma porte de cave. Le panneau qu'il utilisait pour s'introduire dans la cave a été changé. Le tout poncé, repeint,... je ne reconnais plus ma porte. J'ai financé évidemment ses achats de produits de bricolage. Cela a donné des idées à d'autres propriétaires qui ont fait appel à ses services. Piotr ne se fait pas payer bien cher. C'est devenu un expert en réparation de portes de caves détériorées.

Florentin ne tarit pas d'éloge à son sujet. Il faut dire que Piotr a touché à l'endroit sensible. Il a échangé les deux versions d'autel en descendant la première à la cave. La deuxième version, maintenant à l'étage, avait été trop vite et mal réalisée. Finalement avec l'accord de Florentin, notre polonais, qui a du temps de libre, s'est amusé à la développer suivant son imagination. A mon avis, en se retenant de rire, ce qui est une inclinaison naturelle. Car on sait bien, d'après la formule de Rabelais, que le rire est le propre de l'homme. Ses modifications ont beaucoup plu à Florentin, lequel aura réussi, au moins, à dérider son hôte. Piotr a terminé en rajoutant une grande croix sur le dessus de l'autel. C'est une forme simple à réaliser. Florentin a essayé d'y ajouter, aussi, un croissant. Las ! les formes rectangulaires des briques utilisées ne se prêtaient pas bien à ce style de dessin et il a fini par abandonner cet ajout. La réalisation d'un triangle a subi le même sort. Piotr n'a pas pu lui être d'une grande aide. Il a suggéré gentiment, à Florentin, que ces «ornements» pouvaient facilement être réalisés autrement. Il m'a aussi avoué, plus tard, qu'il avait fini par planter quelques vis bien placées et cachées, sans le dire, ce qui avait sérieusement renforcé l'autel. Je me suis dit que décidément Piotr était l'as des vis camouflées ! Je lui ai demandé s'il avait avoué ce péché à confesse. Il ne m'a pas répondu !

Florentin a ajouté au manuel d'emploi de son autel qu'on pouvait l'agrémenter assez librement. Il donnait en exemple une statuette d'un bouddha rieur posée sur un endroit plat. Cela est considéré comme un véritable porte-bonheur en Chine par exemple. Pour progresser dans la finition encore débutante, Florentin s'est orienté vers des adjonctions de statuettes, ornements et revêtements variés. Certaines de ces réalisations seront produites avec une imprimante 3D et... l'aide de copains (apparemment, il en a beaucoup). En effet cette dernière technologie s'était démocratisée. Tout le monde possédait un tel appareillage avec le matériel, le logiciel et des plans disponibles en téléchargement entre autres. A cette époque, on se fabriquait, à la maison ou en atelier, les pièces de rechange d'appareils en panne. Évidemment, ce procédé n'était que de peu de secours pour la réparation de portes de caves !

Piotr semblait très dubitatif devant l'avenir de l'autel universel. Aussi a t-il été sidéré par une discussion avec Florentin. On était (comme souvent) sur le pas de sa porte. J'interpellais Florentin sur la secte du Mandarom. Le fondateur avait créé l'« Aumisme », une religion d'amour universelle, sensée faire la synthèse de toutes les religions. Cela vous rappelle quelque chose ? Florentin a découvert avec stupéfaction et sympathie cette secte aux idées aussi avancées. Certains personnes, probablement mal intentionnées (car opposantes connues à la secte), avaient relaté ainsi le début de leur visite des lieux, situés dans les Alpes-de-Haute-Provence : « à l'entrée de la secte, nous apercevons quatre chevaliers armés de pistolets laser, on nous explique qu'ils servent à protéger la secte de toute attaque de lémuriens venus de Pluton, cette visite s'annonce étonnante ». Allégations ironiques et fausses ou pas ? Un site Internet existe et relate ces propos avec sérieux. Cette secte avait réussi, quand même, à faire condamner la France devant la Cour européenne des droits de l'Homme. L'immense humanité des démocraties européennes est vraiment admirable. Je me suis dit que j'assistai peut-être à l'émergence d'une nouvelle secte à Avignon.

Dans la résidence, Piotr est maintenant connu et reconnu. Il intervient régulièrement pour de petits travaux dans les appartements, moyennant quelques petites rétributions. Il est devenu aussi un peu le chou-chou des dames de l'immeuble. Il faut dire qu'il ne pleure pas l'effort physique. Il déneige les alentours avec une énergie hors du commun. Dans ses mains une pelle ne semble pas plus lourde qu'une cuillère à sucre. Il aime l'effort physique.

Même Leussotte semble maintenant supporter la situation. Il faut dire qu'il n'avait jamais vu Piotr de près. Le polonais loge maintenant au-dessus de chez lui ! Il l'a croisé dans les escaliers. Il a été probablement impressionné par la carrure de ce géant et ainsi sans doute été un peu effrayé de se mettre en conflit avec lui. On ne sait jamais avec ces vagabonds. Le croisement a été difficile. Piotr, inconscient et probablement un peu pensif, montait au milieu des marches. Leussotte coincé contre le mur a dû supporter le contact du colosse. La masse l'a frôlé et cela a dû l'effrayer. Et puis, Piotr ne vit plus dans une cave. Et puis, il y a Florentin, Leussotte s'en méfie beaucoup.

L'histoire du vote négatif me tracasse. J'ai téléphoné à Eudoxe pour lui demander son avis.

— Mais ça existe déjà. Quand on fait un vote pour une motion. Il y a les « Pour » (les positifs), les « Contre » (les négatifs) et les abstentionnistes.

— Pas tout à fait d'accord. Là, dans le cas d'une élection, on est en présence de choix multiples.

— C'est vrai. Simplifions, considérons une situation simple : un second tour avec deux candidats.

— Je préfère cette configuration, oui.

— Supposons les deux candidats à égalité : chacun a 30% du corps électoral pour lui. Les 40% restants ne les apprécient pas. On va avoir une grosse abstention.

— Jusque là je suis.

— Supposons qu'un des deux candidats (mettons le deuxième) soit détesté par les 40%. Que va t-il se passer dans le cas d'un vote négatif ?

— Ces électeurs vont faire en bloc un vote négatif contre lui. Non ?

— J'en ai aussi l'impression. Donc au final, dans un cas extrême, on aura des scores de 30% pour le premier et de moins 10% pour le deuxième (qui aura un score négatif, c'est vraiment le cas de le dire).

— Dans ce cas pourquoi, dans un vote classique, ne pas voter tout simplement pour le premier.

— Parce que c'est contre nature. On vote difficilement pour quelqu'un qu'on n'aime pas. De plus l'affichage et l'interprétation des résultats sont complètement différents dans les deux façons de procéder. Avec un système à vote négatif on voit clairement l'adhésion du peuple au projet du candidat gagnant.

— Ouais ! Je ne suis pas entièrement convaincu.

— Dans le cas d'un premier tour, c'est plus compliqué. Je sais qu'il existe aussi le concept de votes pondérés sur plusieurs candidats. C'est présenté comme une sécurité vis à vis de démagogues. On peut obtenir, sur Internet, plus de précisions avec « système vote négatif pondéré noir » ou tout simplement par « vote pondéré ». Il existe un article assez fourni sur le site de Wikipédia. Les réflexions sur le sujet ne sont pas nouvelles : le mathématicien et homme politique Condorcet a très tôt étudié les systèmes de vote.

— Essayons quand même dans le cas d'un premier tour, d'extrapoler le raisonnement précédent. Supposons plusieurs candidats, en position d'être élus. On peut penser que la consultation va concentrer un vote négatif contre un candidat détesté. Cela peut changer le résultat pour ce candidat détesté. Non ?

— Ce serait amusant de comparer les résultats avec ou sans votes négatifs. Cela a sans doute déjà été fait. Ce système serait même compatible avec des scrutins majoritaires ou à la proportionnelle.

Ma conclusion : avec Eudoxe on est toujours en train d'échafauder des plans sur la comète ! Il faut dire que souvent c'est moi qui provoque. Cela nous amuse tous les deux. On aime bien ce jeu de ping pong intellectuel.

On a eu une nouveauté dans la région. Des courses de ski de

fond de longue durée sont organisées, dans le monde entier, sous l'égide de la « Wordloppet » qui est la fédération internationale pour ce genre de compétitions. La course, certainement la plus célèbre, est celle appelée « Vasalopett ». Elle se déroule en Suède sur une distance d'environ 90 kilomètres et dure environ 4 heures soit en gros le double de la durée d'un marathon. Tous les « fondus de fond » la connaissent. Il y a quelquefois plus de 15 000 participants au départ. Tous les journaux télévisées ont très souvent montré ces longues files de skieurs, en Suède, en train de pousser comme des fous sur leurs bâtons en glissant sur une espèce d'immense boulevard blanc. Elle a fait une émule en France où certaines années une épreuve dite « Vasipolette » a lieu en Haute-Savoie. Évidemment, il y a une certaine ironie voulue dans le nom. Cette petite manifestation savoyarde n'a pas l'ambition de concurrencer le mythique événement suédois.

La neige est tombée abondamment dans le sud de la France. Tout ceci a donné des idées à certains pour l'organisation d'une petite course de ski de fond au pied du célèbre Mont-Ventoux. Les conditions neigeuses sont idéales. Des volontaires ont été recrutés pour assurer la tenue de l'événement. Le nom qui a été choisi « Vasininette » est dans le droit fil des noms précédents. Cette course n'a pas été dotée d'un parcours très long, ni d'ailleurs de récompenses bien importantes. C'est une petite improvisation de circonstance. Rien à voir avec la « Vasalopett » ni même avec la « Vasipolette ». C'est un très modeste événement médiatique créé par quelques passionnés de ski de fond de la région. La presse s'en est quand même emparée assez vite. Puis, la reprise dans tous les médias locaux a aidé à sa publicité. Piotr s'est porté volontaire pour aider.

Le jour de la compétition étant arrivé, j'ai vu partir en voiture un quatuor composé de Smirnoff et de sa femme, de Florentin et de Piotr. Les Smirnoff vont voir la compétition. Piotr va aider. Florentin a emporté des flyers à distribuer pour faire de la publicité au Jeudisme. Quant à moi j'ai hérité de Mirza. Je suis chargé de la garder chez moi. Ce n'est pas un pensum, loin de là.

Cette chienne est très agréable. J'ai l'impression qu'elle considère mon appartement comme un deuxième chez elle. Elle a pénétré dans l'entrée sans y être forcée et elle s'est installée le plus naturellement (et confortablement) du monde dans le séjour. Elle a passé la journée à manger, dormir, boire, se balader un peu à l'extérieur et s'amuser. Bref, elle est heureuse et ça fait plaisir à voir. Je ne comprends pas pourquoi elle m'a autant à la bonne. Elle m'a vu jouer quelques parties d'échecs avec son propriétaire, qui m'a battu à plate couture entre parenthèses ! Elle doit penser que j'ai un « grade » important dans son environnement. Il faut dire aussi que, cette fois-ci, je savais que j'allais la garder. J'avais récupéré, par avance chez Romain et Rita, des restes d'os variés. A peine entrée, elle avait déjà senti la bonne odeur. Elle m'a fait comprendre qu'elle appréciait l'attention. Mais étonnant, quand ses maîtres sont revenus, elle est rentrée chez elle sans me jeter un regard. Elle avait basculé dans un autre univers. Les chiens éprouvent violemment l'émotion des retrouvailles, et beaucoup moins celle des départs (surtout, s'ils se font en présence de leur maître).

Notre quatuor avait les joues bien rouges en rentrant. Le froid ou le vin chaud qu'ils avaient consommé sur le circuit... ? En tout cas pas à cause du vin pour le pauvre Piotr qui ne veut plus risquer de se retrouver pris dans un engrenage infernal. Il n'avait rien consommé en boissons alcoolisées. Le vin était extrêmement cher. Les vendanges passées ont été très mauvaises et celles futures sont problématiques.

Klaudia m'a écrit un long mail. Il fait un froid... nordique et la neige abonde. Un jour dans le jardin, un de ses copains a commencé, par jeu, la construction d'un début d'igloo. D'autres garçons ont repris l'idée. Finalement, ils se sont lancés dans la réalisation d'un petit igloo complet. Son courrier contient de nombreuses photos de cette construction, avec copines et copains qui prennent la pose dans des attitudes de jeunes. Bras et doigts dans des configurations improbables. Sourires à tout va. L'un mime la flèche d'un sprinter réputé. L'autre le geste d'un footballeur connu. Les filles ont tendance à faire des grands V avec leurs doigts. Klaudia est très satisfaite de la soirée « glace » qu'elle a organisée un soir dans l'igloo. Pas question de danser dedans, l'igloo est beaucoup trop petit. Mais il y a eu une ambiance de feu (!) pendant cette séance nocturne tous serrés les uns contre les autres. Un karaoke avait été improvisé avec une tablette informatique et des airs de musique à la mode. Avec sa prestance, Klaudia a du devenir un élément moteur du quartier. Je ne m'imagine pas à cet instant que cet igloo va nous faire vivre un épisode très triste à tous.

Ici, dans l'immeuble, il devient évident qu'une affaire de cœur est en train de s'amorcer. Justine est célibataire. Piotr est un beau gaillard et ce qui ne gâte rien travailleur et gentil. L'histoire du Polonais est émouvante. Il habite maintenant en face de chez elle et les rencontres sont fréquentes sur le palier. Et ce qui devait arriver est en train de se réaliser. Justine commence à regarder Piotr avec des yeux qui ne laissent place à aucune ambiguïté. Lorsqu'elle est en sa présence, son attitude devient douce et timide. Ses regards sont de plus en plus appuyés. Elle serait partante pour l'accueillir chez elle. Mais, pauvre Justine, son touchant voisin vient de sortir d'une histoire atroce et pour l'instant a l'air de vivre un peu comme un dormeur debout qui attend la fin de son cauchemar. Si Leussotte commet la moindre agression verbale contre son immigré de palier, parions que le ton va monter assez vite. Elle le défendra toutes griffes dehors.

Pour le temps, encore des mauvaises nouvelles. Décidément en ce qui concerne l'évolution de la situation climatique on va de mauvaises surprises en mauvaises surprises. On a encore vécu des journées ahurissantes. Les panneaux solaires commençaient à apporter un complément d'énergie intéressant. Ils fonctionnent moins bien. Cela n'arrange pas la gestion du réseau. La plupart des gens ont au moins un radiateur électrique, qu'ils font fonctionner de manière anarchique, ce qui augmente les nécessités en énergie du pays. Tous les états européens ont des besoins énormes de chauffage. Il n'est plus question qu'ils s'échangent de l'électricité, comme c'était de mise il y a encore peu de temps.

Résultat, il n'y a plus aucune réserve de sécurité. Le réseau a fini par sauter. Gigantesque panne. A Avignon, on n'avait plus d'électricité. Et le plus inquiétant, plus aucune chaudière de chauffage central ne marchait. Dans les immeubles, les ascenseurs ne fonctionnaient pas non plus. Les malades, les personnes handicapées et les familles avec de jeunes enfants étaient en difficulté.

Heureusement que Piotr est maintenant chez Florentin. Les appareils actuels ont besoin de courant (au moins pour le moteur du circulateur d'eau, même s'ils sont au gaz) et de bonne qualité. L'optimisation informatique omniprésente est efficace à condition d'avoir de l'électricité. Il fut un temps où certaines chaudières (fabrication française je crois) fonctionnaient au gaz et avec une logique pneumatique sans électricité. En cas de coupure de courant, est-ce qu'il aurait été possible de les faire fonctionner encore ?

J'imagine tout et n'importe quoi, je discute... avec moi-même. Je suis certainement motivé par le froid qui règne dans l'appartement. Je suis gelé. Comment avoir du chauffage ? est-ce que cela aurait été envisageable de faire tourner manuellement un circulateur d'eau sans électricité ? On aurait eu un triple avantage : un premier avec l'échauffement dû à l'activité physique, un autre avec le chauffage et un troisième avec les bienfaits de l'exercice ! Il suffirait d'équiper les vélos d'appartement avec une dynamo ! Ma solution m'arrache un sourire : je suis en train d'imaginer des personnes en train de pédaler pour faire tourner le circulateur et alimenter l'électronique de la chaudière ! Au moins j'aurais réussi à me distraire de mes pensées noires. Mais je constate aussi que je divague. C'est une tendance, je divague de plus en plus. J'ai la cervelle qui fonctionne en roue libre, hélas, sans aucun correspondant en face. Comme j'ai besoin de penser, je me mets à imaginer n'importe quelle fantasmagorie. Je crois que, si je reste ici, je vais devenir fou.

En tout cas pour la cuisson, la plupart des appareils sont aussi maintenant électriques. On a assisté à un énorme vent de panique. Dans les immeubles impossible même de se faire cuire un œuf ! Les heureux possesseurs de cheminée l'ont fait fonctionner à fond. Mais cela représente peu de monde. Les adeptes du camping, ceux qui sont en été sous la tente, ont été ravis du choix de leur mode de vie en vacances. Leur matériel sorti, ils ont pu vivre à peu près normalement. Ils ont reconstitué une tente dans leur salon ! Autre conséquence : on ne trouve plus un seul groupe électrogène dans les magasins. Il y a eu une ruée sur ce type de matériel. Les voitures électriques, qui commençaient à devenir populaires, ne roulent plus. C'est très gênant car il y a beaucoup de véhicules de sociétés.

Cette nuit, j'ai fait un cauchemar. Dans mon lit, sous un amas de couvertures, j'ai rêvé que je donnais une accolade onirique à ma vieille chaudière. Cette vieille peau venait de faire grève pendant une journée, la villa était gelée. Devant mon désarroi (et peut-être aussi à la suite du coup de pied que je lui ai donné de rage) elle venait de repartir. Ma fantasmagorie m'a mis en sueur. Je me suis réveillé dans un froid glacial. Mais qu'est-ce qu'il me prend ? Je délire pour un oui ou pour un non. Cela fait plusieurs jours que je dors mal. J'ai peur pour mes poumons avec ce froid.

Le lendemain j'ai été prendre le petit déjeuner au café d'en face. Il y avait un monde fou. Le chauffage animal aidant, la température était plus acceptable. Le patron avait amené une plaque de cuisson qui fonctionnait sur bonbonne de gaz. J'ai pu boire un chocolat chaud. Qu'est-ce qu'il était bon, mais... cher. Incroyable, l'établissement était trop plein, les gens se sont serrés les uns contre les autres. Il y avait même quelquefois deux personnes par chaise.

J'ai vu arriver aussi Florentin. Fort peu calculateur, il n'avait rien prévu pour ce genre de situation. J'étais sur une banquette, j'ai réussi à pousser un peu les voisins. Il a pu prendre place, assis sur une de mes jambes et sur une seule de ses fesses. Heureusement qu'il les a maigres et étroites ! Mais impossible pour Piotr de trouver la moindre place, il est resté debout. Difficile, vu son gabarit, de l'accueillir sur les genoux et sur une banquette il lui faut deux places ! On a senti un esprit de solidarité émerger, c'était impensable il y a quelques temps. Les gens se sont découvert des voisins. Ne pas être naïf, si la situation empire trop ce sera à nouveau chacun pour soi.

Les discussions animées portaient beaucoup sur le phénomène climatique d'un hivers volcanique.

Florentin émit un avis qui déclencha aussitôt une polémique.

— Moi, je vous dis que nous revivons l'histoire de Sodome et Gomorrhe.

— ? ?

— Bien sur, vous connaissez cette histoire de la Genèse ?

— Vaguement, ces contes religieux cela ne m'intéresse pas trop !

Les deux composants d'une explosion non volcanique étaient en place !

— Ces deux villes ont connu un destin tragique. Elles ont été totalement détruites. Dieu leur a envoyé un feu du ciel. Les flammes et le souffre les ont anéanties.

Selon beaucoup d'interprétations religieuses le motif était soit une rapacité inhumaine des Sodomites soit des pratiques sexuelles « déviantes » (d'où le terme de « sodomie »).

— Le souffre ? Tiens donc ! Il n'y aurait pas du volcanisme derrière tout cela ?

— Absolument pas ! Il s'agit d'un châtiment divin !

Ce dernier propos avait été émis par Piotr d'une voix forte.

L'imposante carrure du Polonais avait donné un énorme poids à ses paroles. Surtout qu'il était debout et dominait ses interlocuteurs. Ce à quoi Florentin, assis sur une fesse et sur Nael, rajoutait :

— Croyez moi, c'est une histoire bien connue. Il n'y pas le moindre doute à ce sujet.

Un client, manifestement plus enclin à croire des explications plus scientifiques et rationnelles, contestait :

— Il est certain que ces deux villes ont été détruites. Mais il y a eu beaucoup de recherches effectuées par des archéologues, géologues et historiens. L'emplacement de ces deux villes, qui ont eu une existence bien réelle, est connu. On commence à avoir quelques éléments qui pourraient désigner un phénomène naturel. Entre autres, on pense à cette explication : il y aurait eu dans cette région quantité de bitumes contenant beaucoup de souffre. Ils se seraient enflammés.

— Pas du tout d'accord ! Ces explications pseudo-scientifiques ne sont pas crédibles. On a essayé de trouver des explications toutes plus farfelues les unes que les autres : entre autres une explosion atomique, une chute d'astéroïde etc. L'analogie avec Sodome et Gomorrhe me semble évidente. Nous allons vers une société dépravée. Nous allons donc subir une punition divine par le froid comme ces deux cités en ont subi une par le feu ! Seulement, vu la mondialisation, la punition va être beaucoup plus large. D'ailleurs même votre explication par les bitumes ne tient pas la route.

— C'est le cas de le dire ? ?

— Si les bitumes sont les responsables, cela veut simplement dire que le Tout-Puissant a utilisé ce qu'il avait sous la main. C'est lui qui les a enflammés !

— J'espère, pour nous, que votre position assise ne va pas

déclencher une mauvaise interprétation des autorités supérieures ! Vous nous voyez passer à la postérité comme la nouvelle Sodome ?

La discussion prenant une tournure trop vive, les interlocuteurs furent invités à remettre leurs exégèses à plus tard !

Une fois rentré à l'appartement je me suis mis, comme d'habitude en ce moment, à délirer un peu sur la situation. A moitié endormi dans mon fauteuil, je rêvasse. Cette péripétie m'a induit quelques réflexions. Le pauvre Piotr a eu droit à une tasse de chocolat comme tout le monde. C'est le « comme tout le monde » qui est gênant pour lui. Il faut comprendre les commerçants. Ils vendent une certaine quantité de nourriture. Cette nourriture a un prix qui se répercute sur le prix de vente. La tasse de chocolat est suffisante pour Florentin qui pèse 50 kilos, elle parait grande dans ses doigts fluets. La même tasse parait perdue dans les gros doigts de Piotr dont le poids devrait avoisiner les 150 kilos en temps normal. Le pauvre a l'air de boire à une petite tasse à thé. Les personnes grandes et lourdes sont systématiquement lésées dans les restaurants (encore une fois ce n'est pas la faute des commerçants, il n'y a là qu'une logique économique).

Et ne parlons pas des places en avion où il faut se contenter habituellement d'un petit siège de 50 centimètres carrés pour des voyages qui quelquefois durent des dizaines d'heures. La surface d'un siège n'est pas proportionnelle à celle des fesses de l'occupant.

J'ai eu l'impression que le malheureux Piotr debout avait l'air mal à l'aise et je le comprends. Dans ce café il avait l'air d'être le représentant avancé d'un monde du futur où les hommes seront beaucoup plus grands.

L'espèce humaine semble connaître une augmentation significative des tailles et poids des personnes. C'est une opinion répandue dans le grand public. Cette croissance n'est pas nécessaire avec la mécanisation omniprésente. Va t-on vers des hommes approchant les deux mètres vingt de haut ? Ce nombre est voisin de la hauteur de nos habitations. La tête est proche du plafond ! Déjà, certaines personnes dépassent largement les deux mètres, ce n'est pas rare. Dans cette hypothèse de taille, on aura inévitablement des changements d'échelle dans notre environnement. Par exemple, la tasse de chocolat sera plus grande et les banquettes de café plus larges. Et ne parlons pas des besoins d'augmentations des dimensions des voitures, des tee-shirts, des appartements... La terre devrait absorber encore une fois un surplus de consommation ?

En fait, il semble que les études scientifiques infirme la croyance populaire d'une augmentation significative de la taille de l'espèce humaine qui semble maintenant plafonner.

Mes délires m'arrachent une fois de plus un sourire. Petites gens de tous les pays, unissez vos efforts ! On a besoin de vous. Faites des enfants ! Votre taille modeste peut contribuer à la diminution de la grandeur de l'espèce humaine ! Ne faites pas de complexes ! L'arrogante supériorité affichée par certains grands de ce monde n'est que de la petitesse ! Savez-vous que certains nains, affectés du syndrome de Laron, ne sont jamais touchés par le cancer et le diabète ? Et ils ont en plus une excellente espérance de vie en bonne santé ! ! Ils sont plus nombreux en Amérique du sud où des études médicales leur ont été consacrées. Certains d'entre eux sont venus me voir. J'ai essayé de leur serrer la main. Je n'y suis pas arrivé. J'avais les bras empêtrés dans les draps. Dans un sursaut, je les ai dégagés violemment et j'ai fini par me réveiller. Je venais encore de faire un cauchemar. Mais il me semble avoir déjà vaguement entendu parler de cette affection. Je n'ai rien inventé. Le lendemain, je me suis un peu plus renseigné sur le syndrome de Laron et l'étonnante résistance des nains affectés. Là, c'est une réalité : tout cela existe bel et bien. Ces nains ont une robustesse hors du commun, et un physique bien éloigné de celui des stars de Hollywood !

Le gouvernement français n'en est pas à des considérations à très long terme. Il est débordé. Il n'est plus question que quiconque dorme dans la rue. Il faut absolument loger tout le monde. Il n'arrive plus à gérer à la fois les problèmes de nourriture, de froid, l'accueil des immigrés qui arrivent en France, et les problèmes financiers. Les services sanitaires et médicaux ne fonctionnent plus que dans une improvisation invraisemblable. Le prix du fuel et celui du gaz sont montés à des sommets impensables il y a seulement quelques mois.

Il faut dire aussi que le pouvoir a hérité d'une situation délicate. Le choix du tout électrique fait à une certaine époque (et tout à fait logique) s'avère difficile à assumer maintenant. La France est le seul pays d'Europe à avoir autant misé sur le chauffage électrique. Le réseau fonctionne beaucoup trop souvent en flux tendu. Certaines régions bien connues font office de soupapes de sécurité. Elles sont déconnectées en priorité (une priorité dont elles se passeraient bien) pour soulager le réseau.

La France n'est pas la seule à être éprouvée à cause de ses choix politiques. Le gouvernement de la république populaire chinoise avait décidé, que le chauffage central serait interdit dans une moitié sud du pays délimitée par le fleuve Yang-Tsé. Cette interdiction est encore en vigueur de nos jours. La mégapole de Shanghaï (25 millions d'habitants !) a le malheur de se trouver juste en dessous de ce magnifique fleuve. La température, en temps ordinaire, peut y tomber en dessous de zéro l'hiver. Avec cet épisode volcanique, Shanghaï a affreusement froid.

Arian, considérant ces épisodes de conditions rigoureuses dans les habitations du monde entier, en a tiré la conclusion que « la génération des enfants des volcans devrait être bien fournie ! ».

Hier, j'ai passé une journée horrible. Sans chauffage, sans télévision, sans Internet, sans musique, sans lumière. Je ne pouvais même plus recharger mon portable. Terminées les vidéos avec Lena. Je me suis senti seul comme jamais je ne l'ai été. Pour me raser, j'avais ressorti un vieux rasoir à main. Je me suis arraché la peau. Il faudrait que j'aille prendre des cours de survie chez Rita et Romain, eux ce sont des champions dans ce domaine. Ils m'ont téléphoné pour me proposer de me loger. Pas de réponse de ma part et pour cause. Finalement ils sont passés en voiture me voir. Ils étaient inquiets.

Si la situation perdure, je vais être obligé d'accepter leur proposition. Eux sont prévoyants. Trop sans doute ! En plus de leur attirail à énergie naturelle, ils ont quantité de dispositifs variés de survie. Une grande cuve pleine de carburant diesel a été installée chez eux (mais chut !). C'est interdit, mais qui va aller voir ? Je sais, par exemple, qu'ils disposent d'un groupe électrogène, avec un moteur utilisant ce carburant. Leurs deux voitures utilisent des carburants variés. L'une est électrique et ne consomme donc aucun carburant fossile. Ils possèdent aussi une citerne de gaz. Parce qu'ils ont (il faut bien un prétexte !) un petit chauffage qui utilise cette source d'énergie. Leurs poêles à bois sont du dernier cri et extrêmement performants. En résumé, ils peuvent tenir le choc d'une attaque atomique. Mais leur abri se révèle, en définitive, surtout anti-volcanique.

Leur discours, quand on discute avec eux, est le suivant. Le surcoût dû à toutes ces précautions est faible comparé au prix d'une maison ou d'autres commodités (une voiture entre autres). Cela leur permet aussi, quand il y a un blocage des raffineries de ne pas se jeter sur les pompes (on ne peut pas leur faire ce reproche). Ils ont de quoi tenir, plus que les bloqueurs de raffineries ! Ils restent très discrets sur leurs cuves. Ils ne veulent pas de problèmes avec les voisins.

A leur décharge, ils font profiter éventuellement leurs proches, de leur attirail en leur demandant de la discrétion. Bref quelquefois chez eux c'est un peu la station de ravitaillement. Leur maison « Début d'arche de Noë » est connue et appréciée. Je découvre, de plus en plus, que ce sont de grands originaux... et des malades de la sécurité, devenue une sorte de hobby.

J'espère que la panne va être réparée bientôt et que je n'aurai pas à me résoudre à aller loger ailleurs. Tout cela a contribué à me faire prendre conscience que la situation ne pouvait plus durer. Le plus grave, c'est que j'alterne entre une dépression fréquente et un délire pas très sain.

Klaudia m'a encore envoyé un mail. Il m'a un peu sorti de mon état neurasthénique. Un beau matin, ils ont eu la surprise de trouver un petit faon dans l'igloo de leur jardin. Il avait du venir s'abriter là durant la nuit. Il semble très affaibli. Il est maigre et sans force. Tous les amis de Klaudia passent leur temps à lui trouver un peu d'herbe à lui donner. Le faon trop affaibli ne bouge pas et reste dans son igloo. Il a du probablement descendre du parc naturel du massif de la Chartreuse qui est juste à coté. Le nom de Fanfan lui a été donné. Cela m'a conduit à une décision peu sensée : pourquoi ne pas aller faire un tour à Grenoble ? Je pourrais revoir Klaudia, Anna et Mikko. J'ai aussi très envie de voir ce faon. Je sais que Romain et Rita possèdent un 4x4. Ce serait sympa de faire une virée ensemble à Grenoble. Je vais essayer de les convaincre. Il faut faire vite avant que le faon ne reparte.

A ma grande surprise, Romain adhère de suite à l'idée. Je pense qu'il a surtout envie de voir mes amis finlandais. La situation du faon n'émeut pas énormément le chasseur qu'il est ! Ce pragmatique a une forte tendance à être plutôt intéressé par les kilos de viande !

Nos finlandais contactés sont ravis de nous accueillir. Donc notre décision est prise sans tarder. Romain pose quelques jours de congé. Il prépare le voyage rapidement mais comme une odyssée... en terre inconnue. Ce n'est pas le genre à laisser la moindre place au hasard.

Le jour du départ, je ne suis pas inquiet. On doit avoir probablement de quoi affronter le blizzard le plus mordant. Romain est venu me chercher au bas de l'immeuble. On a décidé d'éviter l'autoroute et de suivre le tracé de l'ancienne nationale 7. La route est impressionnante. Rita, accaparée par le spectacle, est assez silencieuse pour une fois. L'enneigement des villages est inquiétant. Le trafic routier est peu dense. Cet axe, qui bruissait de vie, donne l'impression d'être entré dans une autre ère. L'arc de triomphe d'Orange, dans sa gaine de neige pas très propre, est surréaliste. Les congères succèdent aux congères. Le 4x4, piloté par Romain d'une main adroite, trace sa route à vitesse réduite d'une manière rassurante. La machine fonctionne bien. On s'y sent, dans cet univers glacé et sale qui nous entoure, dans une bulle de confort, de sécurité et de chaleur.

En fin de trajet, j'ai demandé à Romain de passer par Sassenage, en banlieue de Grenoble. J'ai envie de revoir sa cascade. Dans ce défilé étroit, aux eaux bouillonnantes et claires, combien de fois suis-je venu prendre le frais lors d'étés torrides. Les adolescents s'y lançaient, de manière très imprudente, des défis de sauts depuis des rochers. A l'arrivée et après une courte marche, elle apparaît comme je ne l'ai jamais vue... entièrement gelée. Le spectacle est magnifique et angoissant à la fois. On reste un petit moment, paralysés, devant le spectacle de cette nature prise au piège.

Parvenus à destination, on s'aperçoit que le bourg est, comme tous les autres, profondément marqué par l'épisode volcanique. Retrouver ses amis, sa maison et son lieu de vie est émouvant. Le 4x4 monte facilement la petite route d'accès en légère pente. La villa apparaît. Quelle émotion de retrouver cet espace de bonheur. Ce moment devrait être plein de joie. Mais c'est une Klaudia en pleurs qui attend la voiture au portail.

— Fanfan est mort ce matin !

Difficile de recevoir un accueil plus glaçant. L'igloo est visible de l'entrée. Il contient encore le petit corps sans vie. Klaudia est secouée de sanglots spasmodiques quand elle vient nous étreindre. Les pattes arrières du faon sont croisées et sa tête repose sur le neige. On dirait presque qu'il dort.

Anna et Mikko nous attendent sur le pas de la porte. Ils ont aussi, mais plus discrètement, les larmes au yeux. On s'enlace longuement et silencieusement. On se faisait une telle joie de se revoir. La fête est gâchée. Romain et Rita nous regardent désolés. Le désarroi de Klaudia est poignant.

Les amis de Klaudia viendront prêter main-forte. C'est avec de très grandes difficultés que nous creuserons tous ensemble une petite fosse pour accueillir cette malheureuse bête. Finalement je rentrerai à Avignon dans de pauvres dispositions.

11

L'épisode de la mort du faon n'avait pas contribué à me remonter le moral. Depuis, les conditions climatiques n'ont fait que s'aggraver. La Tamise et la Seine ont gelé. Une famine débutante s'est installée. Une inquiétude grandissante commence aussi à me ronger. Au téléphone, le fait qu'Aïssa ait de petits problèmes de santé a été évoqué au détour d'une conversation. J'ai demandé plus de détails. On m'a tenu des propos rassurants sur des troubles passagers bénins. Aïssa est assez souvent fatiguée. C'est normal pour une adolescente. On m'a dit et redit que ce n'était pas grave. Jean-Kamil était furieux de cet épisode. Selon lui, on n'aurait jamais dû m'en parler. J'ai du mal à entendre que ce ne sont que des nouvelles anodines. Est-ce que tout cela cache quelque chose ? La réaction de Jean-Kamil a été très vive. Je sais que c'est souvent son habitude. Les réactions de Lena m'ont paru étranges. Manifestement, elle essayait de donner le change. Mais elle avait l'air vraiment inquiète. Le souvenir de l'épisode de la méningite de Klaudia me hante et je dirais presque m'obsède. J'ai le moral en berne. J'ai une peur atroce d'être bloqué, impuissant à Avignon, avec une petite fille malade en Magersie. Aïssa, ma petite fille chérie... Il faut la revoir et vite.

En outre, ce qui n'est pas pour diminuer mon inquiétude sur la situation en France, je sais que les témoins d'explosion de super volcans ont relaté la propagation de grandes épidémies. Jean-Kamil en parlait quand il évoquait des phases dans cette crise climatique : il s'inquiétait de famines puis d'épidémies. Je dois avouer qu'il avait raison.

Des maladies, comme la grippe et les pneumopathies, ont été aidées par le froid, une alimentation insuffisante et peut-être la mauvaise qualité de l'air. Elles sévissent en France avec une virulence inouïe. Leussotte a ainsi attrapé une méchante affection. Il est célibataire et sans aide sur place. Il tousse... comme un malade et garde la chambre. J'espère que ce n'est pas moi le responsable de son état. Je repense à l'épisode où je lui ai pratiquement craché à la figure volontairement. Est-ce que je ne vais pas, bientôt, me retrouver dans le même état ?

C'est, encore une fois, Justine qui s'est chargée d'apporter assistance à autrui. Au passage, elle a bien insisté, auprès du malade, que c'était Piotr qui se dévouait pour aller dénicher de la nourriture et les médicaments nécessaires. Par les temps qui courent, ce n'est pas chose évidente. L'alité très mal en point n'a pas trop réagi. Justine plaide la cause de son polonais dès qu'elle en a l'occasion.

Finalement, après toutes ces péripéties en Avignon, je suis arrivé à la conclusion très forte que cela allait devenir très difficile de rester ici dans mon appartement. Je commence à m'y sentir très mal. J'ai le sentiment profond que je ne suis pas à la bonne place. Un certain nombre de points, qui étaient en suspens dans nos affaires, sont maintenant réglés. Je suis plus libre. Il y a surtout un élément nouveau et dramatique. On avait prévu des voyages de tourisme réguliers en Magersie. Il ne faut plus y compter. Il y a un obstacle de taille. Beaucoup de frontières viennent d'être fermées dont celles avec la Magersie. De manière temporaire peut-être mais mon problème est à très court terme. Je ne veux plus attendre.

Une idée commence à faire son chemin avec insistance. Pourquoi ne pas se résoudre à aller vivre avec tous ceux que j'aime ? Ce n'est pas une décision facile bien sur, mais en contrepartie à quoi bon risquer le pire en France ? Au moins en Magersie on affrontera les difficultés tous ensemble. Et puis surtout, le désir de revivre avec les miens devient de plus en plus incontrôlable. Ma toux est devenue un cauchemar. Je passe quelquefois plusieurs heures sans arrêter de tousser. Je crache de manière quasi continue et je suis secoué d'affreux spasmes. Mes poumons me font mal. Une peur indicible me saisit souvent. Celle de finir mes jours seul, dans ces conditions, loin des miens. Je sais que je suis d'un naturel angoissé. La grande vieillesse approchant, cela fait longtemps que, par période, une épouvante me saisit : celle de devenir un mort vivant dans un corps éteint. Et puis surtout, il y a Aïssa...

Les flux migratoires sont réduits le plus possible. Les voyages sont très surveillés. Les états clament qu'il faut être patient et que « l'on va sortir du tunnel, dans quelques mois ». Je serai refoulé, si je tente d'entrer en Magersie. Il n'y a aucune raison d'y résider autre qu'en invoquant un regroupement familial. Ce n'est pas une raison valable actuellement. Qui aurait pu s'imaginer qu'on en arrive là ? Il n'y a pas si longtemps, tout le monde voyageait dans tous les sens et fort loin. Il va falloir trouver un moyen de s'enfuir. Les gouvernements tentent de freiner les mouvements de populations. Ils essaient de stabiliser la situation et de gagner du temps. La panique est en train de s'emparer des populations et, on en a l'impression aussi, des dirigeants. Pour moi, l'urgence est de revoir les miens le plus vite possible. Mon état de santé est trop préoccupant. Je commence, moi aussi, à paniquer. Il y a trop de gens, autour de moi, atteints aux poumons. Il faut que je m'éloigne de toutes ces épidémies en Europe. Je suis épuisé par le vent glacial qui balaie la vallée du Rhône.

C'est connu que des organisations illégales font fonctionner des navettes pour des passages vers l'Afrique. Je peux commencer à me renseigner. On verra bien après, en fonction des résultats de mes recherches. C'est toujours possible de faire machine arrière à tout moment. Finalement pour passer d'Europe en Afrique il n'y a qu'un tout petit détroit à traverser. J'ai, en plus, suffisamment d'argent pour me payer une navette correcte. Je peux mettre le prix qu'il faut pour avoir un passage rapide et sûr, et même dépenser éventuellement une petite fortune. Malgré tout, je ne suis pas encore décidé à effectuer la traversée. Mais, cela me semble indispensable d'aller voir comment cela se passe et de me préparer une solution de repli. On peut encore voyager facilement entre la France et l'Italie. Il faut faire vite.

Un peu anesthésié par son vif désir naissant de traversée, Nael ne va pas se méfier suffisamment. Ce genre de décision peut conduire à de grands ennuis et c'est-ce qui va se passer.

Nael va aller de cité en cité, de bar en bar. Il cherche aussi sur Internet. On peut trouver des pistes sur les forums. Il se déplace jusqu'à Marseille. Son but est la Magersie. Et il va finir par se procurer quelques rares informations.

Des passages illégaux s'effectuent dans le détroit de Gibraltar et dans le sud de l'Italie. Après bien des hésitations, son choix est fait pour le trajet. S'il se lance dans une traversée et s'il trouve de bonnes filières, il passera par le sud de l'Italie. Il a obtenu quelques contacts et il a largement l'argent pour payer le passage. Il connaît même quelques mots d'italien pour avoir séjourné un peu en Italie. Il privilégie cette voie-là qu'il a déjà pratiquée. C'est un peu risqué, mais il ne peut plus vivre ainsi. S'il reste, il va aussi perdre la raison. Des adresses et des numéros de téléphone, qu'on sent peu fiables, ont été parfois monnayés. Sur place, on doit pouvoir trouver mieux. Il est prêt à payer très cher pour trouver une bonne navette. Lors de son premier passage clandestin, ses moyens financiers étaient bien plus réduits. De toutes façons, il peut toujours se déplacer et voir ce qu'il découvre sur place. Il se persuade qu'il pourra toujours revenir à Avignon s'il ne déniche rien d'intéressant. Bref, il n'est pas encore totalement résolu.

Il s'interroge beaucoup sur l'évolution climatique. On dit que les conséquences de l'épisode volcanique peuvent s'étaler encore facilement sur deux ans. Il ne se voit pas attendre encore deux ans à Avignon. Est-ce que ses poumons lui laisseront le temps d'attendre ? En espérant, en plus, qu'il ne s'agisse que de deux ans. Certains spécialistes ne sont pas très rassurants dans leurs propos. Les réseaux sociaux colportent, comme à leur habitude, tout et n'importe quoi : est-ce qu'on ne va pas vivre une sorte de petit age glaciaire, comme au Moyen Âge ? Malheureusement, cette fois-ci ils semblent avoir raison. Tout laisse penser que l'on va vivre une telle période. Cela commence à être une angoisse populaire générale. En espérant, aussi, que la situation ne tourne pas à la catastrophe, avant la fin de l'épisode de froid volcanique. Le mode de vie que l'on a adopté (ou que l'on nous a fait adopter) est très précaire, trop sophistiqué et basé sur des équilibres technologiques et économiques bien trop fragiles.

Nael s'interroge aussi sur sa fin de vie. Une période de non-vie en fin de vie, c'est insupportable. Perdre deux ans, quand on a une espérance de vie faible, c'est énorme. C'est beaucoup plus que de perdre seulement deux ans. A la limite, cela peut être de perdre toute la fin de son existence.

Ces quelques rares années, avant le départ définitif, sont trop précieuses. La densité de vie y est encore très forte avant le renoncement final. Le gouffre s'entrouvre quand on n'a plus de raison de vivre. Nael se renseigne sur son état de santé, s'informe sur sa maladie, essaie d'avoir une idée sur son avenir. Un jour, en proie à des idées très noires, il a cherché dans un dictionnaire le mot « agonie ». Il a déjà entendu une expression avec ce mot, mais sans trop bien comprendre son sens. C'est Rita qui l'avait utilisé. Il venait de l'avoir au téléphone. Elle s'était étonnée de sa toux et avait eu cette expression directe qui se voulait rassurante : « Te ! Ne vous inquiétez pas, vous n'êtes pas encore à l'agonie ! ». Malheureusement dans sa recherche, il est tombé sur un ouvrage peu approprié à son état d'anxiété. On y trouvait cette description : « L'agonie n'a lieu que dans les maladies où la vie s'éteint par degrés. L'agonie des adultes est ordinairement pénible et douloureuse... le râle, la petitesse et l'intermittence du pouls, le froid des extrémités qui s'étend graduellement au tronc. ». Cette explication est très tronquée (l'exposé complet du Littré est d'un réalisme dramatique, on pourrait même dire macabre), elle l'a bouleversé. Le Littré ne fait pas dans la dentelle ! Le dictionnaire Larousse, consulté aussi, est plus mesuré dans ses propos. Tout cela lui a fait prendre conscience qu'il ne supportera plus très longtemps sa situation actuelle.

Représentatives de sa dépression, il a griffonné quelques lignes sur son carnet. Il a peut-être l'intuition, non exprimée, qu'une écriture libre va le détendre, va le libérer. Ce n'est pas son genre, mais il sent qu'il en a besoin. Il a un manque au fond de son cœur. Il veut dire, de manière inconsciente, qu'il renonce et qu'il se soumet à son destin. Un destin triste qui lui parait de plus en plus proche. Il a écrit ainsi des phrases défouloirs et un peu incohérentes dont voici un extrait :
La mort n'est qu'un passage vers l'éternité. En sablier, poussières, je regarderai le temps passer. Mes larmes, eaux dessalées, tomberont des nuées. Mes yeux seront des étoiles. Le dernier son que je verrai et la dernière image que j'entendrai, tout va se mêler. J'irai, emporté par l'immensité, passager émerveillé d'un monde qui quitte la réalité. J'irai emporté par l'absurdité d'une existence terminée. Les bateaux fragiles de l'espérance seront vite oubliés. Je ne veux plus être pensée. La matière est un long trajet. Atomes passagers d'un corps étranger et si tout recommençait ? On peut perdre aussi l'éternité.

Cette écriture a fini par faire son effet. En quelque sorte, les mots ont agi comme pansements sur ses plaies. Finalement, son extrême anxiété a été dépassée. La sensation de rédiger prématurément son testament l'a revitalisé. Neal s'est libéré de contraintes psychologiques. Il est prêt à toutes les audaces. Il a pris une décision ferme : il tentera la voie italienne coûte que coûte. Maintenant, son état n'a plus aucune importance. A la limite, mieux vaut périr en mer. Il n'a plus peur d'aucun péril pourvu qu'il le rapproche de sa famille et de son cher pays natal. Manifestement, il n'est plus dans un état normal. Sa déprime est toujours sérieuse. Peut-être un état fiévreux permanent ? En tout cas, il n'est pas arrivé encore à un stade où on renonce à combattre. Il a encore des forces, même si elles sont diminuées.

Et puis, une intuition médicale le pousse aussi à l'action : la chaleur de la Magersie va lui guérir son affection aux poumons.

Il téléphone, quand même, à Eudoxe pour avoir son avis sur la crise. Celui-ci, toujours optimiste, pense qu'un abominable désastre est probablement imminent en France. Il a énuméré, en vrac, toutes ses inquiétudes (et il en a beaucoup):
le froid et la neige qui bloque tout, les transports souvent paralysés et les livraisons de marchandises non assurées, le manque de soleil et les pluies acides qui détruisent les récoltes, la famine, les lacs gelés des barrages électriques de montagne, les technologies solaires qui se portent très mal, l'approvisionnement en électricité qui est sans cesse à la limite de la rupture, l'envol du prix des matières premières, l'affaiblissement des organismes vivants ou végétaux, les épidémies et la désorganisation des services qui en résultent, les nouvelles bactéries résistantes aux antibiotiques, certaines endémies qui ressurgissent, le manque de confiance (c'est un euphémisme) des investisseurs et des banques, l'effondrement des bourses et puis la crainte d'avoir des éruptions volcaniques en série maintenant. On va clairement vers des pillages et des émeutes. D'ailleurs un sac des rayons alimentaires d'un super marché, s'est déjà produit. Il va y en avoir d'autres. Lors de l'éruption du Tambora, il y a 200 ans, c'est-ce que cela avait déclenché. Notre société actuelle est devenue beaucoup plus fragile que celles de ces temps reculés. Nous sommes des accrocs, techno-dépendants à l'électricité.

Eudoxe est gentil, mais après son énumération, Nael n'est pas plus avancé. Il n'a toujours pas d'indications supplémentaires pour sa décision : partir ou pas. Il sait bien qu'il fait un pari très risqué. Mais, à son avis, il n'a plus le choix.

Il a déjà fait le trajet, il y arrivera. Il paiera un voyage clandestin, même d'un prix exorbitant s'il le faut, pour avoir des conditions correctes. Et puis, point positif, Jean-Kamil semble avoir réussi son pari. Il fait son chemin dans son nouveau poste. Son ascension est spectaculaire. C'était une question qui lui avait fait souci. Cela l'avait dissuadé, entre autres, de partir. Et s'il avait été amené à revenir ? Il n'a plus cette inquiétude.

Il prévient Lena et Jean-Kamil qui essaient de l'en dissuader. Il joue au têtu. On sait bien qu'il y a quelques risques. Il ne peut plus vivre ainsi. Brutalement, il se sent mal ici. Il faut qu'il retrouve sa famille. Et puis, la douceur de la Magersie semble tellement accueillante. Ses poumons lui disent «Vas-y !». Le froid lui dit «Vas t'en !». Il a une envie folle d'enlacer, encore une fois, sa chère petite fille. Il comprend qu'il va lui redonner de l'énergie.

Jean-Kamil, lui ayant dit qu'il prenait un risque insensé, s'était vu répondre que leur départ d'Avignon n'avait pas été un modèle de prudence non plus. Jean-Kamil parle de coup de tête. Nael de désespoir. Et puis, finalement, qui avait raison ? La situation devient impossible en France. On ne va pas le contester ? Le froid qui vient du ciel et qui descend du nord est effrayant. Leur drame vient s'ajouter au calvaire que vive beaucoup de populations dans le monde. Et puis il y a la possibilité de payer cher pour avoir une navette convenable. Jean-Kamil, au bout du fil, ne semble pas très à l'aise. Nael a la sensation qu'il lui cache quelque chose.

Lena essaye de l'en dissuader aussi. Manifestement, elle se sent coupable. Elle n'avait pas bien mesuré l'impact de son choix. Elle est presque à deux doigts de lui dire qu'elle a pris la décision de revenir. Elle commence à se résoudre à effectuer, elle, la traversée. Nael n'est pas d'accord. Est-ce encore possible ? Jean-Kamil avait raison. Le regroupement se fera en Magersie. Il paiera, ce qu'il faut, pour ne prendre aucun risque. En cela, Nael prend probablement une mauvaise décision. L'attrait de revenir en Magersie, sur la terre de ses ancêtres, joue sans doute. Il a peut-être l'intuition que c'est son dernier voyage. En outre, la situation épouvantable, en Europe, le pousse trop au départ. La catastrophe climatique annoncée est en train de se réaliser. Il a ces phrases « L'Europe est en train de se transformer en un glaçon. On a la chance d'avoir une solution de repli en Magersie, il faut en profiter. ». Il comprend aussi qu'il a trop caché à Lena son état. Elle n'est manifestement pas au courant. Il lui semble aussi qu'elle a des réactions étranges. Elle semble affolée et déchirée. Il n'a jamais vu Lena dans un tel état. Quitter Aïssa et Jean-Kamil est, bien sûr, un crève-cœur pour elle. Et puis, il est vraiment épuisé par le refroidissement climatique. Son esprit est fatigué, maintenant, par son combat contre la maladie, le froid et la faim. Il n'a qu'une envie c'est de s'enfuir.

Il a téléphoné à Grenoble. Les finlandais ne comprennent pas, eux non plus, qu'il se lance dans un voyage aussi dangereux. Ils sont très inquiets et ont essayé de lui faire abandonner son projet. C'est très dur de vivre seul. Pourquoi ne pas revenir à Grenoble ? Ils seraient heureux de l'avoir avec eux. Ils ne lui ont pas caché que la situation climatique était devenue extrêmement éprouvante à Grenoble. Quant aux pays nordiques, ils vivent une catastrophe.

Eudoxe, tout remué, lui a souhaité bonne chance. Il est gentil Eudoxe. Il lui a proposé de venir habiter chez lui un certain temps. Eudoxe est un intuitif. Nael lui a fait beaucoup de confidences. Il ne pourrait pas dire pourquoi, il sent que Nael doit aller en Magersie. Cela lui semble illogique, mais c'est une intuition profonde. Il a décelé quelque chose qu'il ne saurait expliquer.

Florentin, dans une discussion, lui a assuré, « Qu'il n'y avait pas que les imbéciles qui ne pensaient pas que la situation climatique n'était pas normale. ». Nael n'a pas essayé de décoder la phrase.

Arian lui a dit de se méfier des passeurs. Il parait que certains font n'importe quoi. Il y en a beaucoup qui sont des truands de première, impitoyables, appartenant à des mafias diverses. Nael a évoqué la situation de son fils dans le solaire. Arian, les réflexes commerciaux reprenant le dessus, a eu immédiatement les réactions que Nael n'avait pas eu jusque-là. Arian a pris l'habitude de tutoyer Nael et il l'interpelle d'une façon un peu ironique.

— Ton fils ne serait-il pas un peu opportuniste ?

— Non, pas spécialement. Je ne pense pas. Pourquoi est-ce que vous me dites ça ?

— Je pense, qu'avec ce froid, le prix du pétrole a augmenté. Et ce n'est pas fini. Il va atteindre des sommets jamais vus. Ton fils se réfugie dans un pays qui ne devrait pas être touché dans ses rentrées financières.

— Vous croyez ?

— J'ai l'impression que tu ne connais pas ton fils ! Tu m'étonnes qu'il veuille partir ! Son solaire ça va peut-être capoter en Europe avec cet hiver volcanique. J'y connais rien, mais je me demande si les panneaux solaires vont bien fonctionner. Entre les cendres et les retombées acides il y a peut-être de quoi se faire du souci. Il n'a pas voulu t'inquiéter. Il est allé dans un pays où il pense avoir moins de problèmes. Il a pas voulu passer pour un imbécile s'il se trompe. Je connais pas Jean-Kamil, mais moi je dis, c'est pas c.. comme réaction. Tu vas voir dans trois ans il est de retour et il devient un grand négociant dans le solaire ! Moi, s'il veut, je lui vends ses panneaux ! Et puis, sais-tu que le solaire est en train de se développer à grande vitesse en Afrique ? Apparemment, les africains vont passer de suite à des énergies propres. Ils sauteront nos étapes de vieilles techniques à carburants non renouvelables. Ton fils va avoir un sacré travail.

— Ah bon ?

— Dis-moi, sais-tu dans quelle entreprise il travaille ?

— Non, je ne lui ai pas demandé.

— Est-ce que par hasard elle ne serait pas liée avec le secteur des mines ou du pétrole ? Est-ce que, dans ce domaine, on n'investirait pas aussi dans des sources d'énergies alternatives ? Ce choix ne m'étonnerait pas de ton fils. Il aurait fait la totale. J'aimerais bien faire la connaissance de Jean-Kamil, vois-tu.

Arian, lancé, n'arrêtait plus de parler.

— Dis-moi, tu sais pas quoi ? Nos terrains de golf étaient massacrés par les sangliers qui viennent retourner le gazon, comme ils ont l'habitude de le faire. J'ai eu une idée. J'ai été voir une société de chasse. Et voila, de temps en temps on a eu un gigot. Mais la terre est sans doute devenue trop dure par la suite. Je n'ai plus rien obtenu depuis pas mal de temps. Et puis on ne joue plus au golf. Je ne sais même pas si le terrain est encore ouvert. Dis-moi mais tu tousses ? Tu es malade ? Tu m'inquiètes. Est ce bien raisonnable de partir maintenant ? Dis, tu pourrais me donner l'e-mail de Jean-Kamil. Je peux prendre contact avec lui ? Oui ?

Et puis Arian étant Arian, il lui avait fait une confidence. Sa chienne était sacrée et pour rien au monde il ne lui aurait fait le moindre mal. Mais il avait aussi un lapin. Et le lapin avait fini à la casserole avec la justification « Que veux-tu un lapin cela a une durée de vie courte. Alors un peu avant ou un peu après... et puis il me bouffera plus les fils de la télé. ». Il l'avait fait pour donner à manger à sa chienne. Et il avait ajouté « Il était pas très gros quand même, la pauvre a eu juste de quoi se combler une molaire ».

La vérité était un peu différente. Arian avait échangé le lapin chez un boucher pour un autre de l'étal, celui-là prêt à être consommé. Il ne se serait jamais débarrassé du lapin comme cela en temps normal. Les temps étaient difficiles et il aurait fait beaucoup de sacrifices pour sa chienne. Il cachait, sur le ton de la plaisanterie, que l'opération n'avait pas été facile à faire. Le lapin du boucher, cuit, ils se l'étaient partagé à trois. Arian en avait fait l'aveu à Nael, en aparté, en lui demandant de la discrétion. Il n'était pas fier de l'opération.

Mercedes lui a souhaité de tout cœur de réussir. Sa famille a connu l'exode. On sent qu'elle comprend bien cette situation. Elle est inquiète pour son mari. Avec son activité de commercial, il est souvent sur les routes. Certaines sont difficilement praticables. Le métier d'Arian devient très compliqué. Leur ancienne berline a été remplacée par un 4x4. Ce genre de véhicule devient introuvable d'occasion.

Nael a annoncé son départ à Florentin et Piotr. Piotr a eu une réaction prévisible compte tenu de ses déclarations.

— Moi partir avec toi.

Il n'ira pas plus loin que l'Italie. Il s'arrêtera à Rome. Il veut prier avec le pape. On comprend bien pour qui ses prières seront exprimées. Il ne le dit pas mais c'est clair dans son regard où ses yeux sont facilement embués.

Avant le départ, Nael a organisé un repas d'adieu chez lui, aidé en cela par Rita pour la cuisine. Toutes les connaissances avec qui il a eu des contacts sont là. Piotr a manifestement un solide appétit. Mais ce n'est pas aujourd'hui qu'il va le satisfaire. C'est vraiment un gars bien. Il ne touche plus une goutte d'alcool. Il s'y tient rigoureusement. On sent qu'il a eu très peur durant son addiction. Florentin picore parcimonieusement sa nourriture. Romain, comme d'habitude, avait eu des tas de combines pour trouver quelques maigres denrées. Le repas n'est pas copieux (c'est le moins qu'on puisse dire), il est extrêmement léger, mais c'est déjà une sorte de repas. Cela devient plus que rare par les temps qui courent. C'est vraiment trop léger pour Piotr, quand même, qui finit très vite chaque assiette en... une seule bouchée. Il louche sur celles de Florentin. Rita s'assure qu'aucun silence ne vienne empoisonner l'atmosphère qui doit être à la fête. On peut lui faire confiance. Les Smirnoff ont été invités. Ils découvrent un peu les autres convives. Ils ont amené un fond de bouteille de vodka pour trinquer. Chacun a du se contenter d'une très petite goutte, pratiquement symbolique. Justine, qui a finalement assuré les repas de Piotr dans la cave pendant un certain temps, est là aussi. Piotr lui coupera le souffle, à la fin du repas, lors d'une embrassade un peu vigoureuse. L'ambiance n'est pas à amener des fleurs, mais de la nourriture. Elle a ainsi préféré apporter un dessert léger de sa composition : des éclairs au chocolat. Là aussi, c'est très symbolique. Surtout après avoir découpé les deux (!) petits éclairs en petits morceaux ! Pauvre Piotr, on n'a pas taillé les morceaux proportionnellement au poids ! Justine nous a appris qu'elle était d'origine portugaise.

Mirza, comme d'habitude, jette des regards enflammés à Nael. Elle a eu droit à un bel os avec... pratiquement aucune chair autour, qu'elle a rogné jusqu'à ce qu'il soit complètement lisse. C'est bizarre, mais celui-ci n'a pas la sensation atroce qui l'avait saisi au départ de Grenoble. Cette fois-ci il a un avenir. Il va retrouver les siens.

A la fin du repas, Piotr a dit deux mots pour remercier. Il comprend qu'il a eu beaucoup de chance.

Avec ses maigres économies, résultats de ses petits bricolages dans l'immeuble, il a acheté quelques modestes cadeaux. A vrai dire Nael a, aussi, un peu participé discrètement.

— Florentin, toi très petit cadeau et très grand cœur. Tiens !

— Piotr tu es complètement fou ! Ce n'était vraiment pas la peine. Tu auras besoin d'argent durant ton voyage.

C'est avec les larmes aux yeux que Florentin, ouvrant le paquet, s'aperçoit qu'il contient une jolie petite statuette d'un bouddha rieur. Il s'est jeté dans les bras du géant. On voit sur la photo prise un petit bout de Florentin émerger difficilement d'immenses bras !

Pour Justine, Piotr a pensé à son petit neveu. Justine le garde assez souvent. Ce gamin, de prénom Pierre, est fréquemment venu voir le « grand monsieur » qui sait faire plein de choses amusantes. Il ne s'est pas aperçu que, de temps à autre, ce monsieur avait les yeux bien rouges. Il a pris pour habitude de se lancer à toute vitesse vers le polonais qu'il percute sans ménagement. Lequel absorbe le choc comme s'il s'agissait d'une petite chiquenaude et ouvre ses grandes paluches pour soulever comme un fétu de paille le gosse qui se blottit dans ses bras. Piotr l'enlace et tourne discrètement pour qu'on ne voit plus son visage qui est devenu bien humide.

Piotr lui a fabriqué un jouet en bois magnifique. Il a récupéré du bois à droite et à gauche et a emprunté des outils... un peu à tout le monde. Outils qu'il avait remarqués au cours de ses bricolages. Bien sur, sa réalisation n'est pas bourrée d'électronique comme les jouets modernes. Elle a cependant vraiment très belle allure. La finition a été soignée. Cela a dû nécessiter beaucoup d'heures de travail sans doute souvent avec l'esprit ailleurs.

Le jouet est un sous-marin, dont la forme est très réussie. Il ressemble à un vrai. Propulsé par un faisceau d'élastiques, il est capable de naviguer au choix en surface ou sous l'eau. Ceci grâce à un jeu d'ailerons mobiles et de lests astucieux. L'hélice a été confectionnée avec le fer d'une boite à sardines. En guise de roulement, une petite perle percée donnée par une gamine a fait l'affaire. Nael a fourni la peinture. Le gamin s'est jeté dans les bras de Piotr pour le remercier. Lequel a pris le prétexte d'une envie pressante de prendre l'air sur le balcon afin de s'essuyer discrètement le visage. Le gosse a commencé une campagne de harcèlement.

— Quand est-ce qu'on va l'essayer ?

Il propose d'ailleurs :

— Pourquoi pas tout de suite dans une baignoire ?

Il presse Piotr, qu'il appelle maintenant « grand tonton », pour avoir des précisions.

— Dis moi, grand tonton, il peut aller loin ?

— Il peut traverser une piscine ?

— Il peut aller jusqu'au au fond de la mer ?

Il s'est assis sur les genoux du polonais en tenant son sous-marin à bout de bras et il essaye de remonter maladroitement le moteur élastique. Le gamin a déjà pris des coups d'hélice dans les doigts. Piotr avec ses grosses mains le guide gentiment. On sent qu'il a le cœur gros et qu'il se contrôle difficilement. Justine a aussi aidé mais, on le sent, sans grande conviction. La proximité des doigts de son voisin n'aide pas à sa précision de gestes. Elle n'est pas dans des dispositions à faire du bricolage. Et puis elle sait que les parents vivent en ce moment une histoire de couple difficile et c'est souvent la raison pour laquelle on lui confie l'enfant. Lequel rend largement son amour à Justine. Il a depuis longtemps aussi adopté Piotr comme son « père/copain ». Nael a compris, depuis longtemps, que ce trio pourrait fournir les bases d'un très beau couple. Il sait qu'il n'a pas à interférer dans la vie des autres.

Justine avait prévenu Leussotte du départ de son voisin. Le valétudinaire n'est pas dans une grande forme. On craint, pour lui, qu'il ne soit atteint par une grave maladie des poumons. Ceux-ci sont dans un état très inquiétant. Cela se perçoit quand il respire. Il a laissé entendre qu'il aimerait bien voir Piotr. Il « aimerait bien voir le polonais ». Pour lui dire quoi ? Si c'est pour l'envoyer au diable ce n'est pas la peine. Le malade n'a pas voulu répondre. Il est dans un état semi-inconscient et ne s'intéresse que fort peu à son environnement. Nael en a discuté avec Florentin, lequel a fait montre d'une attitude bien peu charitable :

— On n'en a rien à fou..re de ce vieux croûton. Il n'abandonne jamais ses idées. On va avoir droit à un « Bon débarras » ironique. Il va rassembler ses dernières forces pour cela. C'est son dernier combat. Moi, à votre place, je ne lèverais pas le petit doigt.

Justine et Nael, très inquiets, ont fini par accéder à la demande. Piotr, introduit dans l'appartement, s'est avancé lentement dans la chambre. L'énorme masse du « Polonais », penché sur le lit, était impressionnante. On a pu alors entendre d'une voix faible :

— Bon voyage !

On aurait aimé en avoir plus. Mais Leussotte, sans doute assommé par la maladie, avait déjà fermé les yeux. A peine avait-t-il eu le temps d'esquisser un petit geste de la main. Justine et Nael ont interprété ces deux mots comme un énorme changement d'attitude. Peut-être qu'un effet « Rome » a joué ? Ou bien la conséquence des plaidoyers incessants de Justine ? Florentin, resté sur le pas de la porte, a résumé la situation (selon lui) :

— C'est-ce que j'avais prévu. Il lui a dit « Bon débarras ». D'ailleurs, vous voyez, son petit geste de la main c'est bien « Ouste » ou « Dégage ». J'hésite aussi avec « Du balai ». J'ai l'impression qu'il a même fait un deuxième tout petit geste de la main. Peut-être qu'il a voulu rajouter : « Plus vite que ça ! ».

— Florentin ! Tu n'as pas honte !

— A vrai dire non !

— Et la charité chrétienne ?

— Bof ! Moi je suis pour le Jeudisme. Je vais même rajouter que, probablement, ce vieux croûton possède une cervelle encombrée par des tas de scories, restes d'une pauvre enfance. Là, je lui accorderais des circonstances atténuantes.

— Florentin !

Le jour du départ, Justine n'a pas accompagné les deux voyageurs à la gare. La séparation dans un tel lieu a dû lui sembler trop douloureuse. Au moment des adieux elle s'est contentée d'enlacer longuement Piotr, très longuement. Elle s'est même collée à lui pour le sentir une dernière fois. Elle l'a serré dans ses bras avec impétuosité, on pourrait même dire avec passion. Et cette fois-ci, Piotr surpris a réagi l'air étonné. Il a fini par répondre... avec douceur. Il est parti tout remué. Il a promis d'écrire. On peut lui faire confiance. Il le fera. Nael pressent que l'épisode douloureux d'Estonie va enfin s''estomper. Piotr est en train de sortir de son cercle infernal de souvenirs.

Rita et Romain, eux, ont accompagné nos deux émigrants jusqu'à la gare. Ils en ont beaucoup discuté avec Jean-Kamil. Ils ne peuvent rien faire. Florentin, très ému, les a embrassé avec fougue. Il s'était déplacé lui aussi. Il sait que Nael regarde souvent le ciel avec son télescope. Il comprend qu'ils n'auront pas de place dans leurs bagages. Alors, comme cadeau léger, il a fait un montage photo d'un ciel de nuit étoilée, bleue foncée, d'un rivage du sud de l'hémisphère nord (peut-être de Magersie ?). La Grande et la Petite Ourse sont visibles. L'étoile Polaire est représentée extrêmement lumineuse. Le mot ADIEU est aussi calligraphié avec une jolie police de caractères et un effet ondulant. Entre les lettres, et décalés vers le bas, il a ajouté quatre symboles dessinés artistiquement : un croissant, une étoile, un rond et une croix. Il a donné le tout à titre de porte-bonheur. Une sorte de gris-gris quoi ! ! Le pauvre Piotr en aura besoin. Il ne sait pas qu'il part vers un pays dangereux, réputé... volcanique à l'extrême.

Et c'est ainsi que Nael va se retrouver à prendre le train, puis à chercher une filière de passages clandestins et il la trouvera.

Dans les gares bondées, nos deux compères ressemblent à deux navires voguant en file indienne sur une mer prise par les glaces. Ce qui est de circonstance pour un refroidissement climatique ! Il faut se frayer un chemin dans la foule. Piotr fait office de brise-glace en train de fracasser la banquise. Nael suit dans son sillage secoué par sa toux, le nez dans son mouchoir.

Nael culpabilise toujours encore. Il s'en veut de ne pas avoir accueilli Piotr chez lui. Florentin, avec toute sa folie, a été plus humain. Cela lui laisse des remords douloureux. Il a payé leur voyage. Il a donné à Piotr le grand sac à dos de Klaudia. Pour sa part, il a pris un sac beaucoup plus petit. Il sait qu'il aura peu de place dans une embarcation de fortune. Il y a glissé son carnet. C'est devenu son affectueux compagnon. Il ne se voit pas l'abandonner.

Dans un compartiment de train, Piotr a finalement réussi à évoquer un tout petit peu son drame en Estonie. Lors de cet événement tragique, il avait tenu la main de son fils dans ses derniers instants. Il n'avait pas pu en dire plus. Piotr et Nael, assis cote à cote, ont passé un long moment, sans parler, à regarder droit devant eux.

Maintenant, l'arrivée à Rome est proche. Une nouvelle séparation est imminente. Piotr semble de plus en plus embarrassé, parait mal à l'aise, fait des « Hum Hum » pas très discret, toussote. Il se remue sur son siège ce qui a des conséquences sur son voisin. Nael finit par lui demander si ça ne va pas. Il obtient une réponse évasive « Ça va mais... hum, hum ! ». Il comprend que quelque chose est en train de perturber son voisin. Il finit par lui déclarer :

— Ecoute Piotr, si tu as quelque chose à me dire dépêche toi, l'arrivée est pour dans pas longtemps.

Cette phrase n'a pas l'air de calmer le trouble du polonais. Il jette des regards sur Nael qui en disent long sur son malaise.

— Nael, moi gêné

— Et pourquoi ?

— Justine !

— Et alors ?

— Moi doit lettre.

— ? ?

— Aider moi écrire.

— Tu aurais pu me le dire avant ! Qu'est-ce que tu veux lui dire ?

— Moi dire merci.

— Très bien j'écris « Moi dire merci ».

— Non, non, bon français !

— Pas d'accord Piotr. Bon français ce n'est pas toi. Le principal c'est que ce soit bien compréhensible. Je corrige seulement si c'est vraiment trop mauvais ou illisible.

Et c'est ainsi que Piotr va écrire sa première lettre à Justine. En réalité, Nael va être amené à corriger beaucoup car le français de Piotr est vraiment très très rudimentaire. Piotr baragouine aussi un peu d'anglais. C'est dans un langage indescriptible (complété par une langue des signes improvisée et des dessins) qu'il réussira à communiquer ses émotions à Nael.

Piotr terminera par « Jamais oublié ton grand cœur », « Moi reviens Avignon un jour » et « Embrasse très fort toi et Pierre ton petit neveu ».

Une fois rédigée, il a placé soigneusement le brouillon dans la poche de sa chemise au dessus de son cœur. Il la remettra au propre et l'enverra d'Italie.

A l'arrivée à Rome, c'est encore une séparation difficile qui attend Nael. La vie d'immigré n'est pas facile. Il est assez aisé au point de vue financier. Il a laissé à Piotr un petit pécule et quelques affaires de première nécessité. Il a aussi failli perdre une côte. L'embrassade de Piotr aurait pu lui être fatale tant le polonais a de la puissance.

— Toi bonne chance ! Espère toi guérir et réussir traversée !

Le tout accompagné d'une bonne claque de Piotr dans le dos de Nael. Ce qui avait permis à celui-ci de se trouver des ailes et de réintégrer son wagon propulsé par une force bien visible !

Arrivé dans le sud, Nael doit encore trouver des passeurs. Il a des indications pour en trouver et il a de l'argent. Ceux qu'il réussit à rencontrer ne semblent guère mieux que ceux de son premier exode. Ce sont des gens qui n'ont que peu d'humanité. Tous ceux qu'il a contactés sont, à peu de choses près, de la même espèce. Il hésite. Mais il a trop envie de partir. Il a la sensation d'avoir le continent africain juste à coté de lui.

Lena, Aïssa, Jean-Kamil et Sandra sont maintenant si proches. Il les sent si près. Il ne reste plus qu'un tout petit détroit à traverser pour les voir. Il ne reste que quelques heures de bateau. Alors il finit par accepter une offre qui lui semble meilleure que les autres. Cette proposition coûte un prix de folie, mais au moins on lui a beaucoup parlé sécurité. On lui assure qu'il n'y pas de problèmes. Ils ne partiront pas n'importe quand. Le départ sera donné quand les prévisions météos seront très favorables. Cela sera vérifiable facilement quand on leur donnera le feu vert. Ils arriveront sur une petite plage avec un gros dinghy. Cette embarcation ne peut pas chavirer et elle ne sera pas trop chargée. Des passeurs seront à bord pour la navigation. Tout ceci sera vérifiable à l'embarquement. Celle-ci n'est pas excessivement longue. Il est dans un état second, il veut en finir. En finir avec cette vie qui est trop encombrée par de gros ennuis. Il a connu, il est vrai, une telle période de bonheur avec Lena. Mais cette période est révolue. Alors il va essayer de se débarrasser de sa nouvelle poisse à tout prix.

L'embarquement est difficile. Il s'effectue de nuit. Au moins, en ce qui concerne l'état de la mer, les promesses ont été tenues. Elle est calme et le temps est au beau fixe. Logiquement, Nael comprend qu'il n'y a pas que les immigrés qui ne veulent pas prendre de risques. Les passeurs qui seront aussi sur l'embarcation ne veulent pas en prendre non plus. Le groupe de « passagers » est sous la surveillance de ces espèces de contrebandiers d'êtres humains qui les pressent et les orientent. Il est constitué en majorité d'hommes, mais Nael remarque aussi parmi les passagers une femme et son enfant d'environ trois ans. Elle doit avoir des raisons vraiment graves pour se lancer dans une telle aventure.

Les discussions de certains avec les passeurs ont été très animées, trop peut-être ? Les prix ont été discutés âprement et cela les a excessivement énervés. On sent qu'ils considèrent leurs passagers comme de la marchandise sans valeur maintenant qu'ils viennent d'être payés. Ils sont nerveux. Ils estiment qu'ils n'ont pas été assez rétribués. Ils perdront le dinghy et son moteur à l'arrivée. Tout sera abandonné. Cela leur revient cher. C'est-ce qu'ils disent. Les discussions ne sont plus d'actualité. Les remboursements, en cas de changement d'avis, ne sont pas de mise.

Allez, avancez et au suivant ! Nael est bousculé sans ménagements quand il faut prendre place dans le dinghy. Celui-ci est grand. Certainement un des plus grands qu'il ait jamais vu. Mais loin d'être neuf, il a déjà vécu. Poussé par derrière il atterrit sur un boudin presque porté par la masse. Point très positif, contrairement à ce qu'il avait connu, l'embarcation est chargée de manière très raisonnable. Sans doute la conséquence du prix astronomique réglé pour le passage. Dans le temps certaines traversées s'étaient déroulées de manière atroce et beaucoup trop souvent terminées de manière dramatique.

Le moteur mis en marche il voit s'éloigner la côte. Deux passeurs ont embarqué avec eux. Il a encore le temps de passer un dernier appel téléphonique à Lena. Il a bricolé une lanière de fortune pour ne pas laisser tomber l'appareil dans l'eau. Il a l'expérience de cette situation. Il téléphone pour dire que tout va bien. Qu'il est en bonne forme et qu'il a bon espoir. Qu'elle embrasse Aïssa et Jean-Kamil de sa part.

L'odeur de l'air marin le soulage un peu. Il retrouve l'haleine iodée de la mer avec plaisir. Maintenant il va falloir avoir de la chance. Une affreuse peur l'envahit soudainement. Déjà ne pas être malade. Que se passerait-il avec ses appareils dentaires ? En cas de vomissements on ne maîtrise plus grand chose. Va-t-il falloir vomir dans l'embarcation ? Il a déjà connu cela. Il se souvient de ses voyages d'après-guerre allongé sur une chaise longue dans une cale. Et puis maintenant, il aurait de la honte à subir l'étalage, devant tout le monde, de son infirmité. Et en plus ce serait une catastrophe de perdre ou de casser un de ses appareils.

Il sait que sur les petites embarcations on ne maîtrise pas grand chose. On ressent fortement les balancements. On peut attraper le mal de mer en très peu de temps. Nael connaît cette situation. Malade, on est dans un état très douloureux. On a presque l'impression de mourir. Il a sa technique. Il accompagne les mouvements de la mer, juché sur son boudin pneumatique, en pauvre pantin chahuté par les aléas de la vie. Sa poitrine le fait souffrir. Il a du mal à respirer. Les glaires le harcèlent. Il tousse et ses gémissements se confondent avec ceux de la mer.

12

    Après l'abandon des passeurs, dans le « radeau », c'est la confusion. La boussole a été récupérée, mais il n'y a personne pour diriger l'embarcation. Le moteur tourne au ralenti. Son ronronnement a, quand même, quelque chose de rassurant. Un moteur c'est, un peu, le cœur d'un bateau. Son battement signifie ici de l'espoir. Finalement deux hommes apparemment amis ou de la même famille se sont dirigés vers l'arrière et ont pris le contrôle du moteur. Ils demandent à celui qui a la boussole de les aider.

    Ils pensent qu'il faut se diriger vers le sud. L'Afrique est au sud, c'est bien connu. C'est la direction qui leur semble la plus sûre, même si ce n'est peut-être pas celle d'une trajectoire la plus courte. Alors comme ils peuvent ils essaient de conserver cette direction. A la lueur d'une petite lampe, à diodes électroluminescentes à manivelle, ils éclairent le cadran. Un des trois s'est spécialisé dans la lecture. Il doit interpréter les mouvements de l'aiguille et en déduire un cap moyen à suivre. Ils ont des doutes sur le bon fonctionnement de la boussole. Est-ce que les passeurs leur ont donné une boussole en bon état de fonctionnement ? Ils sont capables de tout.

    Nael se rend compte que leur progression n'est pas satisfaisante. Il y a beaucoup trop de zigzags dans le sillage de l'embarcation. En plus les passeurs ont indiqué, à son avis, une direction sud-ouest. Ils ont bien dit que la côte n'était pas très loin. Il est sorti de sa sidération et recommence à raisonner logiquement. La haine passagère envers les passeurs, issue de l'effet de surprise, fait place à une volonté de combat. Après s'être déplacé, pour être à coté des trois hommes, il a annoncé qu'il pouvait aider et on lui a laissé de la place pour qu'il s'installe. Il a des notions d'orientation avec l'observation du ciel. C'est relativement facile, pour un astronome amateur comme lui, de trouver le nord par beau temps, ce qui est heureusement le cas. Il suffit de trouver les constellations de la Grande Ourse et de la Petite Ourse. Il faut suivre alors les directions « de la cuve et de la queue de la casserole » pour repérer l'étoile Polaire. Cet astre n'est pas, contrairement à ce que l'on pense souvent, le plus lumineux dans le ciel. C'est seulement l'étoile la plus lumineuse dans le voisinage de la Grande et de la Petite Ourse. Cette nuit, le temps est clément. Malheureusement, la visibilité n'est toutefois pas terrible. Toujours ce problème de cendres. Heureusement que Nael connaît avec précision la position des étoiles dans le ciel.

Nael essaie, comme il peut, de vérifier le cap avec la voûte céleste. Même pour lui, ce n'est pas évident. Le ciel n'est pas assez clair. Décidément ils n'ont pas de chance avec ces volcans. Il s'est placé à coté de l'homme qui tient la boussole. Il confirme ou infirme le cap avec beaucoup de prudence, la visibilité n'est pas assez bonne. Donne son avis sur les corrections éventuelles à apporter. Indique avec une main hésitante la direction qu'il a estimée, quand il lui semble qu'ils s'écartent manifestement de la bonne trajectoire. Il essaie de faire prendre une direction plus à l'ouest. C'est difficile à faire admettre. Les autres penchent pour une direction plus au sud.

Le dinghy arrive quand même à avancer vers sa destination, mais souvent avec des hésitations que la mer affiche sous la forme d'une traînée blanche pas très rectiligne. Ils reprennent espoir. La côte n'est pas loin. Ils ne pensent même pas à l'arrivée. Avancer, avancer, il faut avancer. Ils ne voient pas le temps passer.

Néanmoins, la traversée doit continuer. Et l'embarcation avance jusqu'au moment où le moteur a quelques ratés puis s'arrête. Les passeurs n'ont pas laissé assez d'essence.

Consternés, les gens se regardent. Ce n'est pas possible d'avoir autant d'ennuis pour une aussi petite traversée. Ils n'y croient pas, demandent pourquoi le moteur s'est arrêté. Peut-être qu'il a simplement calé. Il faut le relancer. C'est-ce qu'essaient de faire les deux hommes. Mais devant leurs mines catastrophées, après l'examen du réservoir, il faut se rendre à l'évidence. Il n'y a plus qu'à attendre et à espérer des secours. En réfléchissant calmement, Nael se doute qu'ils ont probablement suivi une direction trop approximative et en plus avec le moteur à fond. Ils ont consommé trop d'essence. Ils ont dû rater un cap, un golfe ou une baie... et aussi naviguer en zigzag exagérément. Leur trajet a été trop long. Ils auraient dû naviguer à petite vitesse et attendre l'aube. Ils auraient eu alors la visibilité sur la côte au loin.

Nael s'en veut. Il est un apprenti en matière de sécurité. Il aurait pu prendre aussi un petit GPS portatif. La navigation aurait été un peu plus facile probablement... sauf que Nael n'en a jamais manipulé un seul. Il ne connaît rien à la navigation en mer. De toutes façons, ils ont commis l'énorme erreur de s'en remettre totalement aux passeurs.

Au petit matin, transis de froid, ils scrutent l'horizon désespérément. Ils ne sont effectivement pas trop loin de la côte, mais c'est clair qu'ils ont aussi raté un cap en naviguant trop au sud. Ils sont pris dans un courant qui ne les amène pas à terre. Ils ne seront pas les premiers à périr en mer et ils le savent. Le dinghy, sans moteur, fait bouchon. L'idéal pour attraper le mal de mer. La plupart des naufragés sont maintenant affreusement malades. Ils vont mourir à quelques pas de leur but.

Il n'y a même pas de quoi attirer l'attention. Attirer l'attention de qui ? Il n'y a rien autour d'eux. Il n'y a rien à faire. La mer est vide de bâtiments.

Alors ils attendent sans s'avouer qu'ils n'ont plus maintenant beaucoup d'espoir de s'en sortir. Ils seront dans le lot des malchanceux. Ils iront grossir les bilans des pertes en mer. Leur dinghy va devenir un de ces radeaux de la méduse modernes qui ont tant endeuillé la Méditerranée ces dernières années.

Nael cherche à l'horizon sans relâche. Il est dans un état second. Toute sa poitrine et son ventre sont secoués de spasmes. Mais il s'accroche encore, dopé par son espoir fou de revoir les siens. Il faut qu'ils s'en sortent. Il sait que des navires de secours circulent sans cesse entre les deux continents. Il sait aussi que les bateaux de pécheurs sillonnent, tous les jours, la mer. Il ne faut pas désespérer. Il ne faut pas rater le moindre bateau qui serait dans les parages. Il a déjà vécu cette situation. Il faut tenir. Ne pas perdre espoir.

Il reste deux petites rames dans le dinghy probablement oubliées par ces rapiats de passeurs. Avec elles, ils ne pourront pas lutter contre le moindre courant. Le dinghy est trop gros. C'est insuffisant pour rallier la côte. Mais s'ils voient une embarcation ils peuvent essayer de s'en approcher, attirer l'attention. Il n'a plus la vue de ses vingt ans, mais il cherche et cherche encore. Ils peuvent aussi tomber sur un pécheur.

Nael entend soudain un bruit déchirant. L'enfant, comme tous ceux de son age, est imprudent. Il vient de tomber à l'eau. C'est la mère qui a hurlé son désespoir. Elle s'est jetée à l'eau sans même réfléchir qu'elle ne sait pas nager. Des hommes ont aussitôt plongé dans la mer pour les sauver. Finalement tout le monde sera ramené sain et sauf à bord. Heureusement que le dinghy était à l'arrêt et n'avançait plus. Nael est pris d'une énorme frayeur rétrospective. Qu'est-ce qui se serait passé si l'embarcation avait été lancée à pleine allure ? Et pire si les passeurs avaient été aux commandes ? Auraient-ils fait demi-tour ? Ils auraient tergiversé. On aurait peut-être dû parlementer.

C'est si rapide de perdre quelqu'un en mer. Bien sûr, la mer recommencée comme le disait un poète. Dans ce cas là, il n'y a rien qui ressemble plus à une vague qu'une autre vague.

Finalement, les secours se manifesteront par les... oreilles. Quelqu'un a entendu un bruit de moteur. Un jeune avec l'ouie fine. Il n'a encore rien repéré visuellement, mais il perçoit quelque chose. Tout le monde écoute, cherche l'engin qui patrouille dans les parages et qu'ils voient enfin à l'horizon. Il vole à relativement basse altitude. Encore faudrait-il que l'avion les aperçoive. Ils lèvent tous les bras, les agitent, crient, ce qui ne sert à rien. Et puis l'avion vient de changer de direction. Il suit un quadrillage prévu à l'avance. Et puis finalement il se dirige vers eux et les découvre. L'avion va guider les bateaux et ils seront secourus dans la journée par un garde-côte.

Nael mit le pied en Afrique du Nord avec émotion. C'était la terre de son enfance qu'il avait quittée dans des circonstances dramatiques et qu'il retrouvait dans des conditions non moins difficiles.

Après son long séjour à Grenoble, il retrouve la senteur oubliée de ces ports du grand sud qu'il avait bien connus. Composée d'un mélange d'odeurs d'iode, de liège, de sardines et de... mazout.

Il est dans une situation critique. Mais il éprouve du bonheur à retrouver cette région. Cette température clémente d'une journée de cette cote d'Afrique du nord, oubliée dans l'assaut du froid volcanique, lui semble tellement douce. Qu'est-ce que c'est bon de ne pas avoir froid ! Cette chaleur est toute relative, mais au sortir d'un pays froid c'est la sensation qu'il éprouve. Qu'est-ce que c'est bon de sentir la terre ferme. Il a la sensation que le sol balance un peu sous ses pieds. Il sait que c'est normal au sortir d'un bateau. Aujourd'hui cela lui occasionne des vertiges. Il est trop faible pour surmonter quoi que ce soit. Il est presque dans un autre monde. La terre tourne autour de lui. Il suit mécaniquement ses compagnons de traversée. Il titube et s'appuie sur l'homme qui était aux commandes du moteur.

Tous les occupants du dinghy sont dirigés vers un centre de

regroupement. Nael a conservé son portable et avant de partir il a modifié son abonnement pour pouvoir facilement téléphoner d'Afrique. Il a aussi vérifié que le paiement de l'abonnement se fasse bien automatiquement à partir d'un compte bancaire qui est largement approvisionné. Il pourra donc téléphoner dès qu'il aura un moment de calme.

On leur demande, à leur arrivée dans le centre, en priorité de signer une convention où on leur rappelle qu'ils sont pris en charge par un pays d'accueil qui a des lois qu'il faudra respecter. Les dirigeants sont soucieux de la bonne marche du pays. On leur demande de se conformer aux us et coutumes de la majorité des habitants du pays, ce qui garantit la cohésion nationale, et ici on ne plaisante pas avec ça. On leur demande ainsi d'avoir des signes distinctifs discrets de leur religion. On leur remet un formulaire de la convention qui est à lire ou à se faire expliquer. Ils peuvent, bien sûr, se faire aider. Ils doivent remplir quelques champs, donner leur nom, leur pays d'origine... Il leur faudra plus tard, dans un bureau d'accueil, très brièvement, confirmer, à un fonctionnaire, oralement ce qu'ils ont écrit. Chacun s'exprimera et prononcera à haute voix une phrase pour dire qu'il respecte les valeurs du pays et qu'il a rempli correctement la convention. Dans quelle langue ?

L'accueil est très correct, la colonne de réfugiés est dirigée vers des lieux d'habitation. Ils vont devoir se serrer un peu. Quelques rares bâtiments en dur abritent des forces de l'ordre et du personnel administratif. On les guide vers un vaste ensemble de tentes dressées à côté, sur ce qui parait être un terrain vague. On leur sert un peu de nourriture. C'est presque symbolique tellement la quantité est faible. Le phénomène d'immigration vers le sud n'est pas très important. Le flot de personnes est assez réduit. Pourtant on voit déjà que les moyens manquent.

Nael ne peut pas s'empêcher de penser : qu'est-ce qui va se passer si l'Afrique du Nord doit accueillir des millions d'immigrés ? La France a déjà eu à faire face à un problème analogue. En 1962 un million de pieds-noirs ont traversé la

Méditerranée vers la France, mais en un temps extrêmement court : l'espace de quelques semaines. La densité de mouvements avait été extrême. Heureusement l'intensité dramatique abominable de certains exodes n'avait pas été atteinte. Les mers et les océans, depuis longtemps malheureusement, ont été contraintes de boire régulièrement les larmes de millions de malheureux en détresse. En 1962 on avait, malgré tout, bien affaire à de vrais réfugiés. La plupart du temps ils n'avaient pour tout bagage que deux valises. Leur intégration s'était finalement réalisée assez rapidement. Au prix de vies bouleversées. La dispersion sur le territoire français de certaines familles a été impressionnante : du nord au sud et de l'est à l'ouest voire dans des pays plus lointains comme le Canada. Tout aussi traumatisante a été la perte d'amis chers, eux aussi dispersés aux quatre coins de la France voire perdus à jamais. Certains s'étaient retrouvés, sans famille et sans amis, dans des endroits inconnus. Ils avaient essayé d'y rebâtir leur vie : retrouver un toit, un emploi... Il fallait être peu regardant. Difficile de retrouver du travail dans un pays qui vient d'absorber un million de personnes. Difficile de faire des études quand les moyens manquent et dans un univers trop politisé au sortir d'une guerre trop clivante.

Plus de 50 ans après, les traces de cet exode s'effacent progressivement avec la venue des enfants qui n'ont pas connu cet épisode douloureux. Les vieux conserveront jusqu'à leur disparition les images de ce drame. A cette occasion beaucoup de familles avait vécu leur deuxième émigration en très peu de temps : les italiens, les espagnols, et même quelques « russes blancs » ... Tous ceux qui, souvent poussés par la misère ou au moins par la nécessité, étaient venus s'installer en Afrique du Nord. Pour une immense majorité, ils n'étaient pas de gros colons. En ce qui concerne l'Italie, elle était dans le peloton de tête en matière d'émigration à une certaine époque, tous pays d'accueil confondus. On évoque le chiffre de plusieurs millions d'individus vers des destinations très variées dans le monde dont une partie vers... l'Afrique du Nord toute proche. On avait donc bien eu, à un certain age, une grande émigration du nord vers le sud en Méditerranée avant de connaître une inversion de sens. On revivait, maintenant encore, une autre inversion avec l'épisode volcanique. Ces flux et reflux étaient synonymes de drames affreux pour les malheureuses populations concernées.

Pour Nael c'est un double exode qui viendra trouver place dans ses souvenirs. Et ironie de l'histoire presque sur le même trajet effectué dans les deux sens.

Il retrouve sur cette terre des sensations familières. Il entend l'appel du muezzin du village voisin. Cela a longtemps fait partie de son quotidien. Il reprend conscience, avec surprise, de toutes les différences avec l'Europe : la langue orale et ses intonations, la température si douce en hiver, les plantes et les odeurs épicées, la gestuelle pour communiquer, l'architecture si particulière de certains bâtiments, les femmes voilées, la musique arabe, l'art calligraphique des textes. Il n'y pas de majuscules en langue écrite arabe. Finalement tout est différent. Une pensée envahissante l'étonne : il est revenu chez lui. Grenoble est brutalement bien loin. Il se fait une fête à l'avance de retrouver, dans les pâtisseries, les makrouts et les zlabias. Ces derniers lui ont laissé quelquefois des souvenirs cuisants. La pâte rouge luisante de sucre et de miel provoque très vite un fort écœurement pour les trop gourmands ! Même des petits cactus, à coté de lui, semblent accueillants ! Même si eux aussi lui ont laissé quelques souvenirs... piquants. Il avait pratiquement oublié leurs figues de barbarie. Et les caméléons ? Il y en a dans les zones sableuses côtières. Leur allure de mini-dragon préhistorique, perdu dans notre monde moderne, est amusante. Il se prendrait presque à remercier Jean-Kamil de lui avoir fait retrouver cette contrée.

Les réfugiés sont finalement pris en charge par des associations humanitaires qui leur offrent aussi un peu de nourriture, là encore de manière très parcimonieuse.

Nael aperçoit un poste de télévision dans un local. La chaîne montre dans ses actualités des images de ces gens qui avaient déjà du mal à vivre dans la crise économique actuelle et qui sont touchés de plein fouet par la crise climatique. Quelques-uns se servent d'embarcations qui traversent la Méditerranée du nord vers le sud. Pour un retour au pays ? Il écoute un peu une émission qui est consacrée à la retransmission de débats à l'assemblée nationale de Magersie. Le sujet est d'actualité. Il s'agit de discuter de la situation des immigrés dont le nombre grossit quand même de semaine en semaine. Comme tout pays, la Magersie a des problèmes internes et la venue d'un grand nombre d'étrangers va lui occasionner des soucis. Il y a évidemment des pour et des contre. Un député pense que l'accueil du flot de migrants pour problèmes climatiques est absolument naturel. Que faire ? La situation ne sera que temporaire. Dans quelques mois, il faut souhaiter que tout se normalise en Europe et que ces gens puissent rentrer chez eux. Rentrer peut-être ? Il faut espérer que d'ici là la désorganisation ne sera pas trop grande en Europe. Un autre député a aussi cette phrase : « L'Afrique du Nord ne pourra pas accueillir toute la misère du monde ». Un dernier pose la question : est-ce que des comptages ont été effectués ? Peut-être qu'une bonne partie de ces immigrés sont d'anciens émigrés de Magersie qui reviennent se mettre à l'abri dans la famille le temps de la dissipation du nuage de cendres ? Il a entendu parler de nombreux cas. D'une manière générale, il semble que des immigrés de très fraîche date en Europe font demi-tour. Ils tombent sur des pays européens en pleine crise et sur une situation climatique invivable.

Nael remplit et signe la convention d'accueil. Il appelle Jean-Kamil. Il a encore la force de plaisanter.

— Je suis arrivé. Ça va. Je ne dirais pas que j'ai bonne mine ni qu'on a fait une bonne traversée, mais on a réussi. On y est. Comment va Assia ?

— Écoute, on va essayer de venir te voir. Assia va bien. Il y a beaucoup de route à faire. Le camp est très loin d'ici. On sera là demain. Donne nous l'adresse.

— Tu peux me passer ta mère ?

— Elle n'est pas là, elle est avec Assia. Je suis au boulot. Il faut que je passe à la maison. Je les rejoins tout de suite et on part.

La voix de Jean-Kamil lui semble irréelle ici. Nael avait bien tourné la page de ce pays. Ils avaient tous fait leurs vies de l'autre coté de la mer. Il se demande s'il ne rêve pas une fois de plus.

Il sent qu'il a bouclé la boucle. Son périple est achevé. Il s'est assoupi. Le téléphone sonne. C'est Lena !

— On arrive Nael. On arrive. On prépare nos affaires. Grosses grosses bises. Comment vas-tu ? Assia n'est pas encore rentrée. Je l'attends d'une minute à l'autre. Allo, Allo... tu m'entends ?

Nael la gorge nouée n'arrive plus à parler. Il ne peut qu'émettre un vague bruit qui ressemble à un faible oui tout éraillé. Sa fatigue est extrême. C'est d'une voix cassée, étouffée, à peine audible qu'il arrive à dire :

— Je t'aime, à demain.

Ce soir là, sur son lit de camp, à bout de forces, Nael essaie de dormir. Trop de fatigues, trop d'émotions et trop âgé, il n'arrive plus qu'à s'assoupir par courts instants, trop courts instants, son sac et son carnet sur le ventre. Au petit matin, c'est blafard qu'il se lève. De toutes façons, ce n'est plus possible de dormir. De bonne heure il fait frais, même ici. En plus, on est quand même en hiver. Toute la journée il va tourner dans le camp, sans cesse alternant une petite marche et un bref assoupissement dans un coin. Il s'accroche à la vie dans l'attente des retrouvailles tant attendues. L'heure lui indique qu'elles sont pour bientôt. Son cœur bat la chamade. Une angoisse irraisonnée le saisit, celle de ne pas tenir jusqu'au bout. Et puis, une réaction le bouleverse. Il a pris un peu de terre dans la main. Ce contact lui semble indispensable. Qu'est-ce qu'elle est douce. C'est la terre où il est né. Il la regarde, la malaxe, la laisse fuir entre ses doigts. Il la reprend et finit par la retenir longtemps entre ses doigts. Il examine ses mains. La terre a maculé sa peau. Il a un besoin curieux d'en étaler un peu sur sa poitrine. Il comprend et se reprend. Il ne faut pas se laisser aller dans la douce température ambiante si accueillante. Il faut qu'il tienne. Il ne faut pas abandonner Lena, Aïssa, Jean-Kamil et Sandra. Quatre derniers mots, ces quatre prénoms. sont encore écrits sur son carnet. Un grand trait horizontal barre cette dernière page.

Et puis c'est le moment tant attendu. Le choc. La voix d'Assia qui dit « Regarde, c'est papy ».
Et puis Assia qui se jette dans ses bras.
Et puis Jean-Kamil qui l'enlace.
Et puis Sandra, comme folle, désespérée, en pleurs.
Et puis Lena.

Une lueur blanche l'envahit soudain, apaisante et douce. Il lui semble qu'il a réussi sa vie. Être revenu dans son pays de naissance, retrouver les siens, est bouleversant. Lena lui parle et c'est comme s'il l'entend en dehors de son corps. Il a atteint l'infini. Sa tête tourne un peu. Il rassemble toutes ses forces pour encore enlacer faiblement Lena. Lena l'étreint, le soutient. Les larmes de Sandra ont mouillé sa chemise. Aïssa est atteinte d'un cancer. Nael ne peut pas le deviner. Ses forces l'abandonnent. Il laisse reposer sa tête contre celle de Lena dont les larmes coulent sur le visage de Nael. Épuisé, il part heureux dans ses bras.